마르크스 죽이기
Sneering Marx

Sneering Marx

마르크스 죽이기

칼 마르크스 지음 | 이승은 옮김

생각의 나무

머리글

내 이름은 칼 마르크스다

내가 경험한 이야기는 귀신, 첩보, 탐정 이야기의 요소를 두루 갖추고 있다. 그것은 매우 흥미로울 뿐만 아니라 허무맹랑하고 기상천외하며 소름이 끼칠 정도다. 하지만 무엇보다 중요한 사실은 이 이야기는 진짜라는 거다!

만약 내가 자세한 내막을 알지 못한다면, 나 역시 스스로를 미쳤다고 생각할 것이다. 그러나 나는 미치지 않았다. 나는 아주 정상이다. 단 한 가지 나에게 이상한 점이 있다면 그것은 바로 내 이름이다.

내 이름은 칼 마르크스다.

나는 정말 칼 마르크스다. 사실 이것도 그렇게 주목할 만한 것은 못 된다. 빈에만 칼 마르크스란 이름을 가진 사람이 다섯 명이다. 베를린에는 열 명 정도다. 전 세계적으로는 분명 백 명도 넘을 것이다. 우리는 모두 그 유명한 마르크스의 친척이 아니다. 하지만 우리 부모님은 당신의 자식이 혁명을 선도하길 바라셨을 것이다.

어머니는 칼이란 이름을 반대하셨다. 그러나 아버지는 당신의 고집을 끝까지 꺾지 않으셨다. 성도 아버지의 성을 따라야만 했으니까.

어쨌든 이름 때문에 들었던 사람들의 놀림을 제외하면 내 인생은 칼 마르크스란 이름과 별 관계가 없었다. 기껏해야 클라우스 마르크스, 유르겐 마르크스, 마티아스 마르크스 들이 들어야 하는 우스갯소리를 들을 필요가 없었다는 것뿐이다. 그건 바로 이런 말이다.

"만약 내 성이 마르크스라면 아들을 칼이라고 부를 텐데!"

아무도 나에게는 이런 말을 하지 않는다.

그 대신 나는 실제 존재하는 칼 마르크스 광장의 그림엽서나 찌그러진 칼 마르크스 거리의 표지판이나 칼 마르크스의 석고 흉상을 선물로 받아보았다.

나는 누군가를 처음 만나면 그와 친구가 될지 안 될지를 몇 초 안에 결정할 수 있다. 만약 그가 내 이름을 듣고도 아무 농담을 하지 않는다면 그는 내 친구가 될 수 있는 후보자 자격을 얻는다. 그리고 비록 농담을 하더라도 내가 한 번도 들어본 적이 없는 경우라면 후보자가 될 수 있는 기회를 다시 한 번 얻을 수 있다.

그 밖에 칼 마르크스란 이름은 내 인생에 그다지 중요한 영향을 끼치지 못했다. 많은 사람들은 내가 나와 이름이 같은 칼 마르크스에 대해 큰 관심이 없다는 사실을 알고 놀라워한다. 내가 왜 그래야 하나? 로베르트 무질*이란 이름을 가진 사람들 중에는 자신과 이름이 같은 이가 있었다는 사실조차 모르는 사람이 많다. 또한 알프레트 노이만**이나 알렉산더 클라우스*** 와 같은 사람들도 유명 인사가 되는 오늘날에 명예를 얻고 유명해지는 일은 이미 다른 문제가 되었다.

그래서 나는 빈의 여느 학생처럼 마르크스 이론의 핵심만 아는 정도다. 그가 주장한 것은 인간의 모든 욕구는 누구에게나 평등하게 채워져야 한다는 것이다. 나는 개인적으로 이 주장이 몹시 나쁘다고 생각한다.

사실 이 모든 얘기는 내가 그 이상한 일을 겪지 않았다면 별반 중요한 것이 아니다. 그 우연한 사건은 너무나 비현실적이기 때문에 아무도 믿으려 들지 않는다. 사람들의 이런 반응을 나는 이해할 수 있다. 왜냐하면 그것은 도저히 믿을 수 없는 진

---

* 오스트리아의 소설가로 분석적이고 섬세한 필치로 현실과 비현실의 이중성을 내포한 세계를 주로 그렸다. 대표작으로 『무기질 남자』가 있다.

** 독일의 정치가로 공산당에 입당하고 소련에 망명한 뒤 스페인 내전에 참가하였으며 제2차 세계대전 이후 사회주의통일당(SED) 소속으로 내각에 참여한 바 있다.

*** 독일 가수. 2003년 TV프로그램 "독일이 슈퍼 스타를 찾는다"에서 우승을 했다. 그가 부른 〈Take me Tonight〉와 〈Free like the Wind〉 모두 디터 볼렌이 작곡했다. 그는 자신의 성공 스토리를 자서전으로 출판하기도 했다.

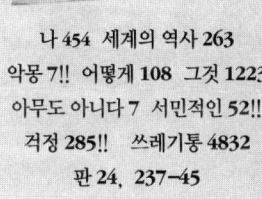

나 454 세계의 역사 263
악몽 7!! 어떻게 108 그것 1223
아무도 아니다 7 서민적인 52!!
걱정 285!! 쓰레기통 4832
판 24, 237~45

실이기 때문이다.

이 이야기는 우연히 손에 넣은, 글씨가 빼곡히 씌어 있던 노트 한 권으로 시작해서 어느 기자가 죽기 몇 시간 전에 내 손에 쥐어준 쪽지 한 장으로 끝난다.

그 노트는 이 세상 어딘가에 완벽하게 숨겨져 있다. 쪽지에 쓰인 난해한 낱말들은 노트가 숨겨진 장소를 가리킨다. 쪽지는 이른바 보물 지도인 셈이다. 보물을 찾기 위해서는 쪽지의 암호를 풀어야 한다. 쪽지는 내 메모판에 꽂혀 있다. 이것이 바로 그 쪽지다.

알텐바흐는 자신이 죽던 날 나에게 쪽지를 건네주며 조용히 속삭였다.

"며칠, 아니면 몇 주 후에 나는 살해당할 거요. 이 쪽지를 검사에게 주고 당신이 알고 있는 모든 것을 얘기하시오. 그러면 그 노트뿐 아니라 나를 죽인 범인도 찾아낼 수 있을 거요!"

그는 며칠이나 몇 주 후가 아니라 몇 시간 후에 사망했다. 자동차 사고였다. 나는 그가 부탁했던 대로 검찰청과 여러 관청

그리고 경찰서에 찾아갔지만 사람들은 나를 번번이 쫓아냈다.

아무도 내 이야기에 관심을 두지 않았다. 아무도 알텐바흐가 살해 당했을 거란 생각을 믿어주지 않았다. 모두 손만 내저을 뿐이었다.

"그건 사고였네. 끔찍한 사고였지. 하지만 어디까지나 사고였을 뿐이야, 젊은 양반. 이제 그만 좀 하게."

아무도 범인을 찾지 않았다. 나를 빼고는 아무도 노트를 찾으려 하지 않았다.

그것은 오직 나만 알고 있었기 때문이다. 그 노트가 존재한다는 사실 그리고 볼프강 알텐바흐가 몇 주 동안 그 노트를 연구했다는 사실 말이다. 그는 죽기 불과 몇 시간 전에 이를 나에게 알려줬고 자신의 추측도 얘기해줬다. 그리고 누군가가 자신을 쫓으며 협박한다고 말했다. 그는 자신의 죽음을 미리 예견했다. 나는 그가 시작한 일을 마무리해야 할 책임감을 느낀다.

설령 그를 죽인 살인자는 찾지 못할지라도, 적어도 그 노트만큼은 다시 되찾고 싶다.

문제는 방법이다.

그사이 나는 몇 달 동안 곰곰이 생각해봤다. 그리고 많은 진전이 있었다. 언젠가는 내가 그 암호를 풀어 보물을 찾겠다고까지 생각했다. 하지만 내가 해독한 암호로는 목적을 달성할 수 없었다. 예상했던 곳에 내가 찾던 노트는 없었다.

나는 도움이 필요하다. 어쩌면 암호를 아직 완전히 해독하지 못했거나 생각의 방향이 잘못된 것일지도 모른다. 그래서 나는 이 얘기를 쓰기로 마음먹었다. 대부분의 사람들은 어차피 믿지 않을 것이다. 출판사 역시 이를 단지 잘 꾸며 지은 이야기로만 여길 것이다. 출판사의 관심은 오로지 돈뿐이다. 하지만 상관 없다. 독자가 읽고 재미를 느끼면 그만이다.

나는 단지 재미만으로 그치지 않는 독자가 있기를 바란다. 문학의 황금을 찾아 떠나는 독자가 나타나기를 기대한다. 내 글을 이해하고 알텐바흐처럼 그 노트의 차원을 진정으로 이해 하는 독자를 기다린다.

어쩌면 누군가 그 비밀을 풀 수 있을 것이다. 수수께끼를 풀 때는 보통 누군가가 시작을 하고, 그 다음 사람이 결정적인 힌 트를 발견하고, 갑자기 또 다른 사람이 정답을 맞춘다. 아주 간 단하다. 이해할 수 없고 풀 수 없을 것만 같던 문제가 순간적으 로 명백하고 확실해진다.

어떤 독자들은 이 문제를 고민할 것이다. 그리고 암호를 풀 어 그 노트를 찾아낼 것이다.

물론 이 이야기가 세상에 나옴으로써 알텐바흐를 죽인 살인 자도 노트가 숨겨진 장소를 발견할지 모른다. 어쩌면 살인자는 이미 그 노트를 찾아내 다른 곳에 숨겼거나 아예 없애버렸을지 도 모른다. 어쩌면 나의 이런 노력은 헛수고가 될지도 모르는 일이다.

그래도 나는 한번 해보고 싶다.

마르크스 죽이기
Sneering Marx

나는 실제 존재한다.

설령 나는 전설에 지나지 않는다고 주장하는 책이 있더라도,

나는 아무것도 아니라고, 존재하지 않는다고, 아니면 혼자라고 주장하는 책이 있더라도,

나 혼자 잘못했다고, 나에게 책임이 있다고, 아니면 나는 죽었다고 하는 책이 있더라도,

나는 죽었고, 잊혀졌고, 완전히 죽었다고 주장하는 책이 있더라도,

나는 죽지 않았다.

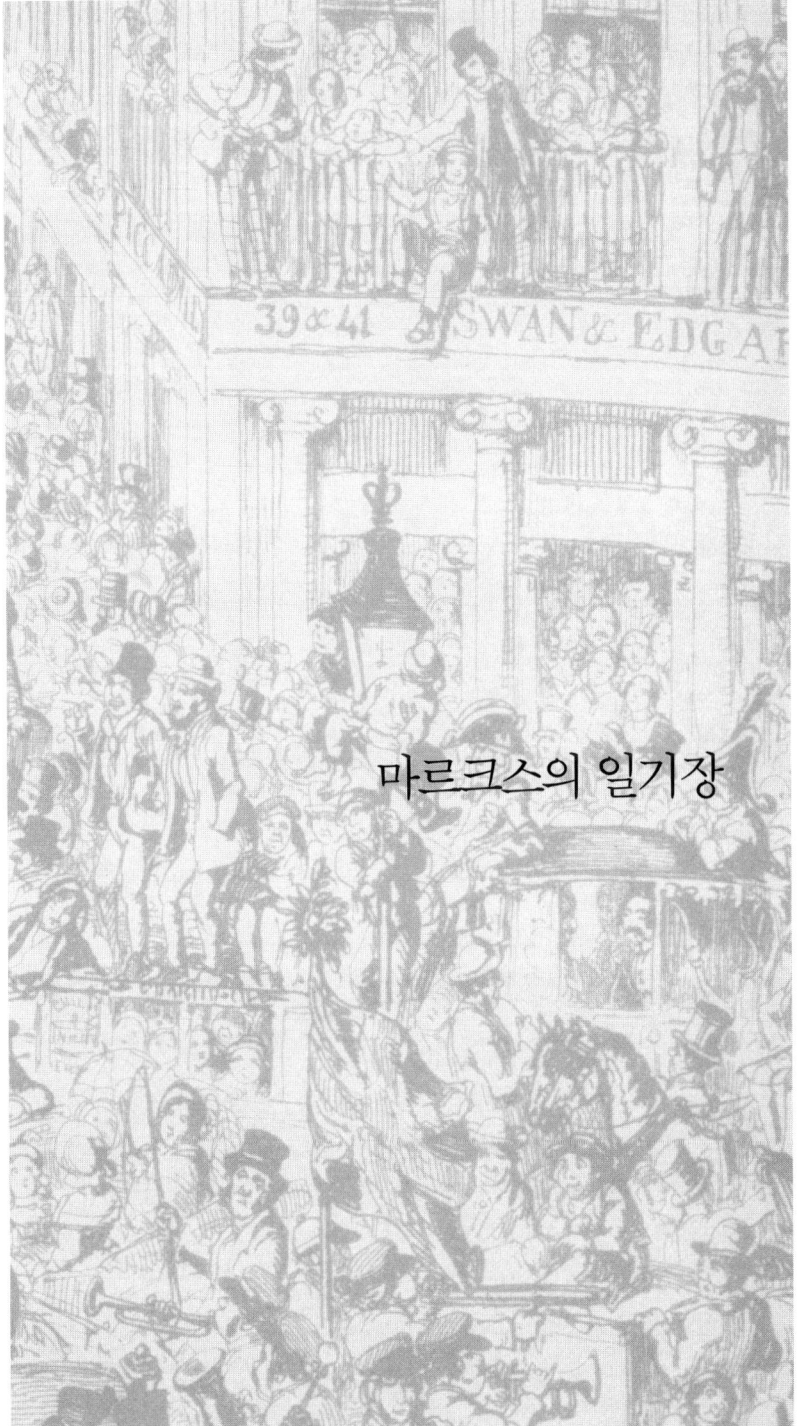

마르크스의 일기장

1885년 12월 8일, 칼 마르크스는 자신의 사망일로부터 천 일째가 되던 날 죽지 않는 인간의 몸으로 로마의 스페인 계단을 내려와 이탈리아 땅을 밟는다.

이제부터 나는 지난 4월 그 평범하지 않은 노트를 어떻게 손에 넣었는지, 그것을 어떻게 큰 잡지사에 보냈는지, 그것이 어떻게 사라지게 됐는지 이야기하려고 한다.

　또한 알텐바흐 기자가 어떻게 조사에 착수했는지, 그가 어떻게 비밀정보기관과 언론의 복잡하게 얽힌 관계 속으로 점점 더 깊이 빠졌는지, 그의 가장 친한 친구가 어떻게 갑작스럽게 죽었는지 그리고 마침내 왜 알텐바흐 자신도 이해할 수 없는 죽음을 맞게 되었는지 얘기할 것이다.

나는 진실을 밝히고 싶다. 그리고 그 노트도 찾고 싶다.

왜냐하면 그 노트는 이 얘기의 중심이기 때문이다. 그 노트는 나의 인생뿐 아니라 우리 모두의 인생을 바꾸어놓을 수 있을 것이다. 그렇다. 바로 이 노트 한 권 때문에 세계의 역사가 많은 부분 새롭게 씌어져야만 할 것이다. 또한 정권들이 몰락하고 교회의 지도자들이 물러나며 몇 백 년씩 존속해 온 사상들을 문제 삼아야 할 것이다!

그 이유는 이렇다. 그 노트는 어느 다른 누구도 아닌 바로 위대한 사상가이며 경제학자인 칼 마르크스의 일기이기 때문이다. 그것은 마르크스가 옛날에 살았을 때 쓴 것이 아니다. 그것은 바로 지금 여기, 21세기가 시작하는 이 시점에 쓴 것이다.

사실 이 일기는 결코 생각할 수 없는 사실들을 증명한다. 1883년 3월 14일에 죽은 칼 마르크스가 현재 살아 있다는 사실! 그는 지난 120년을 우리와 함께 살았고 다가올 120년도 우리와 함께 살 것이다.

이야기가 이쯤에 이르면 대부분의 사람들은 손을 내저을 것이다. 무슨 허튼소리! 어떻게 그럴 수 있나?

나도 처음엔 그랬다. 나 역시 그 검고 낡은 노트에 씌어진 말을 한 마디도 믿을 수 없었다. 만약 누군가가 그것은 철학가이자 경제학자인 진짜 칼 마르크스가 쓴 일기라고 주장했다면 나도 그를 미친 사람으로 취급했을 것이다. 그리고 누구든지 칼마르크스가 영원히 죽지 않는 부랑자가 되어 우리와 함께 살고 있다고 말한다면 나는 그를 미쳤다고 할 것이다.

하지만 그럼에도 불구하고 나는 이 서툴게 쓴 이상한 일기에 매료되어 그 진실을 추적하기로 마음먹었다. 더 정확히 말해서 나는 그 일기를 다른 사람에게 넘겨주었다. 그리고 그로부터 6개월이 지난 지금 나는 그 일기가 평범한 사람의 일기가 아닌 진짜 칼 마르크스의 일기임을 확신한다.

왜냐하면 그사이 일어난 두 사람의 이상한 죽음과 수수께끼처럼 사라져버린 일기는 그것이 특별한 것임을 분명히 증명하기 때문이다.

만약 그 일기가 한갓 어느 술 취한 걸인의 장난이라면 왜 사람들이 타살돼야만 했을까? 왜 볼프강 알텐바흐는 추적당하고 살해되었을까? 왜 사회복지사 랄프 담프 딘제만은 죽어야만 했을까? 일기는 왜 사라졌을까? 그것은 어디에 숨어 있는 걸까? 그리고 알텐바흐가 죽기 직전 건네준 쪽지의 내용은 무엇일까?

자, 차례대로 생각해보자. 우선은 4월의 그날 그 일기가 어떻게 내 손에 들어오게 됐는지부터 얘기하겠다.

✳

나는 긴 주말을 이용해 저렴한 비행기 편으로 이탈리아 로마에 갔다. 그것은 즉흥적으로 생각해낸 계획이었다. 내겐 로마가 벌써 세 번째였다. 몇 년 만에 다시 간 그곳에서 오랫동안 서구 문화에 영향을 끼친 역사적 명소들을 다시 한 번 찾아보고 싶었다.

금요일부터 일요일까지 네 곳의 큰 성당과 포룸 로마눔 그리고 콜로세움을 보았다. 나는 시스티나 성당을 보기 위해 바티칸 박물관을 찾아갔다. 나는 보카 델라 베리타 안에 용감하게 손을 넣어 내가 평생 했던 거짓말에 대한 응징을 받는지 확인했다. 오후에는 빌라 보르게세 공원을 산책했고 저녁에는 트라스테베레 중심가를 돌아다녔다. 한마디로 숨 가쁘게 바쁜 하루를 보냈다.

3일 동안의 집중적인 관광을 마친 월요일 나는 코르소 거리와 시내 골목골목의 화려한 쇼윈도를 보며 느긋하게 쇼핑을 즐겼다. 빈으로 돌아가는 저녁 비행기 시간까지는 몇 시간밖에 남아 있지 않았다. 딱딱한 아스팔트길을 걷다 피곤해진 나는 아이스크림을 사들고 스페인 계단에 앉아 주변의 분주한 풍경을 구경했다.

로마에 와본 사람이라면 스페인 계단이 매우 높고 경사가 급할 뿐 아니라 폭도 꽤 넓다는 것과 매일 수백 명의 사람들이 스페인 광장에서 트리니타 데이 몬티 성당에 가기 위해 이 계단을 오른다는 사실도 알 것이다. 왜냐하면 그곳은 아름다운 로마 시내를 한눈에 즐길 수 있는 곳이기 때문이다.

나는 바라카치아 분수에서 가까운 스페인 계단 아래쪽에 앉아 외국 관광객들이 찰랑대는 분수 안에 동전을 던지며 영원의 도시로부터 행복을 사는 모습을 바라보았다.

그때 갑자기 남루한 차림의 남자가 나타났다. 유행이 지난 더러운 옷과 손질하지 않은 수염, 다 떨어진 신발로 미루어 보아 그가 로마의 곳곳에서 맞닥뜨릴 수 있는 거지란 사실을 알 수 있었다. 그를 본 순간 나는 다른 때와는 달리 이곳 스페인 계단에 거지가 거의 눈에 띄지 않는다는 생각이 들었다. 아니, 내가 주위를 둘러보았을 때 거지는 오직 그뿐이었다. 사실 이 곳은 거지들의 천국이었다. 나처럼 여유롭게 계단에 앉아 있는 돈 많은 관광객들에게 쉽게 접근할 수 있는 곳이었다. 그러나 나는 곧 그 이유를 알게 되었다.

사람들의 시선을 끄는 이 남자는 예상과 달리 아무에게도 동전을 구걸하거나 분수에서 동전을 건져 올리거나 하지 않았다. 그는 그냥 계단 아래에 서 있을 뿐이었다. 검게 그을린 얼굴은 흰머리가 섞인 헝클어진 머리와 덥수룩한 수염 때문에 거의 보이지 않았다. 12시가 되어 성당의 종소리가 울리자 두 개의 까만 눈동자가 덥수룩한 눈썹 아래에서 몬테 핀치오를 올려다보았다.

순간 나는 그가 누군가의 가방에서 지갑을 훔치기 위해 적당한 기회를 노리고 있는 소매치기일 거라고 생각했다. 하지만 나는 곧 그 생각을 버렸다. 그러기에는 그의 외모가 너무 눈에 띄었기 때문이다. 뿐만 아니라 내가 상상하는 소매치기는 그처럼 배가 불룩 나오거나 게으르게 생기지 않았다. 소매치기라면 날씬하고 날렵하게 생겨야 했다.

그는 누군가를 기다리고 있는 것처럼 보였다. 어쨌든 그의 시선은 계단에 앉아 있는 모든 사람들의 얼굴 위로 불안하게 움직였다.

3분도 채 지나지 않아서 경찰관 한 명이 그에게 다가가 무슨 말을 했다. 방해받고 싶지 않은 남자는 지나가는 사람들에게서 시선을 떼지 않고 경찰관을 밀어내려고 했다. 하지만 경찰관도 물러나지 않았다. 경찰은 그를 거지라고 여기고 광장에서 내쫓으려고 했던 것 같다. 장엄한 스페인 계단과 후기 바로크풍의 아름다운 도시 전경이 가난한 사람들이나 부랑자들이나 술 취한 사람들에 의해 손상되면 안 되기 때문이었다.

잠시 실랑이가 벌어지고 경찰관은 거지의 팔을 붙잡고 그를 광장에서 끌어내려고 했다. 두 사람 사이에는 격투가 벌어졌다. 거지는 확실히 약세였다. 그리고 얼마 후 경찰관은 여전히 반항하는 거지를 질질 끌고 퀴리누스 쪽으로 향했다. 두 사람은 실랑이를 벌이며 내 앞을 지나갔다. 거지는 큰 소리로 신음했다. 나는 그가 하는 말을 알아들을 수 있었다. 놀랍게도 그는 독일어로 말하고 있었다.

"제발 부탁하오. 제발…… 제발 잠깐만 여기 있게 해주시오. 아무도 방해하지 않잖소. 나는 단지 여기에 서 있기만 할 뿐이오. 제발!"

거지는 애원했다. 그는 누군가를 기다리고 있다며 단지 몇 분만 있게 해달라고 간청했다. 그는 거의 울음을 터뜨릴 지경이었다. 경찰관은 바닥에 쓰러지다시피 한 그를 질질 끌어냈다.

그때 네가 들었던 거지의 말은 이상했다.

"제발 부탁하오. 잠깐이면 되오. 오십 년을 이 순간을 위해 기다려왔소. 이러지 마시오. 이 십오 분을 위해 오십 년을 기다렸단 말이오, 제발!"

그러나 경찰관은 사정을 봐주지 않았다. 아마 그 이유는 우선 그가 이탈리아 사람이란 사실과 독일어를 알아듣지 못했기 때문일 것이다.

매정한 경찰관은 이탈리아어로 규정을 설명해 주는 듯했다. 거지는 경찰에게 계속 끌려갔다. 그 순간 나는 거지의 주머니에서 검은색 노트 한 권이 바닥으로 떨어지는 것을 목격했다. 거지는 물론 경찰관도 이를 눈치 채지 못했다. 두 사람 모두 그럴 경황이 아니었다. 그리고 비록 이들의 시끄러운 싸움을 호기심 있게 관찰한 건 나만이 아니었지만 그 노트를 집으려 하는 사람은 아무도 없었다.

이 어울리지 않는 두 사람이 길모퉁이를 돌려는 순간 나는 그 노트가 떨어져 있는 곳으로 걸어갔다. 하지만 노트를 집어 들었을 때 두 사람의 모습은 더 이상 보이지 않았다. 나는 그들이 사라진 쪽으로 따라가 보았다. 그러나 관광객들과 보행자들의 인파 속에서 그들을 더 이상 발견할 수 없었다. 나는 거지에게 되돌려주려던 노트를 손에 들고 서 있었다.

만약 이런 상황이 빈에서 일어났다면 나는 아마도 경찰서나 유실물 보관소를 찾아가 그 노트를 맡겼을 것이다. 하지만 여기 로마에서는…… 이탈리아어를 할 줄 몰랐고 이곳 관청과 문제가 생기는 것을 원치 않았다. 빈으로 돌아가는 비행기는 저녁에 있었다. 나는 호텔에서 짐도 가져와야 했고, 시내에서 비행장으로 가는 시간도 고려해야 했다. 뿐만 아니라 나는 경찰서도 유실물 보관소도 어디에 있는지 알지 못했다. 게다가 그 불쌍한 독일 남자가 이런 곳에서 자신이 잃어버린 노트를 찾으러 올지조차 의문이었다.

나는 주변을 둘러보았다. 아무도 노트나 나에게 관심이 없었다. 구경거리가 사라지자 사람들은 이제 원래의 관심사로 다시 눈을 돌렸다. 어떻게 해야 하나?

나는 다시 스페인 계단에 앉아 고민하기 시작했다. 계단을 내려오는 사람들의 얼굴과 노트를 번갈아 쳐다보았다. 마치 그중 누군가가 나에게 이 수수께끼의 해답을 알려줄 것만 같았다. 노트의 검은색 표지는 얼룩지고 모서리는 찢어져 있었다. 대략 100쪽에 달하는 노트는 몇 장을 제외하고는 거의 읽기 어려울 정도로 삐뚤삐뚤한 글씨로 빼곡히 채워져 있었다. 처음에는 주소록일 거라고 짐작했지만 그것은 일기였다.

출판업에 종사하는 사람으로서 나는 글을 많이 그리고 빨리 읽는 것에 익숙하다. 그리고 무엇보다 읽을 수 있는 것이란 모조리 읽어야 하는 것이 나의 의무다. 그러나 이것은 내가 호기심에 빠져 노트의 이곳저곳을 들춰보는 것에 대한 구차한 변명일 뿐이다.

하지만 나는 이렇게라도 노트의 주인에 대한 정보를 알아내 그것을 되돌려주고 싶었다.

나는 글을 읽으면서 그 매력에 점차 빠져들었고 양심의 가책도 점차 사라졌다. 하지만 나는 노트의 주인을 쉽게 찾아내지 못할 거란 사실과 설령 찾는다고 할지라도 그가 자신이 썼다는 사실을 부인할 거란 생각이 문득 들었다.

그 이유를 나는 금방 알 수 있었다. 이것은 그냥 평범한 글이 아니었다. 일대 센세이션을 일으킬 만큼 대단한 내용이었다.

만약 이 책을 읽는 당신이 두 눈으로 직접 확인한다면 아마 당신도 나를 이해할 것이다. 내가 왜 이렇게 흥분하는지, 왜 아무에게도 이 비밀을 털어놓지 못했는지, 그리고 왜 결국 순진하게 잡지사를 찾아가 도움을 청했는지 말이다.

또한 많은 회의적인 사람들이 단지 내가 어느 미친 문학 천재의 속임수에 넘어갔다고 주장한 이유와 이 노트의 내용이 모두 거짓이라고 딴지를 건 이유를 충분히 이해할 것이다.

하지만 만약 당신도 스페인 계단의 사건을 직접 목격했더라면 그리고 그 노트를 한 줄씩 힘겹게 읽었더라면, 아마 당신도 4월의 어느 날 로마에서 생긴 그 일뿐 아니라 노트에 씌어진 이야기도 믿었을 것이다.

그리고 노트의 행방이 묘연한 지금 진실을 증명할 수 있는 길은 더욱 복잡해졌다. 오직 기억 속에만 남아 있고 사본으로만 존재하는 무언가를 믿도록 만드는 일은 결코 쉬운 일이 아니다.

그 사건을 생각하면 가끔은 나마저 소름이 돋는다. 어쩌면 그 노트는 정말로 어느 미친 사람의 미친 머리에서 나온 현대판 괴담에 지나지 않을지도 모른다. 하지만 그것은 또한 우리가 알지 못하는 다른 세계에서 우연히 날아든 메시지일지도 모른다. 그 세계는 비록 우리 세계와는 다르지만 우리가 살고 있는 이 세상 한복판에서, 도시의 거리거리에서, 지금 이 순간에도 매일매일 자신의 진기한 삶을 꾸리고 있을지도 모른다.

물론 처음에는 나도 이보다 더 이성적인 설명에 이끌렸다. 그래서 이 노트가 강박관념과 정신분열증에 시달리고, 특히 알코올 중독과 마약 복용으로 망상에 빠진 어느 미친 늙은 부랑자의 것이라고 단정했다.

그러나 노트의 상세한 내용을 보고 나는 그 주인이 여러 가지 역사적 사건에 대해 해박한 지식을 소유하고 있음을 인정하지 않을 수 없었다. 누군가가 이런 지식을 스스로 생각해내거나 책을 통해 습득했다고는 믿기 어려웠다.

어느 순간부터 나는 이런 생각을 하게 되었다. 많은 사람들의 기억 속에 살아 있는 우리의 조상이 실제 특정한 형태의 영생을 누리고 있다고. 그럴 듯한 생각이다.

신은 수많은 불멸의 인간을 곁에 두기 지겨워 '죽지 않는' 사람으로 다시 이 세상에 보낸다. 죽은 뒤 천 일의 대기 시간이 지나면 그는 스페인 계단을 통해 다시 환생한다. 나 역시 이런 생각은 엉뚱하다고 판단했다.

이는 참으로 기괴하며 도저히 믿을 수 없는 정말 황당한 소리로 들릴 것이다. 하지만 일단 믿기 시작하면 다른 모든 것은 저절로 납득이 된다.

칼 마르크스는 1883년 3월 14일에 이 세상을 떠났다. 유명한 사상가이자 혁명의 선구자로서 그는 우리의 역사에서 잊혀질 수 없는 존재다. 그는 영생의 능력을 얻었지만 신은 그를 영생의 천국에서 받아주지 않고 죽지 않는 인간으로 만들어 이 세상에서 영원히 살도록 허락한다.

1885년 12월 8일, 칼 마르크스는 자신의 사망일로부터 천 일째가 되던 날 죽지 않는 인간의 몸으로 로마의 스페인 계단을 내려와 이탈리아 땅을 밟는다.

그는 정체불명의 사람이다. 자신의 존재를 증명할 수 없다. 출생 증명서도 없고 호적도 없다. 여권도 돈도 집도 아무것도 없다. 그는 아무도 아니다. 만약 그가 자신이 칼 마르크스라고 주장한다면 사람들은 분명히 그를 미쳤다고 할 것이다. 그래서 그는 입을 다물고 어떻게든 자신의 어려운 상황을 극복하려고 노력한다.

그는 집 없는 룸펜프롤레타리아트로서 살며 오로지 노동력만을 팔 수 있다. 그는 하루 벌어 하루를 살 수 밖에 없는 처지다. 그는 시내를 돌아다니며 먹을 것을 구걸한다. 그리고 일기를 쓴다.

이런 믿음을 가지면서부터 나는 그 노트의 내용에 흠뻑 빠져들었다. 나는 그 노트를 빈으로 가져가기로 마음먹었다. 빈에 돌아오자마자 우선 노트의 내용을 쉽게 읽을 수 있도록 사본을 만들었다. 그것은 매우 힘들고 까다로운 작업이었다. 사본을 완성한 뒤 나는 그것을 친구에게 보여주며 그의 의견을 물었다. 친구는 그것이 진짜인지 가짜인지에 상관없이 반드시 출판해야 한다고 주장했다. 설령 진짜가 아닐지라도 적어도 잘 지어낸 이야기라고 말했다.

친구는 나에게 《슈투름》 잡지사에 전화를 걸어 이 노트를 마르크스 일기장으로 출간할 것을 제안했다. 사실 나는 이 기회에 돈도 좀 벌어보려는 마음이 없지 않아 있었다. 《슈투름》지는 위조된(!) 히틀러 일기 60권을 사기 위해 5백만 유로를 내놓았다. 나는 비록 한 권밖에는 없었지만 이것은 진짜 마르크스의 일기였다.

나는 독일 함부르크에 있는 《슈투름》에 전화를 걸었고 나는 토마스 폴크만이란 사람과 연결되었다. 나중에 알게 된 사실이었지만 그는 당시 《슈투름》 편집부에서 실습 중이던 재능 있는 기자 지망생일 뿐이었다.

나는 잡지사의 편집부 조직을 잘 몰라 원래는 편집부장하고만 얘기하려 했다. 그런데 이 폴크만이란 자가 너무도 당당하게 나서며 자신과 이야기하면 된다고 주장해 나는 그만 그의 말에 넘어가버렸다.

지금 나는 그가 단지 야심에 찬 출세주의자였음을 안다. 그는 마르크스의 일기를 이용해 젊은 시절에 화려한 기자 경력을 쌓으려는 속셈이었다. 그는 자신에게 기회가 왔음을 냄새 맡고 뻔뻔스럽게도 나의 무지를 철저히 이용하려 들었다. 그는 나에게 일기를 요구하며 만약 이것이 진짜임이 밝혀지면 곧 수백만에 이르는 사례금을 주겠다고 약속했다.

사실 나는 컴퓨터에 저장해 놓은 사본만을 주려고 했었다. 그런데 그 폴크만이란 작자는 교활한 베테랑 기자의 오만방자한 말투로 절대 그런 술수에 넘어가지 않는다고 말했다.

"이 나라 최고의 기자들을 신뢰하지 못하겠다면 그냥 없었던 일로 합시다. 그 일기가 진짜인지는 제가 원본을 봐야만 확인할 수 있습니다."

당연히 나는 그의 말이 수긍이 되었다. 그래서 컴퓨터에 저장한 것만으로 안심하고 그에게 일기의 원본을 등기우편으로 부쳐주었다. 소포 발신 영수증은 아직도 내가 가지고 있다. 나에게 남아 있는 일기의 흔적은 암호와 함께 이 영수증이 전부다.

며칠 동안 나는 아무 연락도 받지 못했다. 이런 문서를 검사하는 일은 틀림없이 긴 시간이 소요될 거라고 나는 스스로를 안심시켰다. 히틀러의 일기가 발견되고 출판되기까지도 꼬박 2년의 시간이 걸렸다. 그에 비하면 2주는 아무것도 아니다.

그러고 나서 3주가 지나갔다. 당시 내가 다니던 회사의 부장이 자신의 대학 동기가 나에 대해 물어보았다는 말을 해주었다. 내가 신뢰할 만한 사람인지 이상한 말을 하거나 눈에 띄는 행동을 하지는 않는지 궁금해했다고 말했다. 부장은 내가 무슨 음모에라도 휘말렸는지 물으며 조심할 것을 경고했다. 나는 부장의 대학 동기가 《슈투름》과 관계있다는 사실을 그때 이미 눈치 챘다. 그 사람은 분명 정보 제공자의 신빙성을 검증해 보고 싶었을 것이다. 나는 있을 수 있는 일이라 생각하고 계속 기다려보기로 했다.

4주가 지나자 내 참을성에도 한계가 왔다. 나는 《슈투름》 편집부에 전화를 걸어 일이 어느 정도 진행됐는지 물어보았다. 뜻밖에도 나는 토마스 폴크만이 더 이상 편집부에서 일하지 않는다는 말을 들었다.

"그자는 기자가 될 자격이 없어요."

나는 곧 일기의 행방이 걱정되었다.

처음에는 마르크스의 일기에 대해 들어본 적이 없다고 잡아떼다가 내가 포기하지 않고 매달리자 결국 출판사의 책임자인 하르트무트 바인 박사를 바꿔주었다. 내가 용건을 간단히 설명하자 박사는 친절한 인사나 고맙다는 말 대신 거친 욕설을 퍼붓기 시작했다.

"당신이 바로 그 쓰레기를 우리에게 보낸 사람이군! 다시는 그런 개 같은 수작 부릴 생각 마시오! 알았소? 그렇지 않으면 경찰에 신고하거나 깡패를 시켜 본때를 보여줄 테니까."

나는 비록 그의 협박이 겁났지만 그냥 참고 있을 수만은 없었다.

"그 일기장은 제 것입니다. 폴크만 씨에게 우편으로 보낸 발신 영수증도 제가 가지고 있습니다. 일기장을 돌려주십시오."

나는 화가 나서 말했다. 나는 정당한 요구를 했다고 믿으며 자신 있게 덧붙여 말했다.

"만약 일기장을 되돌려주지 않는다면 법적인 대응을 할 것입니다."

그러나 이번에는 내가 조금 지나쳤다. 바인 박사는 내 잘못된 생각을 바로 고쳐주었다.

"법적인 대응을 하시겠다고?"

박사는 나를 비웃었다.

"출판사는 요구하지 않은 원고에 대해서는 책임지지 않소. 그건 간행 규정에도 나와 있고 세상도 다 아는 사실이오. 젊은 양반, 자기 물건은 자기가 알아서 관리해야지 그렇게 아무렇게나 던져버리면 되겠소?"

나는 침을 꿀꺽 삼켰다. 박사의 말이 옳았다. 그것은 내가 알았어야 했다! 절망한 나는 다시 용기를 내어 말했다.

"최소한 폴크만의 주소라도 알려주십시오. 아직 그 노트를 가지고 있지 않겠습니까?"

"폴크만은 더 이상 여기서 일하지 않소. 그리고 장담하건대 아무리 당신이 그의 집을 찾아간다고 하더라도 그는 당신을 절대 만나려고 하지 않을 거요."

바인 박사는 협박하는 어투로 목소리를 낮추어 말했다.

"하지만……."

박사는 내 말을 도중에 끊어버렸다.

"한 번만 더 말하겠소. 당신 말은 더 듣고 싶지 않으니 더 이상 우리를 귀찮게 하지 마시오! 그렇지 않으면 당신을 사기, 문서 위조, 업무 방해죄로 고소하겠소!"

나는 사실 지금도 박사가 정말 고소할 생각이었는지 알 수 없지만 당시 그의 말투는 단순한 협박이 아니라는 확신을 주었다. 나는 승산이 없다고 판단하고 전화를 끊었다.

며칠 동안 나는 토마스 폴크만이란 자를 어떻게 찾아낼까 고민하다가 전화번호부를 통해 함부르크 시에 살고 있는 사람 중 그와 동명인이 모두 네 명이란 사실을 알아냈다. 나는 네 사람 모두에게 전화를 걸었다. 하지만 기자였던 사람은 아무도 없었다.

나는 《슈투름》 편집부 토마스 폴크만 앞으로 짧은 편지를 보내 이 편지가 그에게 전달되기를 바랐다. 하지만 며칠 후 나는 '수취인 불명' 도장이 찍힌 편지를 편지통에서 다시 발견했다.

나는 일기장을 찾는 일을 거의 포기하려고 했었다. 사립 탐정에게 부탁하는 것 말고는 다른 해결 방법이 머리에 떠오르지 않았다. 하지만 사립 탐정을 고용하려면 너무 많은 돈이 필요했다. 별 일이야 있겠냐고 스스로를 안심시켜보기도 했지만 어느 날 우연히 마르크스의 일기가 세상에 공개돼 사람들을 깜짝 놀라게 하고 나는 한푼의 대가도 받지 못하면 어떡하나 하는 생각이 가끔 들곤 했다.

폴크만이라도 찾을 수 있다면!

그때 갑자기 전화벨이 울렸다. 벌써 6월 중순이었다.

내가 수화기를 들자 누군가가 낮고 굵은 목소리로 물었다.

"마르크스 씨?"

나는 그렇다고 대답했다.

"길게 말할 수 없습니다. 잘 들으세요. 저는 당신을 만나야 합니다. 내일 오후 4시 반쯤 중앙 묘지 정문 앞에서 봅시다. 그 전에 《크로넨 신문》을 사서 겨드랑이에 끼고 계십시오. 제가 당신을 알아볼 수 있어야 하니까. 저는 최신 《프로필스》를 들고 있겠습니다."

그는 약속 시간과 장소를 다시 한 번 짧게 말한 후 내가 무엇을 물어보기도 전에 전화를 끊어버렸다. 처음에 나는 그가 내가 찾고 있던 토마스 폴크만일지도 모른다는 생각을 했지만 곧 그 생각을 버렸다. 폴크만의 목소리는 그렇게 거칠고 낮은 목소리가 아니었다. 그리고 설령 병이 나서 그렇다고 해도 전화를 건 사람은 분명 나이가 더 들었고 목소리도 더 차분했다.

호기심이 발동한 나는 주저 없이 다음날 약속 시간에 맞춰 《크로넨 신문》을 사서 겨드랑이 밑에 끼고 약속 장소로 나갔다.

세계에서 가장 큰 공동묘지 중 하나인 빈 중앙 묘지에는 대략 300만 명의 영혼이 잠들어 있다. 개중에는 요하네스 브람스, 프란츠 슈베르트, 프란츠 베르펠*, 테오 링겐**의 무덤이 있다. 또한 쿠르트 유르겐스***, 요한 슈트라우스, 아르놀트 쇤베르크의 묘지도 찾아볼 수 있다.

매년 수많은 관광객들이 이런 유명한 사람들의 묘를 찾아온다. 자신들이 열광하는 사람들이 실제로는 죽지 않는 인간이 되어 지구 위에 함께 살고 있다는 사실을 전혀 모른 채. 바로 칼 마르크스처럼 말이다.

"마르크스 씨?"

전화로 들었던 바로 그 거친 목소리였다. 내 앞에는 약 쉰 살 가량의 남자가 서 있었다. 그의 얼굴은 갈색으로 그을렸고 체격은 그렇게 크지도 작지도 않았다. 짙은 색의 머리는 나이에 비해 부러울 정도로 숱이 많았고 약간 곱슬곱슬했다. 다만 머

---

* 독일의 유대계 시인이자 극작가, 소설가로 시집 『슬픈 날』, 희곡 「경인(鏡人)」, 소설 『베르디』 『베르나데트의 노래』 등의 작품을 남겼다.

** 연극/영화배우, 감독, 작가. 그는 일찍이 성격 희극 배우란 명성을 얻었다. 꼭두각시 같은 그의 탁월한 연기는 사람들의 감탄을 자아냈다. 그러나 그는 희극영화를 찍으면서 널리 알려졌다. 150편 이상 되는 작품에 출연했지만 대부분은 저질의 영화였다.

*** 영화배우. 2차 대전 직후 독일이 배출한 세계적 스타.

리가 조금 길게 자란 듯싶었고 머리를 감은 지 오래된 것 같았다. 갈색 눈에는 덥수룩한 눈썹이 그늘져 있었다. 선이 굵은 턱에는 까만 수염 자국이 남아 있었다. 최소한 사흘 동안 면도를 하지 않은 듯 보였다. 그가 입고 있던 옷은 계절에 비해 조금 덥게 느껴졌지만 세련되고 편안해 보였다. 초록색 폴로셔츠 위에 밝은 리넨 재킷과 허리에 주름을 넣은 베이지색 바지를 입고 고동색 요트용 신발을 신고 있었다.

"제 이름은 볼프강 알텐바흐입니다. 와주셔서 기쁩니다."

그는 이렇게 말하며 나에게 손을 내밀었다.

"뭘요."

나는 대답하며 그와 악수했다. 그는 따뜻하고 친절한 인상을 주었다. 나는 그에게 믿음이 갔다.

"저는 함부르크 《슈투름》지 수석기잡니다. 이미 예상하셨겠지만 당신과 마르크스 일기에 대해 얘기하고 싶습니다."

그는 짧게 말한 뒤 바로 본론에 들어갔다.

"당신이 발견한 것이 얼마나 엄청난 것인지 아마 모르실 겁니다. 그리고 얼마나 많은 사람들이 그 일기를 없애는 데 혈안이 되어 있는지도요."

나는 이해할 수 없다는 표정으로 어깨를 으쓱했다.

"그럼 설명해 드리겠습니다. 지금은 당신이 내가 믿고 말할 수 있는 유일한 사람입니다. 나를 해치려는 사람들이 도처에 널려 있거든요."

그의 말은 매우 극적으로 들렸지만 그의 모습은 조용하고 침착했다. 나는 그가 자신이 무슨 말을 하고 있는지 정확히 알고 있다는 인상을 받았다. 그의 말은 통제되어 있었고 신중했다. 그는 모든 상황을 확실하게 파악하고 있었다.

"잠시 걸을까요?"

그는 나에게 제안하고 곧바로 말했다.

"아무도 없는 곳에서만 할 수 있는 얘깁니다."

나는 그의 제안에 동의했다. 우리는 2제곱킬로미터가 넘는 공동묘지 안을 걷기 시작했다. 플라타너스가 늘어선 넓은 길을 걷다가 곧 작은 옆길로 접어들었다.

우리는 2시간 정도 얘기했다. 나는 그 일기를 어떻게 손에 넣었는지 자세히 말해주었고 그는 《슈투름》 편집부에서 무슨 일이 일어났는지 자신이 일기를 조사하면서 겪었는지를 언급했다. 그의 정보는 너무도 방대해 전부 기억할 수는 없었다. 그러나 노련한 기자인 그의 생생한 설명 덕분에 나는 많은 내용을 상세히 기억할 수 있다.

따라서 앞으로 내가 그의 이야기를 옮길 때 어떤 부분은 사실과 맞지 않을 수도 있다. 예를 들어 어느 수요일에 일어난 일이 사실은 화요일에 일어났으며 알텐바흐가 피운 담배나 그가 마신 커피도 사실은 내 상상력의 소산일 수 있다.

하지만 내 이야기는 대체로 그가 그날 나에게 들려준 것과 거의 일치한다.

우리는 대략 7시에 헤어졌다. 알텐바흐는 렌터카 타고 왔었다. 그는 곧바로 비행장으로 향했다. 그날 저녁 비행기를 타고 로마로 날아가서 바로 다음날 특별한 사람을 만날 계획이었기 때문이다. 2002년 6월 10일은 바로 전설적인 투자가 앙드레 코스톨라니가 죽은 지 정확히 천 일째 되는 날이었다.

"증권 시장의 대부(代父) 앙드레 코스톨라니는 1999년 9월 14일에 죽었소."

알텐바흐는 득의만만한 얼굴로 말했다.

"나는 그가 죽지 않는 인간으로 환생한다고 믿고 있소. 그렇다면 그는 사망하고 천 일이 되는 날, 그러니까 바로 내일 로마의 스페인 계단을 내려올 것이오. 거기서 나는 그를 환영해 줄 거요!"

볼프강 알텐바흐는 그날 로마로 가는 비행기에 오르지 못했다. 그는 비행장으로 가는 도중 과속으로 차도를 벗어났고 도로 왼쪽 가드레일을 들이받았다. 그가 탄 자동차는 오른쪽으로 미끄러지면서 비탈진 곳 아래로 굴러 떨어졌다. 차는 여러 번 전복되었고 결국 불길에 휩싸여 완전히 타버렸다. 알텐바흐의 시체는 검은 숯으로 변했지만 사람들은 그의 왼쪽 손가락에 끼워진 인장 반지를 보고 그의 신원을 확인할 수 있었다.

그는 몇 안 되는 진정한 기자 중 한 명이었고 진실을 찾기 위해 목숨을 걸었다. 알텐바흐는 자신의 죽음을 예견했다. 비록 충분히 빨리 예감하지는 못했지만. 그는 진력을 다해 싸우다가

패했다. 그의 투쟁이 전혀 무의미하지 않기를 바랄 뿐이다.

　그 죽음이 헛되지 않도록 하기 위해서 그리고 진실을 밝혀내기 위해서 나는 그의 이야기를 알려야 할 책임감을 느낀다. 언젠가 그 일기가 다시 발견되고 알텐바흐가 죽은 대가로 정말 놀라운 이야기가 완성될지도 모를 일이기 때문이다.

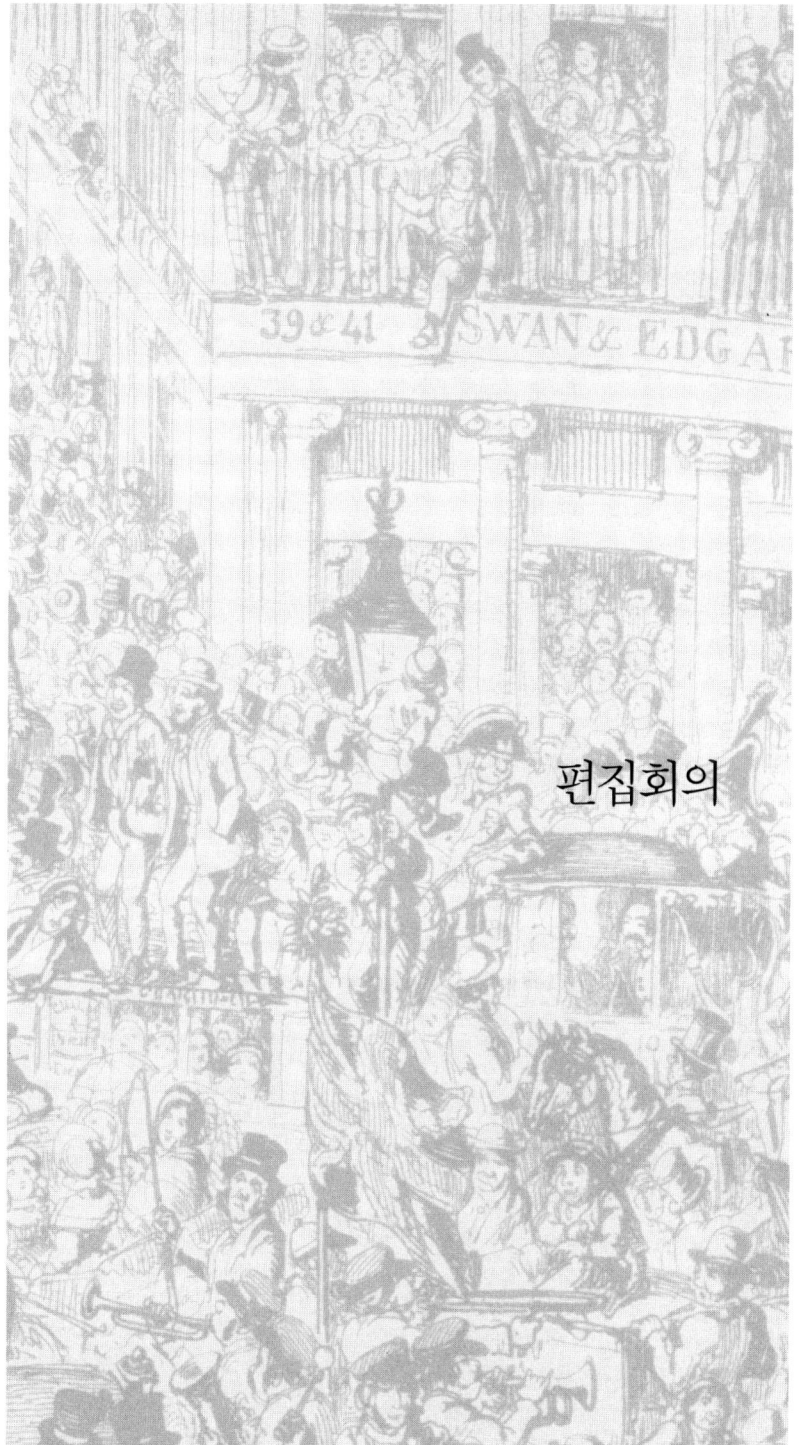

편집회의

우리는 사회인이 되기 위한 준비를 원하지 않는다.

우리는 사회생활에 참여하고 싶지 않다. 참여하지 않을 것이다.

우리는 사회의 일부가 아니다.

《슈투름》 회의실 분위기는 바짝 긴장되어 있었다. 고급스런 디자인의 큰 테이블에는 평소처럼 여섯 개 부서 책임자와 두 명의 수석 기자 그리고 편집부장이 앉아 다음 호 주제에 대해 토론하고 있었다. 뒤에는 백여 명의 편집자들이 앉아 이들을 조용히 관찰했다.

"이제 우리의 독점적 지위를 다시 한 번 보여줄 기발한 스토리가 필요할 때요."

편집부장은 경고했다.

"지크리트, 자네 스토리는 언제쯤 또 나오나?"

지크리트는 어깨를 한 번 으쓱한 뒤 무뚝뚝하게 대답했다.

"그게 무슨 말씀이죠? 제가 충분한 아웃풋을 제공하지 못한다고 비난하시는 겁니까? 지난번 특종은 누구 머리에서 나온 거죠? 여기 돈 받는 사람은 저 혼잡니까? 아니면 여기 계신 다른 분들도 월급 명세서에 서명하는 일 말고도 할 수 있는 일이 있다는 걸 증명해 보시죠!"

"꼭 지 어미야!"

편집부장은 여유 있는 체하며 특유의 웃음을 지어 보였다.

"지크리트, 그래서 난 네가 좋아! 넌 거리낌이 없어! 자, 다들 들으셨죠. 무슨 좋은 생각들 없나? 내놔보게."

존칭을 쓰다가 반말을 하는 것은 편집부의 독특한 분위기였다. 사람들은 모두 발랄하고 친절하게 보이려 노력했지만 동시에 자기보다 잘난 사람을 밀어내는 데 혈안이 되어 있었다.

비열한 왕따 문화는 이 바닥에선 흔한 일이었다. 동참하지 않는 사람 역시 살아남지 못했다. 오늘날 기자들은 기사거리를 쫓기보다는 싸우는 데만 바쁘다. 몇 안 되는 윗자리를 차지하기 위해서는 동료의 시체를 밟고 올라서야 했다.

기자에겐 동료는 없고 적만 있을 뿐이다. 친구는 없고 정보제공자만 있을 뿐이다. 세상을 만드는 것은 우선 사람들과의 관계다. 가능한 한 많은 관계를 맺는 일이 중요하다. 왜냐하면 적시의 적당한 관계는 적소의 적당한 정보가 적당한 지면에 실릴 수 있도록 보장해 주기 때문이다.

상대의 약점과 잘못을 잘 기억해 두었다가 결정적인 순간에 지적함으로써 상대를 꼼짝 못하게 하는 것도 좋은 방법이다. 또 선수를 쳐서 자신의 공적을 반복해서 드러내는 일노 득이 된다.

얼마 전 자신의 명함의 '문예'란 단어가 보잘것없는 '오락'으로 바뀌어 심기가 언짢았던 문화부장은 최근의 오페라 초연에 대한 자신의 비판을 큰 기사거리로 제안했다.

"뮌헨 오페라 단원들이 바뀌었는데 제대로 한번 몰아붙일 수 있을 것 같습니다."

"글쎄, 지난 2월 바그너를 다뤘을 때 형편없었던 판매 부수를 기억하고 싶진 않지만……."

이때 스포츠부장이 정확히 그 일을 상기시키기 위해 끼어들었다.

"성공적이었던 8월의 축구를 다시 한 번 다루는 것이 어떻습니까? 제2의 황제 프란츠 베켄바우어 해설자?!"

"지금 우리가 《키커》 잡지와 경쟁이라도 하려는 겁니까? 전 우리 잡지가 진실을 탐색하는 진지한 잡지라고 생각했는데요."

경제부장이 빈정댔다.

"정말 재미있군요. 아예 날씨 르포도 같이 쓰면 좋겠네요!"

"아, 경제부장께서는 차라리 함부르크 만하임 보험 회사의 황제에 대해 기사를 쓰고 싶으신가?"

스포츠부장은 경제부장의 말을 신경질적으로 맞받아 비웃

었다.

"하지만 유감스럽게도 주식에 대한 보도는 아메리카로 향한 뉴 이코노미의 마지막 영웅들이 콜럼버스 항해에서 형편없이 실패한 이래로 더 이상 아무도 관심을 두지 않소."

"아, 그렇습니까? 축구 국가 대표 영웅들이 지금처럼 계속 물속에 가라앉기보다 다시 땅 위에 올라와야 할 텐데 말이오. 뭐, 정 그렇게 원하신다면 우리 잡지 이름을 '축구 세상의 물병 통신'이라고 바꿔도 좋습니다!"

경제부장은 큰 소리로 비웃었다.

편집부장은 손바닥으로 탁자를 쳤다.

"그만들 유치하게 구시오! 우린 커버스토리가 필요하다고! 적절한 제안을 기다리겠소."

순간 여자 수석 기자가 자리를 박차고 일어나며 소리를 질 렀다.

"유치하다니요? 단지 몇 사람이 할 일을 제대로 못한 것으로 20년 경력을 가진 제가 이렇게 모욕을 당해야 합니까? 유치하 단 말씀은 삼가주세요!"

"알았어요. 알았어."

편집부장은 부드러운 목소리로 그녀를 달랬다.

"지크리트, 널 두고 한 말이 아니란 걸 알잖아. 네 일은 내가 높이 평가해. 진정하고 다시 앉아."

편집부장은 화난 눈초리로 사람들을 돌아본 뒤 단호하게 말했다.

"다른 사람들은 지금 아이디어를 내놔보시오!"

젊은 기자 수습생 토마스 폴크만이 뭔가 말해야겠다고 느낀 것은 대략 이때쯤이었을 것이나. 시금까지 편집회의 역사상 간부가 아닌 사람이 질문도 받지 않고 발언한 경우는 단 한 번도 없었다. 하물며 수습생이랴!

하지만 폴크만은 확신했다. 자신의 이야기가 기자로서의 화려한 출세의 출발을 의미할 뿐 아니라 편집부장이 이 순간 찾고 있는 이야기일거란 확신이 들었다.

폴크만은 자리에서 일어나 말하기 시작했다. 비록 마이크는 없었지만 나이에 비해 자신감이 넘쳤던 그는 모두가 잘 들을 수 있도록 또박또박 말했다.

"이 자리에서 구체적으로 밝힐 수 없는 누군가가 제게 귀중한 정보를 주었습니다. 이것은 세 번의 커버스토리로 나눠 만들 수 있을 정도로 대단한 것입니다."

사람들은 웅성거리기 시작했다. 유감스럽게도 폴크만은 이런 반응을 잘못 해석하고 말았다. 사실 이것은 야심에 찬 출세주의자의 주제넘은 등장에 대해 보수적인 편집부 사람들이 내지른 경악의 소리였다. 하지만 이를 폴크만은 자신을 높이 평가하는 사람들의 감탄으로 오인했다. 아니 더 나아가 자신의 말을 더욱 구체적으로 설명하라는 요구로 받아들였다.

바로 이 순간 폴크만은 자신의 발표뿐 아니라 동시에 그렇게 창창하리라 예상했던 출세의 막도 내려야 했다. 언론 세계에서 실습생이 준수해야 할 첫 번째 규칙은 윗사람들이 싸울 때는 반드시 입을 다물고 있어야 한다는 것이다. 두 번째 규칙은 상급자의 의견이 아무리 마음에 들지 않더라도 무조건 좋다고 치켜세우는 것이다. 세 번째 규칙은 상사보다 더 좋은 아이디어를 가져서는 안 된다는 것이다. 토마스 폴크만은 불과 몇 초 안에 이 세 가지 규칙을 모두 어기고 만 것이었다.

하지만 그러한 사실조차 인식하지 못한 그는 바로 네 번째 규칙마저 깨뜨리고 말았다. 그는 출판 역사의 최대 치욕을 상기시켰다.

"히틀러의 일기는 아시다시피 저널리즘의 전설이 되었습니다.《슈투름》은 아직까지 감히 그런 스토리를 만들 엄두를 내지 못했습니다. 그러나 이제 그보다 더 센세이셔널한 이야기를 찾아냈습니다. 그것은 제3제국의 이야기가 아닙니다. 그것은 바로 세계의 역사를 새롭게 쓸 이야기입니다."

토마스 폴크만은 감격을 누르지 못하고 극도의 흥분상태에 빠져 그의 팀장이 그만 하라며 손짓하는 것을 전혀 보지 못했다. 폴크만은 놀라서 할 말을 잃은 동료들을 향해 쉬지 않고 말했다.

"그렇습니다. 제가 여러분께 보고하고자 하는 바는 다름 아닌 칼 마르크스의 개인적인 일기를 발견한 사실입니다!"

폴크만은 동료들이 킥킥대는 소리를 흘려들었다. 그는 자신의 내면에서 주의하라는 경고의 소리도 듣지 않았다. 하지만 편집부장의 째지는 외침은 더 이상 무시할 수 없었다.

"으으…… 나가!"

테이블 끝에 앉은 편집부정은 팔을 휘둘렀다.

"여기가 정신 병원이야? 제길! 더 이상 못 참겠어! 저 자식을 당장 끌어내!"

폴크만은 순간적으로 입을 다물었다. 아무도 움직일 생각을 하지 않았다. 모든 편집자들은 돌처럼 굳어서 바닥을 내려다보거나 천장의 구멍을 쳐다보거나 가능한 한 눈에 띄지 않으려고 노력했다.

모든 언론의 양들이 종이 뒤에 자신의 몸을 숨기고 있는 동안 오직 볼프강 알텐바흐만이 자신의 별명인 '늑대'에 걸맞게 조용히 일어나 편집부의 희생양을 붙잡고 회의실 밖으로 끌어냈다. 그 가엾은 양이 도살장으로 끌려가기 직전 알텐바흐는 적어도 귀중한 양털을 확보하고 싶었다.

"이봐, 방금 자네는 엄청난 잘못을 저질렀네."

회의실의 이중 방음문이 닫히자 그는 조용한 목소리로 말했다.

"무슨 말인지 알고는 있겠지?"

폴크만은 알텐바흐 옆에 서서 몸을 떨었다. 아랫입술을 깨물며 알아들을 수 없는 말들을 중얼거렸다.

알텐바흐는 그에게 작은 여송연을 권했지만 폴크만은 사양했다. 알텐바흐는 혼자 한 대를 피워 물었다.

"아까 한 말 진짜야? 정말 칼 마르크스의 일기를 가지고 있나?"

"예. 확실합니다. 제가 어떻게 감히⋯⋯."

흥분한 폴크만은 말을 더듬었다.

"제가 어떻게⋯⋯ 칼 마르크스가 제게 직접 보내주었는데요?"

알텐바흐는 여송연을 길게 빤 뒤 연기를 깊숙이 들이마셨다. 예전에 그는 필터 없는 담배를 피우다가 금연한 적이 있었다. 담배를 쉽게 끊기 위해 그는 여송연을 피우기 시작했고 그 이후로 계속 여송연을 피워왔다. 그는 폐 깊숙이 연기를 들이마셨다. 가끔 그는 이것이 덜 해롭다고 착각하기도 했다. 그러나 엄밀히 말하자면 그는 자기 자신을 속이고 있었다. 어차피 담배를 피운다는 사실에는 변함이 없었다.

"그러니까 칼 마르크스가 자네에게 그 일기장을 직접 보내줬단 말이지?"

알텐바흐는 눈썹을 치켜뜨고 실습생이 한 마지막 말을 반복했다. 폴크만은 고개를 끄덕였다.

"그렇다니까요! 그가 열흘 전쯤에 제게 전화해서 일기를 발견했다고 말했어요. 그러고 나서 그것을 제게 부쳐주었죠. 그래서 제가 오늘 생각한 건데⋯⋯."

폴크만은 거의 울음을 터뜨릴 지경이었다.

"칼 마르크스가 칼 마르크스의 일기를 발견했다고? 그리고 그것을 자네에게 보내줬다고?"

알텐바흐는 자신이 무엇을 가장 놀라워하는지 알 수 없었다. 누군가가 마르크스의 일기장을 발견한 사실 때문인가? 아니면 그 누군가가 칼 마르크스이기 때문인가? 아니면 마르크스가 자신의 일기장을 하필 토마스 폴크만에게 보냈기 때문인가?

"네, 그래요. 제가 왜 농담을 하겠습니까? 저는 정말 성실한……."

폴크만은 더 이상 억누르지 못하고 눈물을 흘리며 말을 끝까지 잇지 못했다. 그는 갑자기 큰 소리로 흐느끼며 울기 시작했다. 알텐바흐는 바지 주머니에서 손수건을 꺼내 울고 있는 청년에게 건네주었다.

"그 대단한 일기장은 지금 어디 있나?"

"제 책상 서랍에요."

폴크만은 손수건에 코를 풀며 거의 알아들을 수 없는 소리로 말했다.

"그럼 그걸 지금 빨리 가지러 가세."

알텐바흐는 엘리베이터 쪽으로 걸어갔다.

"그 다음 일은 그때 생각해보자고."

명성을 얻으러 순진한 실습생을 이용한 알텐바흐는 비난받아야 마땅한지도 몰랐다. 그러나 그 비난은 부당하다. 어쨌든 폴크만은 모든 것을 잃은 처지였기 때문이다. 그는 조금 전 회의실에서 편집부의 위계질서를 세우는 계율을 모두 어겼다. 게다가 언론이 받았던 쇼크를 서투르게 지적한 것과 마르크스의 일기를 가지고 하필이면 히틀러의 일기를 거론한 일은 정말 어리석었다. 이것을 모르는 사람은 기자가 될 자격이 없다.

거의 30년째 글장이로 살아온 알텐바흐는 그것을 알고 있었다. 그는 폴크만의 야심 찬 면은 인정했지만 편집부에서 필요한 눈치는 없다고 판단했다. 기자는 필히 다음 두 가지의 특성을 지녀야 하기 때문이다. 그것은 인내와 알맞은 때를 예지할 수 있는 능력이다. 그리고 편집부의 '늑대'인 알텐바흐는 바로 그런 능력을 가지고 있었다. 따라서 비록 폴크만이 《슈투름》에 더 이상 어떤 희망을 걸 수 없더라도 만약 그의 말이 사실이라면 일기는 아직 가망이 있었다. 알텐바흐는 일기를 구하기로 마음먹었다.

그는 폴크만이 책상 서랍에서 꺼낸 일기장을 받아들었다. 대강 훑어보던 그는 폴크만이 빈의 출판업자와 나눈 통화 내용과 주고받은 편지에 대해 이야기를 들었다. 다 듣고 난 그는 폴크만에게 지금 곧 집으로 가서 일주일 동안 병가를 내고 그 일기에 대해 더 이상 아무에게도 말하지 말라고 충고했다.

"다른 사람들한테는 고열 때문에 정신 나간 헛소리를 지껄였다고 말하게. 아무것도 기억나지 않는다고. 그러면 혹시 여기에 남을 기회를 다시 얻을 수도 있으니까."

알텐바흐는 그에게 두 번째 기회란 없다는 사실을 알고 있었지만 폴크만에게 격려의 미소를 지어주었다. 언론의 세계에서는 아무도 두 번의 기회를 얻은 적이 없다. 한 번 기회를 잃은 사람을 아무도 신뢰하지 않기 때문이다.

"그럼 일기는요?"

폴크만은 망설이며 물었다.

"그건 내가 알아서 하지. 어쩌면 별 것 아닐 수도 있네. 칼 마르크스는 죽은 지 백 년도 넘었어. 그런데 이 노트는 백 년 된 것 같지는 않잖나?"

알텐바흐는 손등으로 일기장의 검은색 표지를 두드렸다.

"그건 맞습니다."

폴크만은 동의했다.

"그렇다니까."

알텐바흐는 고개를 끄덕였다.

"아마도 누군가가 히틀러 일기 출간 20주년에 맞춰 장난을 치려는 게 분명해. 그래서 이를 풍자하는 글로 사람들의 이목을 끌어보겠단 속셈이지."

"그리고 전 그 계략에 속아 넘어간 겁니다."

폴크만은 원통해서 울먹거렸다.

"실수는 누구든지 하는 법이야."

알텐바흐는 그를 위로하며 속으로 생각했다.

'그리고 그건 자네가 쫓겨날 테니까 유일한 실수로 남을 테지.'

알텐바흐는 폴크만의 어깨를 두드려주었다.

"자 그럼, 이젠 빨리 의사 선생님께 가서 멋진 진단서 한 장 떼어달라고 하게나. 그리고 우린 빨라도 일주일 후에나 다시 보게 될 걸세."

'아니면 영영 볼 수 없든지.'

그는 속으로만 말했다. 우는 얼굴은 도저히 볼 수 없었기 때문이다.

폴크만과 헤어진 알텐바흐는 일기장을 들고 재빨리 엘리베이터 쪽으로 향했다. 복도에서 설탕 커피를 뽑은 다음 자신의 사무실로 돌아왔다. 그리고 여송연을 피우며 너절한 일기장을 읽는 것을 방해받지 않기 위해 전화의 코드도 뽑고 문도 잠가버렸다.

판 만들기

판 만들기라고 하면 마치 뮤직 스튜디오에서
새로운 히트곡을 녹음한다는 말처럼 들릴지 모른다. 그러나 판 만들
기는 스튜디오와는 전혀 다르며 히트곡도 보장해 주지 않는다. 판을
만드는 사람은 판판한 땅바닥을 찾아내 그 위에 몇 개의 종이 박스를
분리해 펼치고 그 아래는 비닐로 된 쓰레기 봉지나 플라스틱 봉지로
방수 처리하고 그 위에는 낡은 옷이나 스티로폼 포장 재료를 간다.

이불은 낡고 큰 양모 외투나 못 쓰게 된 침낭 또는 찢어진 덮개
다. 이마저도 없을 때는 임시변통으로 신문지를 이용할 수밖에 없
다. 그렇다고 신문지를 이불처럼 덮는 것이 아니라 추위에 몸이 얼
지 않을 정도까지만 넝마 속에 구겨넣는 것이다. 하지만 많은 사람
들은 착각한다. 결국 얼어죽는 것은 마찬가지다. 추위를 견디다 못

해 뜻하지 않게 죽고 만다. 하지만 그것은 대부분 술을 너무 많이 마신 탓에 정신이 나가 몸의 이상을 알리는 경고를 더 이상 느끼지 못했기 때문이다. 그래서 판을 만들 때는 되도록 술을 마시면 안 된다. 하지만 길바닥에서 맨 정신으로 잠을 잘 수는 없어서 그것은 사실상 불가능하다.

밤에는 대부분 술 취한 사람들이 몰려와 못 살게 굴고 새벽에는 넝마에 밴 먼 세계의 향기를 맡으러 개 떼가 꼬여들었다. 아침에 일어났을 때 개가 싼 오줌이 목에 묻어 있는 것처럼 역겨운 것은 없다. 이것은 밑바닥 인생들이 입는 브랜드 옷이다. 브랜드 룸펜프롤레타리아. 브랜드 마르크스.

마땅한 잠자리를 찾는 것이 판 만들기에서 가장 어려운 부분이다. 낯선 도시에서는 잠시라도 편히 눈 붙일 곳을 찾으려면 몇 주 동안은 고생스런 밤을 보내야 한다.

처음으로 낯선 도시에 오면 며칠 밤은 그야말로 지옥이다. 기차역에 도착한다. 아는 것은 아무것도 없다. 외국 땅이면 말도 통하지 않는다. 그래서 우리 죽지 않는 인간들은 끊임없이 새로운 것을 배울 수밖에 없다. 설령 내 옆에서 누군가가 독일어로 말해도 나는 자주 그의 말을 이해하지 못한다. 오늘날의 독일어는 1850년에 쓰이던 독일어와 거의 다르기 때문이다. 따라서 무슨 말을 하든지 기차역이란 단어 외에는 대부분 아무것도 알아듣지 못한다.

기차역에서 밤을 지새우는 것은 우리가 상상할 수 있는 것 중에서 가장 혹독한 것이다. 기차역 자체가 너무나 시끄러운 곳이기 때문에 도저히 편안하게 쉴 수가 없다. 기차역은 소음으로 가득하다. 오가는 기차들의 브레이크 소리, 선로를 옮기는 기차들의 덜컹거리는 소리, 선로 보수반원들이 내지르는 고함 소리, 세척기 돌아가는 소리, 잃어버린 사람을 찾는다는 안내 방송 소리, 짐이나 가방을 잘 감시하라는 경고 소리, 새롭게 단장한 VIP 라운지에서 정성껏 모시겠다는 서비스팀의 광고 소리, 기차의 연착을 알리는 안내 방송 소리, 달리며 지나가는 사람들의 구두 굽 소리, 축구 팬들이 시끄럽게 질러대는 소리, 십 대들이 어깨에 멘 오디오 소리, 용돈을 벌기 위한 여대생들의 바이올린 연주 소리, 마약 중독자들이 싸우는 소리, 시끄럽게 떠드는 아이들 소리, 아이스크림 장수가 외치는 소리, 핸드폰에 대고 지르는 회사원의 고함 소리, 개들이 짖는 소리, 비둘기들의 울음 소리, 삐걱삐걱 구르는 가방 바퀴 소리…… . 정말 야단법석이다! 이걸 견딜 수 있는 사람은 귀가 먼 베토벤뿐일 것이다.

나처럼 지적인 사람이 견딜 수 없는 이 요란함 말고 괴로운 것이 또 하나 있다. 그것은 나 같은 사람이 주위의 구경꾼들에게 혐오감을 주는 구경거리란 사실이다. 저기 지나가는 평범한 사람들, 평범한 시민들, 평범하게 죽어갈 사람들…… . 그들은 어디든지 볼 수 있다. 그러나 그들은 아무 데나 보지 않는다. 그들은 우리를 본다. 그리고 자신들이 보기 싫은 비참을 본다. 나태를 본다. 오물, 쓰레기, 무소용, 무의미, 무가치를 본다. 모두 자신들이 보기 싫은 것들이다.

때문에 그들은 우리를 내쫓기 위해서 욕설을 퍼붓는다. 우리를 변화시키려고 충고를 던진다. 어쨌든 그들은 우리가 자신들처럼 노동하며 밥벌이 하기를 원한다. 어쩌면 우리 중에도 그렇기 되기를 희망하는 누군가가 있을지도 모른다. 만약 마음껏 잠을 잘 수 있게만 해준다면 말이다! 하지만 사람들은 우리가 잘 수 있도록 내버려두지 않는다. 이곳에서 우리가 자는 것을 원치 않는다. 우리가 이곳에 있는 것을 바라지 않는다.

다른 데 좀 쳐다보라고! 나는 외치고 싶다. 그럼 잠시라도 눈을 붙일 수 있으련만. 저 젊은 한 쌍을 보라! 얼마나 보기 좋은가! 아니면 저기 화려한 거리의 예술가를 보라! 참으로 볼 만하지 않은가! 아니면 저기 예쁜 롤라 양은 어떤가!

그런데 아니다. 기차역에 있는 사람들은 우리를 보길 원한다. 그리고 바로 그 때문에 더 이상 우리를 보고 싶어하지 않는다. 그래서 떠돌아다니는 부랑자들을 몰아내기 위한 특별 조치가 내려진다. 기차역을 보기 좋은 곳으로 만들기 위해서다. 관광객이 많이 오는 도시일수록 보기 좋은 기차역은 관광객의 만족도를 높일 수 있기 때문이다.

우리는 도시 마케팅의 냉혹한 경제학에 실망해 기차역을 떠난다. 어차피 머물고 싶지 않은 곳이다. 우리는 낯선 도시를 배회하며 잠잘 곳을 찾아나선다. 우리가 쉴 곳은 어디인가? 이 물음은 우리를 끊임없이 불안하게 만든다.

우리는 보행자 전용 구역을 거닐고 공공장소를 떠돌아다니다 빈 벤치를 발견한다. 하지만 이런 경우는 옛날과 비교해 더욱 어려워졌다. 옛날의 벤치는 그 위에 누울 수 있을 정도로 튼튼했다. 하지만 오늘날 공공 장소에는 벤치가 아예 없든지 한 사람씩만 앉을 수 있는 의자인 경우가 대부분이다. 두 의자를 나사로 고정시켜 연결한 벤치는 사실상 벤치가 아니다. 이런 벤치에는 누울 수가 없다. 의자 두 개는 소파가 아니다. 등받이 없는 의자 두 개는 안락의자가 아니다. 앉는 자리가 두 개라고 벤치가 되는 것은 아니다.

이건 고의다. 일부러 그렇게 만든 것이다. 의식적으로 그렇게 만든 것이다. 우리 같은 사람들이 누울 수 없도록 하기 위해서다. 1인용 의자 두 개를 붙인 것은 주요 관광 도시들이 세운 일종의 부랑자 방어 전략이다.

그 이유는 우리가 골칫거리이기 때문이다. 우리는 비둘기와 같다. 비둘기를 쫓기 위해서는 집집마다 벽감(壁龕)을 막아 둥지를 틀지 못하도록 하고 창문턱과 지붕 가장자리에 못을 박아 그 위에 앉지 못하도록 해야 한다. 부랑자를 쫓기 위해서는 1인용 의자를 만들거나 아예 아무 의자도 놓지 않으면 된다. 의자에 앉고 싶은 관광객들은 카페에 들어가면 된다. 그러면 적어도 그 도시 경제에는 이익이 된다. 카페 바깥에 앉고 싶은 사람은 포트 커피만 주문해야 한다. 밖에서는 커피를 잔으로 팔지 않기 때문이다. 그러면 매상은 더 올라간다.

부랑자에게는 앉을 자리를 주지 않는다. 매상을 올려주지 않기 때문이다. 부랑자는 아주 바깥에 서 있어야 한다. 그곳에는 아무것도 없다. 그리고 곧 그런 자리도 사라질 것이다. 상점들로 번화한 거리는 지붕을 덮은 아케이드로 바뀌는 추세이기 때문이다. 그리고 이런 아케이드는 사유화될 것이다. 아무나 들어갈 수 없는 곳이 된다. 그곳에서는 마음대로 앉을 수도, 마음대로 서 있을 수도 없다. 그러나 보행자들이 무언가 마시고 싶을 때 들어가 앉을 수 있는 카페는 아주 많다. 이 밖에 서서 커피를 마실 수 있는 가게도 있다. 사실 이런 카페가 훨씬 좋다. 왜냐하면 사람들이 그렇게 오랫동안 앉아 있지 않기 때문이다.

전설적인 빈 카페 문화는 이제 박물관에서만 찾아볼 수 있으며 박물관 내 카페는 이미 오래전에 효율성 증가를 위해 개조되었다. 커피 한 잔 시켜놓고 몇 시간 동안 카페 안의 공짜 신문을 읽는 손님은 좋은 손님이 아니다. 이런 손님은 매상에 도움이 되지 않는다.

그러나 오늘날에는 손님도 효율적인 손님이어야 한다. 커피 한 잔 시켜놓고 하루 종일 죽치고 앉아 있기를 바랄 수 없다. 머지않아 카페 손님은 파킹미터 같은 기기로 머문 시간을 재서 돈을 내야 할 것이다.

이것은 이미 인터넷 카페에서 실행되고 있다. 사람들은 머무른 시간만큼 사용료를 계산하고 음료수 값은 따로 낸다. 얼마 안 있으면 인터넷이 연결된 인터넷 카페와 인터넷 연결이 안 된 인터넷 카페만이 남을 것이다. 그리고 언젠가는 인터넷 접속 요금도 별도로 내야 할 것이다.

그렇다. 결국 그렇게 될 것이다. 이것이 바로 자본주의적 서비스업의 논리다. 옛날에는 편안히 병을 고치기 위해 병원에 갔다. 지금은 진찰을 받을 때마다 돈을 낸다. 옛날에는 편안히 죽기 위해 양로원에 갔다. 지금은 죽는 것도 따로 돈이 든다.

돈을 내지 않는 것이 없다. 인생이 전부 돈이다. 사람들은 생명에 대한 기본 요금을 내고 나머지도 모두 돈을 내야 얻을 수 있다.

세상에 태어나 그냥 그곳에 앉고 자고 심지어 살 수 있던 그때는 참으로 좋은 시절이었다. 오늘날에는 모든 것을 돈으로 사야 한다. 공짜로 아무 데나 앉을 수 없다. 공짜로 아무 데서나 잠잘 수 없다. 공짜로 살 수 없다.

몇 십 년 전까지만 해도 예배당 안 의자에 누워 잠을 잘 수 있었다. 비록 다른 때는 교회를 중히 여기지 않지만 이 점에서는 쓸모 있는 곳이라고 생각했다. 오르간 소리만 없다면 교회는 대부분 조용했다. 기차역 굉음보다는 백 배 천 배 낫다.

그런데 오늘날에는 교회도 돈을 받는다. 더 이상 마음대로 들어갈 수가 없다. 교회는 예배 시간에만 문을 연다. 그러나 예배 시간에는 잠을 제대로 잘 수가 없다. 개심할 마음이 없는 사람만 그럴 수 있다. 이들은 예배가 끝나면 잽싸게 문 앞으로 나와 손을 벌린다. 그리고 신앙이 깊은 체하며 구걸한다.

"한 닢만 주시고 신의 축복을!"

구걸이 끝나고 눈 좀 붙일 수 있다면 금상첨화다.

그러나 교회에서 구걸하는 일도 도시에 대해 어느 정도 잘 알아야만 가능하다. 어느 교회가 구걸을 허용하는지, 목사의 설교가 얼마나 오래 걸리는지, 언제부터 어느 문 앞에 앉는 것이 유리한지

파악하는 일은 결코 쉽지 않다. 신출내기는 하기 어렵다. 이들은 잠잘 곳이 없다. 아무 데도 없다!

"오!"

그때 어쿠스틱 악단이 즐겨 부르는 후렴 소리가 들려온다.

"불쌍한 인간들, 노숙자의 집으로 가라!"

맞는 말이다. 노숙자의 집으로 갈 수 있다. 물론 그곳의 이름은 '노숙자의 집'이 아니다. 입구 위에는 '환영의 집' '스페이드' '만남의 카페' '마가렛의 집' 같은 푯말이 붙어 있다.

'마가렛의 집'은 여자들을 위한 집이다. 여자 노숙자만 들어갈 수 있다. 남자 노숙자는 들어갈 수 없다. 이는 철저히 구분된다. 만약 남자와 여자가 한곳에 있으면 무슨 일이 벌어질지는 뻔하다.

남자와 여자가 한집에? 그렇다면 이들은 섹스를 할지도 모른다. 그리고 아이들을 낳는다. 부랑자 아이들을 낳는다. 부랑자 아이들은 이미 너무 많다. 물론 이 아이들은 노숙자가 아니라 거리의 아이들이다. 떠돌이 아이들이다. 부랑아들이다.

부랑자는 성년이다. 미성년인 아이들은 거리의 매춘 소년들이다. 아니면 마약 중독자다. 아니면 두 가지 다다. 이들은 노숙자의 집에 갈 필요가 없다. 이들은 마약에서 집을 찾는다. 목욕은 가끔 손님 집에서 하면 된다. 동성애자들의 집은 대부분 깨끗하다고 사람들은 말한다. 그러나 깨끗한 이성애자들은 사창가의 동성애 소년을 데리고 러브호텔로 가 자신의 궁둥이를 핥으라고 시킨다. 그러고 나서 아무것도 모르는 아내가 매니큐어를 바르고 자신을 기다리는 집에 가서 목욕한다. 그리고 매춘 소년은 엉덩이를 빨고 번 돈으로 손쉽게 마약 주사 한 대를 맞는다.

과연 누가 '환영의 집'으로 가고 싶겠는가?

아무도 없다. 그런 곳은 갈 데 없는 나 같은 사람이 마지막으로 가는 곳이다. 기차역에서 출발해 시청 앞 광장, 보행자 전용 구역을 지나 교회에 이르기까지 어디에서도 머물 곳을 찾지 못한 사람들이 가는 곳이다.

다리 밑 비둘기들과 싸워 패배한 자들이 가는 곳이다. 다리 밑에는 비둘기를 쫓기 위해 박아놓은 못이 없다. 그래봤자 하늘의 들쥐인 비둘기는 어느 부랑자의 잠자리를 더럽힐 뿐이다. '환영의 집'으로 가는 것은 이들이다.

'환영의 집'에서 일어나는 일은 아무도 모른다. 그곳에 어쩔 수 없이 가는 사람들만 알고 있다. 어차피 이들은 더 이상 아무것도 지각할 능력이 없다. 노숙자의 집은 이런 이들을 위한 것이다.

"오!"

그때 어쿠스틱 악단이 즐겨 부르는 후렴 소리가 들려온다.

"불쌍한 인간들, 노숙자의 집으로 가라!"

노숙자의 집은 시나 자치 단체의 복지 사업의 일환으로 운영된다. 주거 부정자 또는 노숙자를 위한 보호책이다. '또는'이라니! 주거 부정자 또는 노숙자. 여기에는 차이가 있다.

노숙자는 불쌍한 인간들이다. 이들은 빚에 쪼들려 월세를 내지 못하는 사람, 이혼한 뒤 집에서 쫓겨난 사람, 방금 출옥해서 집을 구하지 못하는 사람이다. 하지만 경우에 따라서는 일도 하고 어딘가에 앉고 싶을 때 앉을 수 있는 의자도 있다. 이들은 단지 머리를 덮을 지붕이 없을 뿐이다. 그러나 이것도 언젠가는 해결되는 문제다.

주거 부정자는 집도 일터도 없이 마약 중독에 빠져 어쩔 수 없이 떠돌이가 된 사람들이다. 이들은 앉을 벤치조차 없다. 떠돌이는 더 이상 사회인이 아니다. 왜냐하면 사회의 구성원이 되기 위해서는 적어도 앉을 의자가 필요하기 때문이다. 집도 없고 직장도 없으면 최소한 의자는 있어야 한다. 그러나 떠돌이는 의자가 없다. 떠돌이는 우선 '사회 참여'를 위한 준비부터 해야 한다.

법률상 나는 노숙자도 주거 부정자도 아니다.

부랑자는 부랑자일 뿐이다. 나는 체계적인 계급 의식을 가지고 있지 않다. 하지만 다른 사람들은 가지고 있다. 잘난 사람들은 반드시 가지고 있다. 계급 의식이 뚜렷한 이들은 노숙자 돕기 운동에 참여한다. 이와 반대로 나는 온종일 술집을 전전하며 천박한 행동을 일삼는 구제 불능이다. 계급 의식은 없다. 그 사실이 조금 아쉽기도 하다. 하지만 이상하게도 나는 세계 혁명을 더 이상 믿지 않는다. 나는 나의 운명과 화해했다. 개체화되었다. 사유화되었다. 모든 인간은 혼자다. 특히 내가 그렇다.

나도 노숙자의 집에는 가지 않는다. 법적으로 나는 그곳에 속하지 않는다. 만약 간다면 주거 부정자들의 집으로 가야 할 것이다. 그러나 사실 이런 의식적인 구분은 아무런 의미가 없다. 사람들은 실상 주거 부정자와 노숙자를 한곳에 집어넣기 때문이다.

실제 '환영의 집' 일부는 노숙자를 위한 곳이고 다른 일부는 주거 부정자를 위한 곳이다. 이들은 대부분 머리로만 분리된다. 이 두 집단의 구분은 남녀의 구분과는 다르다. 노숙자와 주거 부정자가 아무리 섹스를 해도 아이는 생기지 않는다.

그렇기 때문에 노숙자와 주거 부정자는 한곳에 있어도 상관없다.

한 방에 두세 명씩이나 여덟 명씩, 때로는 열두 명씩도 괜찮다. 이층침대가 있는 유스호스텔처럼 말이다.

만약 재수가 나쁘면 코 골고 냄새나는 사람 위나 오줌 싸는 사람 밑에서 자야 한다. 잠버릇이 고약한 사람이나 밤새 사방에서 술을 찾는 알코올 중독자 옆에서 자야 할 때도 있다.

열두 명이 사용하는 방에는 서로 마음이 맞는 사람이 한 명은 꼭 있기 마련이다. 나머지 열 명은 어떻게든 참아내야 한다. 마음이 맞는 사람들은 밤새우며 자신들의 고된 삶에 대해 이야기를 나눈다. 그러면 이번에는 나머지 열 명이 이들의 이야깃소리를 견뎌야 한다.

"오!"

그때 어쿠스틱 악단이 즐겨 부르는 후렴 소리가 들려온다.

"불쌍한 인간들, 노숙자의 집으로 가라!"

모든 '환영의 집'은 개관 시간이 정해져 있다. 대부분 저녁 6시 전에는 들어갈 수 없고 자정 이후에는 문을 닫는다. 그리고 아침 8시가 되면 또다시 밖으로 나와야 한다. '환영의 집'에서 하루 묵고 싶은 사람은 되도록 정각 6시까지 가는 것이 좋다. 원하는 사람이 모두 들어갈 만큼 자리가 넉넉하지 않기 때문이다. 들어오는 사람을 결정하는 일은 그곳 책임자의 권한이다. 그렇기 때문에 뽑히려면 서둘러 가야 한다.

어떤 곳은 '노숙자 관리를 위한 사회 복지 및 청소년 관리국 지정 처분서'를 받은 사람만 들어갈 수 있는 곳도 있다. 그러나 이런 지정처분서는 어디까지나 처분서다. 이는 '환영의 집' 입소를 보장하기도 하지만 타의에 의한 강제적 입소도 의미한다.

노숙자의 집에서 지내는 일은 단순히 사는 것이 아니다. 이용하는 것이다. 때문에 관청은 열악한 환경에 대해서 말하지 않고 이용 시설과 그 절차에 대해서 말한다. 이 시설은 공용의 법적 시설이다. 하지만 괜찮다. 그리고 이용 시설은 유료다. 당연히 유료다. 특별한 경우를 빼면 인생에서 공짜인 것은 죽는 일밖에 없다.

이용 시설에는 사용료가 요구된다. 여러 명이 함께 쓰는 방은 하루 자는 데 대략 5유로다. 만약 6개월 이상 관리국 지정 처분된 사람이라면 6유로를 내야 한다. 환영의 집에서 단기간 있을 경우 월세가 150유로인 셈이다. 열두 명이 쓰는 방은 한 달에 1,800유로가 나온다. 물론 아침밥이 포함된 가격이다.

요금 납부 의무는 이용 절차가 시작되는 순간부터 생기고 숙소를 나가는 순간에 끝난다. 때로는 퇴소가 요금 납부 의무가 끝남으로써 퇴소 조치가 이루어지기도 한다. 사람들은 요금을 더 이상 낼 수 없을 때 숙소를 나가기 때문이다. 따라서 오래 머물수록 요금도 더 비싸진다. 언젠가 가진 돈이 다 떨어지면 보호소를 떠나도록 만든 것이다.

　퇴소는 기뻐할 일이다. 동시에 요금 납부 의무도 사라지기 때문이다. 그러면 이용 절차도 끝난다. 그러면 공용의 법적 관계도 끝난다. 가끔은 인생도 끝나버린다. 그 다음은 장례 요금이다. 장례 요금은 보험사가 처리한다. 묘지도 사용료가 있다. 그러나 단지 20년뿐이다. 20년이 지나면 그 관계도 끝난다. 무덤 뚜껑이 닫히는 날 요금 납부 의무도 끝난다.

　요금은 일반적으로 매일 앞서서 만기된다. 개인 소득이 없는 사람은 해당 관청에서 주택 보조금을 신청할 수 있다.

　"오!"

　그때 어쿠스틱 악단이 즐겨 부르는 후렴 소리가 들려온다.

　"불쌍한 인간들, 노숙자의 집으로 가라!"

　그렇다. '환영의 집'에서 하룻밤을 묵고 싶은 사람은 될 수 있는 한 현금 5유로를 가지고 오후 6시 정각에 숙소 앞에 서 있어야 한다. 그러면 승산이 있다.

　'환영의 집'에 일단 들어간 뒤에는 거주자가 준수해야 할 주의 사항이 있다. 보호소 책임자의 지시를 따르며 다른 사람에게 폐가 되는 행동은 삼가야 한다. 이 밖에 위생적인 환경을 만들도록 철저히 주의해야 한다. 각 공간은 원래의 사용 목적에 맞게 이용해야 하며 전기 제품은 관리자의 허락을 받아야만 작동시킬 수 있다. 샤워와 목욕은 밤 10시부터 아침 6시 사이에 금지되어 있다. 밥은 돈을 내야만 먹을 수 있고 술은 자신이 마실 소량만 가지고 들어올

수 있다. 그리고 동물은 원칙상 허용되지 않는다.

재니스 조플린이라면 자신의 애완견인 바비 맥기를 바깥 가로등 기둥에 묶어놓아야 한다. 괴테는 맥주나 애거마이스터(일종의 알코올 함유 음료 - 옮긴이) 열두 병 묶음을 파티에 가져오면 안 되고 바그녀는 자신의 아리아를 카세트레코더로 들어도 되는지 물어야 하지만 절대로 허락받지 못할 것이며 피히테는 샤워를, 나는 면도를 해야만 할 것이다.

그리고 재융화, 재사회화, 재활성화의 조치가 있다. 열성 사회교육자나 사회복지사 또는 사회 복지 분야 종사자는 우리 노숙자들이 열심과 책임을 다해 자신들의 프로젝트에 참여하기를 바란다. 예를 들어 우리는 넓은 운동장에서 열린 어느 행사의 쓰레기를 치운다. 이른바 작업 치료다. 노동이란 집과 마찬가지로 생존 기반을 보장하는 필수조건이란 사실을 다시 배워야 하기 때문이다. 빗자루로 쓸고 쓰레기를 치우는 작업 치료에서 노동을 배우고, 노숙자 보호소에서 사는 방법을 배우며, 사용료를 내며 터무니없이 비싼 월세 내는 법을 배운다. 이 모든 배움을 통해 분명 더 나은 삶의 열매를 맺을 것이다.

이렇게 산다면 나는 내가 인간이란 사실을 다시 자각할 수 있을 것 같다. 나는 그저 원하기만 하면 된다. 만약 내가 무엇을 원하는지 안다면 나도 그것을 원할 것이다. 사회복지사 중 한 명에게 물어보기만 하면 된다. 그는 나에게 말해줄 것이다. 아마도 마르크스를 꼼꼼히 읽었을 테니까. 모든 인간은 인간이 되는 기회를 가져야 한다고 요구한 자는 바로 마르크스였다. 누구든지 스스로를 인간으로서 경험하고 인간으로 존재하는 것이 무엇인지 충분히 의식해야 한다고 그는 주장했다.

나는 언젠가 이렇게 말했었다. 아니면 글로 썼든가. 내가 아니고 엥겔스였나? 아무튼 우리 둘 중 한 명이었다. 그 생각은 바로 이렇다. 인간은 인간으로서 존재한다는 사실을 배워야 한다. 그 깨우침은 아무나 얻는 것이 아니다. 분명히 아니다. 거리에 돌아다니는 괴물들을 보라. 저 속물들을. 저 깔끔한 커리어우먼들을. 어쩌면 저들은 인간으로 산다는 것이 무엇을 의미하는지 전혀 인식하지 못할지도 모른다. 철저하게 유물론적으로 산다는 것이. 완벽하게 인간으로 산다는 것이.

하지만 사회복지청의 인간 되기 프로그램을 자세히 살펴보면 나는 갑자기 인간이란 사실을 더 이상 자각하고 싶지 않다. 인간이고 싶지 않다. 하여튼 그들이 원하는 인간은 되고 싶지 않다. 운동장 파티 뒤에 남은 쓰레기를 치우는 인간은 되고 싶지 않다. 그럴 바에는 차라리 공원 벤치에 앉아 직접 재미있는 파티를 벌이고 다른 사람들더러 쓰레기를 치우도록 하겠다.

깔끔한 인간들은 없어도 좋다. 나는 그들과 아무 상관이 없다. 이건 내 진심이다. 차라리 유령으로 있는 편이 낫다. 나는 유럽을 떠돌아다닌다. 그리고 나의 유랑은 카니발 축제의 퍼레이드가 아니다. 우리 죽지 않는 인간들은 영원히 진지한 과거의 유령들이다. 집 없는 우리는 한곳에 정착하지 않는다. 우리는 끝없이 배회한다.

영원히.

우리는 사회인이 되기 위한 준비를 원하지 않는다. 우리는 사회생활에 참여하고 싶지 않다. 참여하지 않을 것이다. 우리는 사회의 일부가 아니다. 우리는 사회의 저편에 산다. 우리는 세상과 관계가 없다. 우리는 죽음의 일부다. 그리고 영원한 생명의 일부다. 우리는 사회생활에 속하지 않는다. 우리는 아무것도 아니다. 우리는 숫자가 없다. 주민등록번호도 판매세번호도 사회보험번호도 없다. 때문에 원하지 않는 노숙자 보호소에도 어차피 들어갈 수 없다. 우리는 이곳에 속하지 않는다. 이곳은 다른 사람들의 쓰레기를 치우고 이를 생활의 질이라고 여기는 불쌍한 인간들이 속한 곳이다.

"오!"

그때 어쿠스틱 악단이 즐겨 부르는 후렴 소리가 들려온다.

"불쌍한 인간들, 노숙자의 집으로 가라!"

이것으로 판을 낼 수도 있겠다. 하지만 히트는 치지 못할 것이다. 사실 그럴 필요도 없다.

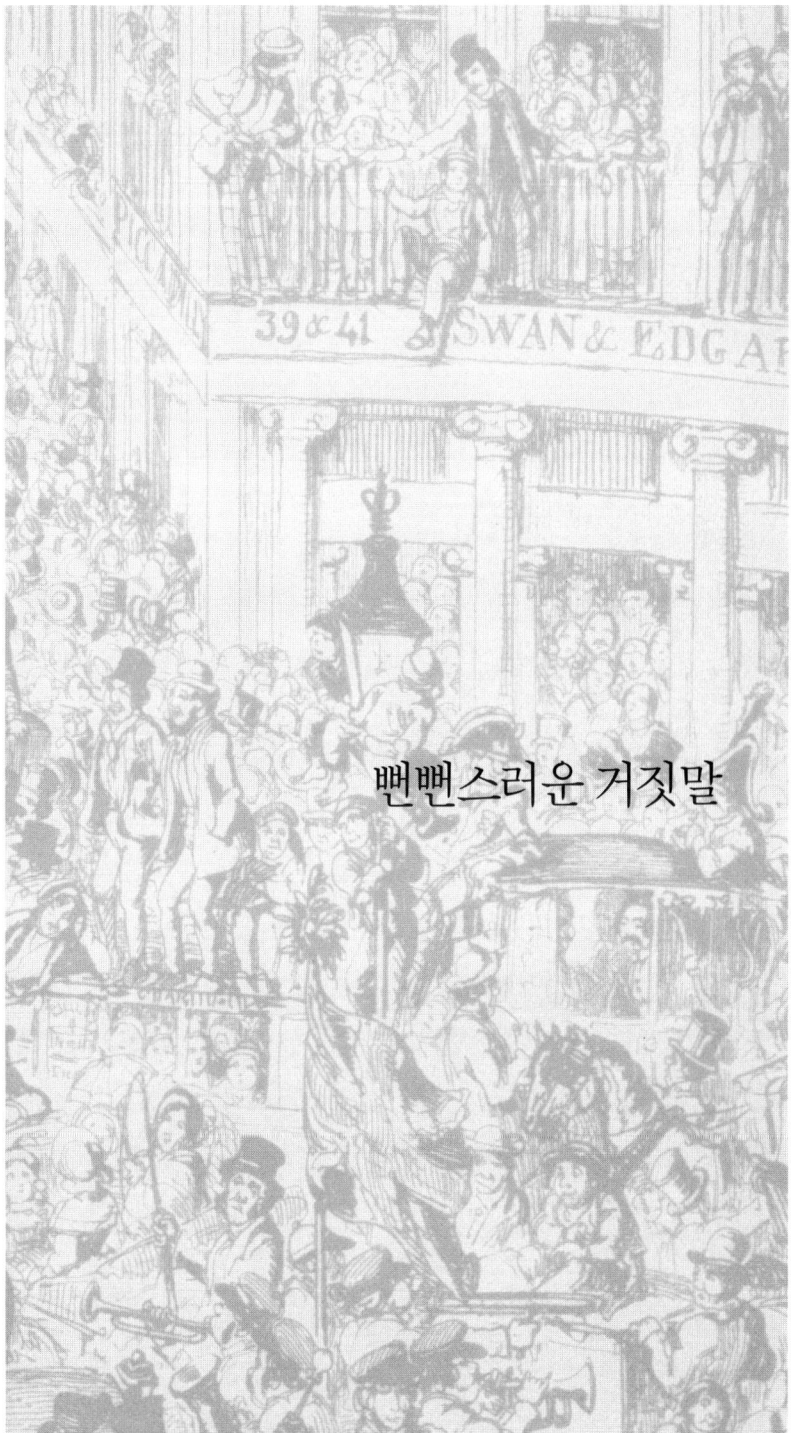

뻔뻔스러운 거짓말

나는 확실하게 하기 위해 한 마디 덧붙여 말한다. 20년째 거리에서 살고 있는 나로서는 정상적인 삶은 이제 더 이상 상상할 수 없다고 고백한다.

이상한 글이다. 알텐바흐는 몇 장을 읽고 난 뒤 이렇게 생각했다. 전체적으로 보면 사회적 의식이 강한 노숙자의 기사 같기도 하고 야심 찬 젊은 기자가 세상을 바꾸기 위해 쓴 스토리 같기도 하다.

"폴크만이 직접 쓴 게 아닐까?"

그는 중얼거리며 상자에서 여송연을 꺼내 이리저리 돌렸다.

"그냥 괜찮은 사회 기사나 써서 키쉬 상*에나 도전해 볼 일이지 왜 하필 죽은 철학가의 일기를 날조했을까? 그것도 칼 마

르크스와 같은 이름의 책장수가 로마에서 일기를 발견했다는
등 거짓말을 하면서…… 좋은 기사이기엔 너무 복잡해."

알텐바흐는 낮은 목소리로 말하며 여송연에 불을 붙였다.

이 이야기가 진짜 센세이션을 일으키기 위해선 다음 두 가지
사실이 분명해야 했다. 이것은 왜 칼 마르크스의 일기인가? 이
것은 왜 지금에야 나타났는가? 그러니까 예를 들어 마르크스의
일기는 수백 년 동안 국제노동자협회가 소유하다가 지난 몇 년
간 호네커가 가지고 있었으며 바로 지금 남미에 있는 호네커의
유품 상자에서 다시 출현했다는 등 뭐 이런 식 말이다.

그리고 무엇보다도 일기는 낡아야 했다. 현대 사회에 대한
비판이 아닌 19세기의 이야기가 씌어져 있어야 했다. 마르크스
는 죽었다!

알텐바흐는 여송연을 깊이 빤 뒤 연기를 힘차게 내뿜었다.

만약 그가 살아 있다면? 만일 마르크스가 정말로 죽지 않는
사람이라면?

알텐바흐는 다시 한 번 일기장을 넘겨 원하는 구절을 발견했다.

"사회복지사 중 한 명에게 물어보기만 하면 된다. 그는 나에
게 말해줄 것이다. 아마도 마르크스를 꼼꼼히 읽었을 테니까.

---

* 에곤 에어빈 키쉬 상은 1977년 독일어 언론의 질적 향상을 목적으로 헨리 난넨(Henri
  Nannen)이 만들었다. 키쉬는 기자이자 저널리스트였다. 1885년 프라하에서 태어나
  1948년에 프라하에서 사망했다. 키쉬는 오늘날 독일뿐 아니라 유럽의 가장 중요한 저널
  리스트로 꼽힌다.

모든 인간은 인간이 되는 기회를 가져야 한다고 요구한 자는 바로 마르크스였다."

알텐바흐는 여송연의 재를 떨어냈다.

"흠…… 마르크스가 마르크스에 대해 이렇게 썼을까? 아냐. 왕년엔 좌익이었고 지금은 인텔리인 척하고 싶은 부랑자나 이렇게 쓰겠지. 하지만……."

그는 계속 읽어내렸다.

"나는 언젠가 이렇게 말했었다. 아니면 글로 썼든가. 내가 아니고 엥겔스였나? 아무튼 우리 둘 중 한 명이었다."

알텐바흐는 골똘히 생각하며 작은 구름 모양의 연기를 만들어 뿜어댔다.

"진짜 마르크스가 썼다고 확신할 수 없어."

그가 내뿜은 연기 구름은 높이 떠올라 천장에 닿기 전에 이미 흩어져버렸다.

"결국 허튼소리군!"

알텐바흐는 일기장을 덮어 책상 맨 위 서랍 안에 던져넣었다. 지금은 부랑자가 쓴 소설을 연구하는 것보다 더 중요한 일이 얼마든지 있다.

알텐바흐는 책상 뒤쪽에 쌓인 서류 더미를 집어들었다. 그것은 어느 유명 텔레비전 진행자의 통화 내역 사본이었다. 그 진행자는 시청자에게 항상 좋은 남편, 좋은 아버지의 이미지를 유지해 왔지만 몇 달째 섹스핫라인 아가씨와 관계를 맺고 있다는 소문이 돌고 있었다.

만약 누군가 수석 기자의 생활이 흥미로울 거라고 믿는다면 그것은 착각이다. 절대 그렇지 않다. 수석 기자의 생활은 말단 공무원의 생활과 대강 비슷하다. 수석 기자는 전기요금 영수증, 계좌입출금 명세서, 전화요금 영수증 같은 읽을거리를 늘 읽는다. 그는 많은 숫자 중에서 스캔들을 불러일으킬 만한 숫자를 찾는다.

알텐바흐는 한숨을 내쉬었다. 사실 그는 그 진행자가 어떤 성생활을 하는지에 대해서는 아무런 관심도 없다. 하지만 독자는 이런 폭로성 스토리를 읽고 싶어한다. 그러니 알텐바흐는 찾을 것이다. 좋은 일은 아니다. 하지만 적어도 그는 폭로거리를 찾지 못해 거짓말을 만들고 명예훼손 소송비는 회사에 떠넘겨버리는 동료들보다 자신이 낫다고 생각했다. 그는 최소한 진짜 이야기를 찾아냈다. 아무도 그를 부당하게 고발하지 않았다. 늑대 알텐바흐는 더러운 냄새의 원인을 정확히 확인한 뒤에만 먹이를 향해 달려들었다. 그러면 누구든지 꼼짝없이 당하고 말았다.

알텐바흐는 내키지 않았지만 정신을 집중해 통화 내역을 한 줄씩 읽어 내려갔다. 하나의 번호도 빠뜨리지 않았다. 어떤 번호는 그가 아는 것이었다. 방송국 편집부 번호였기 때문이다. 다른 번호들은 확인 삼아 걸어봤다.

"죄송합니다. 잘못 걸었습니다."

알텐바흐는 짧게 말한 뒤 곧 수화기를 내려놓았다. 그는 이런 방식으로 중요하지 않은 전화번호의 목록을 만들어나갔다. 그것은 친구나 친척, 동료들의 전화번호였다. 도덕적으로 문제 없는 관계의 사람들이었다. 하지만 어쩌면 마지막에 깨끗하지 못한 번호가 남게 될지 모른다. 그러면 스토리는 완벽하다!

알텐바흐가 확인할 번호의 수는 대략 천 개였다. 순전히 막노동이다. 그는 짜증이 났지만 통화 내역 서류를 넘기며 잘 살펴보았다. 전화하기를 좋아하는 그 진행자는 자주 그리고 오래 통화했다. 만약 그가 폰 섹스 상대와 한참 얘기했다고 가정하면 확인해야 할 통화만 몇 백 건이었다. 그러나 그것도 장담할 수 없다! 자신의 불륜을 감추기 위해 약속만 짧게 하고 전화를 끊었을지 모르지 않는가!

알텐바흐는 마지막으로 여송연을 빨고 난 뒤 꽁초를 재떨이에 던졌다. 꽁초는 천천히 다 타들어갔다. 그가 일기의 넷째 장을 다 읽었을 무렵 누군가 갑자기 문을 두드렸다. 그가 대답도 하기 전에 출판사 책임자가 문을 열며 급히 들어왔다.

"바인 박사님?! 무슨 일로 여기까지……."

열중이던 알텐바흐는 깜짝 놀라며 의자에서 일어났다. 하르트무트 바인 박사는 문을 꽝 닫으며 다짜고짜 소리를 질러댔다.

"빨리 내놓게! 자네가 가지고 있는 걸 알고 있네. 어서!"

그는 바인 박사가 무슨 말을 하고 있는지 당연히 알고 있다. 하지만 노련한 알텐바흐는 시치미를 뚝 떼고 마치 아무것도 모르는 체했다. 그는 우선 그 일기가 무엇이기에 바인 박사가 저리도 흥분하는지 알아내고 싶었다. 그는 왜 평소처럼 전화하지 않고 몸소 찾아온 것일까?

"예? 무슨 말씀을 하시는지 도통 모르겠습니다."

"잘 듣게, 알텐바흐. 나는 이미 다 알고 있네. 폴크만이 자네에게 일기장을 주었다고 말했네. 빨리 내놓게!"

여전히 흥분한 바인 박사는 팔을 휘저으며 말했다.

"나한테 일기장을 주었다고 폴크만이 말했다고요? 뭐, 우리 실습생께서 그러셨다면 정말 그러셨겠지요."

알텐바흐는 놀란 척하며 빈정대는 투로 덧붙였다.

놀란 바인 박사는 눈썹을 치켜떴다. 그는 폴크만이 진실을 말했다고 굳게 믿는 것 같았다. 그러나 이제 알텐바흐가 그 믿음을 흔들어놓았다.

"오늘 편집회의에서 그의 무례를 보지 못하셨습니까?"

알텐바흐는 격앙된 목소리로 출판사 책임자에게 물었다. 박사가 고개를 끄덕이자 그는 이어서 말했다.

"제가 그자를 회의실에서 끌어냈습니다. 그가 밖에서 제게 말하더군요. 그 일기를 가지고 있지 않다고요. 단지 그런 일기가 있다는 사실을 누군가 전화로 알려줬다고요."

이런 뻔뻔한 거짓말은 알텐바흐가 수년간 기자 생활을 하며 터득한 것이었다. 이는 그가 거짓 기사를 썼다는 말이 아니라 이런 식으로 인터뷰할 상대를 자주 몰아세웠다는 말이다. 언젠가 그는 거짓말이 진실로 가는 지름길이란 사실을 깨달았고 그때부터 거짓말하는 데 조금도 양심의 가책을 느끼지 않았다. 알텐바흐는 순진한 표정을 지으며 출판사 책임자의 얼굴을 바라보았다.

"그리고 이젠 나한테 일기를 주었다고 말한다고요? 원, 참으로 무슨 말씀을 드려야 할지……."

알텐바흐는 정말 모르겠다는 듯이 어깨를 으쓱했다.

"누군가 정말로 그런 얘길 했는지, 그 일기가 정말로 존재하는지 도대체 어떻게 믿을 수 있죠?"

바인 박사는 확실히 불안해진 표정이었다. 그는 몸의 중심을 한쪽 발에서 다른 쪽으로 옮겼다. 그의 의혹은 더 강해졌다. 출판사 책임자씩이나 되는 그가 야단을 부린 꼴은 조금 민망스러웠다. 그가 노장인 알텐바흐보다 한갓 어린 실습생의 말을 더 믿는 것처럼 보였기 때문이다.

"미안하네."

바인 박사는 중얼거리며 손으로 이마를 쓰다듬었다.

"자네 말이 맞네. 이거야 정말……."

알텐바흐는 의자에서 일어나 사이드보드로 갔다. 그곳은 값비싼 술을 모아놓은 그의 귀중한 '보물함'이었다.

"코냑 한잔 하실래요?"

"괜찮네."

바인 박사는 손을 저었다.

"자네처럼 창의력이 뛰어난 사람이면 몰라도 나는…… 알지 않나. 오늘 오후에 중요한 광고주들이 오기로 돼 있네."

"그래도 제게 설명해 주시겠습니까? 그 일기가 도대체 무엇인데 박사님이 그렇게 격분하셨는지 말입니다."

알텐바흐는 침착히 말하며 지난 가을 부르고뉴 지방에서 직접 가져온 코냑을 한 잔 따랐다.

바인 박사는 손님용 안락의자에 털썩 주저앉으며 놀란 얼굴로 탁자 위에 수북이 쌓인 종이들을 바라보았다.

"이런 엉망진창 속에서 늘 놀랄 만한 스토리를 찾아내다니!"

"마르크스 일기가 있다는 걸 진짜 믿으세요?"

알텐바흐는 화제를 다시 돌렸다.

바인 박사는 듬성듬성한 머리를 손으로 쓸어넘겼다.

"나도 그걸 알면 좋겠네. 어쨌든 우리는 현 출판계 분위기에서 조금의 스캔들도 낼 처지가 못 되네. 우리 광고주들은 워낙 예민해서 나쁜 소식이라도 조금 들리면 우리를 완전히 망하게 할거야."

"하지만 칼 마르크스의 일기는 굉장한 센세이션일 텐데요."

알텐바흐는 출판사 책임자의 의아스러운 듯한 눈빛을 보자 재빨리 이어서 말했다.

"만약 그게 진짜라면 말이죠."

"그래, 바로 그거야. 출판계 사람들은 일기란 말을 들으면 바로 가짜 히틀러 일기를 떠올릴 걸세. 그리고 아무리 칼 마르크스가 몸소 증명해 준다고 해도 사람들은 고개를 절레절레 내두르며 웃을 거야. 그래, 히틀러 일기처럼 말이야!"

알텐바흐는 코냑을 한 모금 마신 뒤 그 향긋한 맛을 음미했다. 바인 박사는 머리를 흔들며 계속 말했다.

"요즘은 디터 볼렌*의 회고록조차 누가 실제로 썼는지 증명할 수 없으면 출판할 수 없네. 사람들은 술수를 부리는 언론 매체에 회의를 품고 더 이상 아무것도 믿으려 하지 않아. 그렇지 않으면 거짓말을 즉시 폭로해 버리지. 완전무결한 사기에 대한 보답은 돈이야. 진실은 더 이상 아무 가치도 없어. 아니, 지금 내가 누구에게 이런 말을 하고 있는 거지?"

알텐바흐는 묵묵히 술잔을 비웠다. 출판사 책임자는 눈을 가늘게 뜨고 그를 쳐다보았다.

"알텐바흐 자네 설마 그 일기를 여기 어딘가에 숨겨놓은 건 아니겠지?"

바인 박사의 눈동자가 위협하듯이 빛났다. 그의 말은 진심이었다.

"우리는 그 일기에 손도 대지 않을 거네! 여기 편집부의 어느 누구도 칼 마르크스의 일기에 관여해선 안 돼! 알겠나?"

알텐바흐는 다시 코냑 한 모금을 술잔에 부었다. 그리고 고

---

* 1954년생. 독일 가수이며 TV제작자. 토마스 안드레아스와 함께 80년대 유명했던 듀엣 모던 토킹의 멤버였다. 그는 가수로서뿐 아니라 바람둥이로서도 유명했다. 그의 자서진 『오직 진실뿐이다』는 예상 밖으로 베스트셀러가 되기도 했다.

개를 끄덕였다.

"물론이죠. 당연한 말씀입니다. 그놈의 일기가 어디에 있는지도 모르는걸요."

알텐바흐는 출판사 책임자를 똑바로 쳐다보았다.

"폴크만은 바보 같은 녀석이에요. 저널리즘에 대한 감각이 없죠. 아마도 누군가 히틀러의 일기가 나온 지 20년이 지난 지금도 그런 허무맹랑한 이야기가 통하는지 확인하고 싶었던 겁니다. 폴크만은 그런 사람의 속임수에 넘어간 것이고요."

"맞네."

출판사 책임자는 끄덕거렸다.

"하여간 폴크만은 오늘 안으로 해고당할 거야."

"아, 안 됩니다."

알텐바흐는 반박했다.

"그를 절대 해고시키시면 안 됩니다. 아무 데서든지 데리고 계십시오. 다시 한 번 기회가 있다는 희망을 주세요. 그러면 잠자코 있을 겁니다. 그렇지 않으면 우리 경쟁사에 가서 무슨 허튼소리를 할지도 모릅니다. 반드시 비밀을 지키도록 붙잡아두어야 합니다."

알텐바흐는 모두가 열망하는 수석 기자의 자리에 우연히 오른 것이 아니었다. 그는 오랜 편집부 생활을 통해 마음에 안 드는 동료를 쫓아내는 방법, 죽은 경쟁자의 시체를 아무렇지 않게 넘는 방법을 배워왔다. 까짓 페터 폴크만쯤이야. 그는 언론

이 어떻게 돌아가는지조차 모르는 멍청한 애송이였다!

"자네 생각이 맞네."

바인 박사는 일텐바흐의 충고에 고마움을 표하고 자리에서 일어났다.

"이렇게 믿을 만한 사람이 옆에 있다는 것은 행운이야."

박사는 알텐바흐를 바라보며 고개를 끄덕였다. 그리고 문 앞으로 걸어간 뒤 다시 한 번 뒤를 돌아보았다.

"자네를 믿어도 되겠지?"

"물론이죠! 만약 그 일기가 저한테 발견된다면……."

알텐바흐는 미소를 지으며 손가락을 입술 위에 갖다대었다.

"……절대 입을 다물겠습니다. 약속드립니다! 우리의 명성에 훼손을 입히는 일은 결코 없을 겁니다!"

바인 박사는 관자놀이를 살짝 두드리는 것으로 인사를 대신했다. 그가 사무실을 나가자마자 알텐바흐는 곧장 서랍을 열고 일기를 다시 꺼냈다.

"너 때문에 이런 소동이 벌어지는구나!"

그는 일기장에게 다정스럽게 말했다. 이제 그는 별안간 스캔들투성이인 유명 텔레비전 진행자의 통화 내역보다 이 일기가 더 흥미롭게 느껴졌다.

"그럼 잠깐 바깥에서 조사해 볼까? 도무지 여기선 조용히 일할 수가 없어!"

알텐바흐는 머리를 흔들며 일기를 서류 가방에 넣고 속으로 히죽 웃었다.

"예술품 전문 위조자 쿠자우가 이번엔 뭘 꾸며댔는지 알고 싶군."

컴퓨터를 막 끄려고 할 때 그는 문득 쿠자우 생각이 났다.

'쿠자우? 그자는 지금 뭘 하고 있을까?'

알텐바흐는 인터넷을 검색해 콘라트 쿠자우가 2000년에 암으로 세상을 떠난 사실을 금방 알아냈다. 이것이 전부가 아니었다. 당시 이 일기 위조자는 기자였던 게르트 하이데만과 함께 잡지사 돈 943만 마르크를 떼먹었다. 그중 700만 마르크의 행적은 아직도 알 수 없다.

쿠자우는 3년 징역형을 살고 나온 뒤 슈투트가르트에 있는 알트 헤스라흐란 식당에서 요리사 겸 지배인으로 일했다. 그는 여기서 번 돈으로 40만 마르크 상당의 소송 비용을 갚으려 했고 그의 친구 하이데만은 생계 보조금으로 먹고살았다. 하이데만은 지금까지도 자신의 유죄를 부인하고 위조에 대해 아는 바가 전혀 없으며 스스로가 피해자라고 주장한다.

'칠백만 마르크면…… 삼백만 유로가 넘는군.'

생각에 잠긴 알텐바흐는 입술을 꽉 다물었다.

'그 돈은 쿠자우의 상속인이 가졌을까? 아니면 숨어 있던 협조자가? 벌써 20년 전 일인데 누가 가져갔든지 지금은 한푼도 남아 있지 않을걸. 만약 제대로 돈 쓸 줄 아는 사람이었다면 말이야.'

그는 이런 거액을 바닥내기 위해서는 매달 얼마를 써야 하는지 어림잡아보았다.

"1만 2,500유로야. 마음만 먹으면 충분히 쓸 수 있지. 그러고 나선 늦지 않게 보충해야 될 테고."

알텐바흐는 사무실 문을 조용히 닫았다. 그리고 가능한 한 눈에 띄지 않도록 재빨리 출판사 건물을 빠져나왔다.

✻

대략 한 시간 뒤 알텐바흐는 자신의 작은 아파트에 있었다. 그가 살고 있는 문츠부르크 타워는 북독일에서 가장 높은 아파트였다. 7년 전 그는 이곳에 잠시 머물 생각으로 이사했다. 아내와 별거한 뒤 곧 다시 결합할 수 있을 거라 믿었기 때문이다.

일로 바빴던 그의 사생활은 점차 엉망이 되어버렸다.

"일 때문이 아니라 당신의 빌어먹을 욕심 때문이야!"

그의 아내는 마지막으로 이렇게 악을 썼었다.

알텐바흐는 지금도 아내의 말이 옳은지 그른지 모른다. 과연 야욕 없이 기자가 될 수 있었을까? 그가 일을 줄일 수 있었을까? 아니면 그는 아내의 주장대로 단지 현실에서 도피하기 위해 일한 것일까? 다른 사람도 아닌 늘 진실만을 쫓던 그가 말이다. 그건 그렇다 치고 그것은 어떤 진실이었나?

"그것이 진정한 사랑이기라도 했나?"

그는 경멸하듯이 스스로에게 물으며 크게 웃었다.

"진정한 사랑? 당신 도대체 무슨 소릴 지껄이는 거야?"

아내가 비아냥거렸다.

"당신은 환상 속에서 살고 있어. 당신한테는 감정이나 사랑, 아니 인생 자체가 종이 위에만 존재할 뿐이야. 당신은 진정한 삶이 뭔지, 아니 진정한 사랑이 뭔지 전혀 몰라."

몇 주 동안 그는 이 말에 대해 곰곰이 생각했다. 며칠 밤을 가장 친한 친구와 함께 술을 마시며 깊이 생각했다.

"래디, 도대체 내가 뭘 잘못한 거지?"

그는 묻고 또 물었다.

래디는 알텐바흐의 친구 랄프 담프 딘제만의 애칭이었다. 그는 여자들은 원래 그렇다며, 여자는 남자의 인생에서 일이 얼마나 중요한지 절대 이해하지 못한다며 위로했다.

래디는 수년 전 사회복지사로 일하다가 직장을 때려치우고 그림을 그리기로 결심했다. 놀랍게도 그는 지금까지 그럭저럭 잘 살고 있다. 가끔은 택시 운전을 할 때도 있었지만 여하간 그림을 그려서 먹고사는 것은 확실했다.

다양한 이유로 애인한테 세 번이나 차인 그는 여자에 대해 그다지 좋은 감정을 가지고 있지 않다. 그의 인생에서 여자의 이름이 여러 번 등장하기는 하지만, 갑작스럽게 나타난 만큼 사라지는 것도 빨랐다. 그의 인생은 언제나 검은색이었다. 캔버스마다 그는 온통 검은색으로 채웠다. 이것을 그는 '블랙 페인팅'이라고 불렀다. 알텐바흐는 과연 어떤 인간이 이런 우중 충한 그림을 거실에 걸어놓을까 궁금했다.

"카지미르 말레비치*가 원조야. 그가 그린 검은 정사각형은 정말 유명해."

래디는 이렇게 자신의 예술에 대해 이야기를 지어 말하는 것을 좋아했다.

"나는 그의 작업을 이어나가는 거야. 현대적인 화법과 이 시대의 정신을 가지고."

그리고 조심하지 않으면 그는 몇 시간 동안 복잡한 예술 이론과 사회 이론에 대해 장황한 이야기를 늘어놓았다. 그리고 그 결론에는 어김없이 그가 회화의 정수라고 주장하는 검은색이 있었다.

어쨌든 래디는 알텐바흐가 부부 생활의 위기를 맞았을 때 진정한 친구가 되어주었고 그에게 끊임없이 자신감을 북돋워주었다.

"넌 그냥 아무 일이나 하는 게 아냐."

래디는 힘주어 말했다.

"기자는 예술가야. 그리고 예술이란 그냥 조금 어떻게 하는 것이 아니라고. 이거 아니면 저거야. 어쩔 수가 없어."

---

* 구소련의 화가로 절대주의 운동을 전개하고 기하학적 추상화에 의한 지적 화면 창조에 노력을 기울였으며 구성주의를 신봉하였다.

이거 아니면 저거다. 아내는 이런 양자택일을 허튼소리라고 매도했다.

"왜 남자들은 모든 걸 그렇게 극단적으로 생각해야 해?"

그녀는 괴로운 듯 말했다.

"최소한 주말만이라도 일 아닌 다른 것을 생각해준다면 난 그것으로 만족하겠어. 당신 아이들은 제 아비가 어떻게 생겼는지도 모른다고!"

아내는 16년을 함께 살다 이혼을 요구했다. 아이 둘은 맞설 힘도 없이 이 난리를 지켜봐야 했다. 당시 열다섯 살이었던 아들 막스는 자신이 그렇게 좋아하던 아버지가 왜 이 불행을 막을 수 없었는지 이해할 수 없었다. 그리고 겨우 열두 살이었던 딸 마를레네는 침대 속에서 고양이를 품에 안은 채 울기만 했다.

막스와 마를레네. 알텐바흐와 아내 리자는 둘째 아이도 아들일 거라 확신하고 여자아이 이름을 전혀 생각해 두지 않았다. 이들은 두 형제를 "막스와 모리츠*"라고 부를 재미난 상상을 했다. 그런데 생각지도 못한 딸이 태어나자 부부는 얼떨결에 간호사의 제안에 따라 마를레네란 이름을 지어주었다.

부모가 이혼한 뒤 막스의 학업 성적은 곤두박질쳤다. 막스는 고등학교를 중퇴한 뒤 요리사가 되는 도제 교육을 받기 시작했

---

* Max와 Moritz는 독일작가 빌헬름 부쉬(Wilhelm Busch)가 쓴 동화의 두 개구쟁이 주인공이다.

다. 그 사이 그는 여러 나라의 요리를 배우기 위해 세계 곳곳의 고급 레스토랑을 돌아다니며 공부하고 있다. 그는 맛있는 음식을 좋아했다. 최소한 이 점에서 막스는 자신의 아버지를 닮았다. 그런 아버지를 그는 더 이상 보고 싶지 않았다.

마를레네는 아직도 리자와 살고 있다. 아버지의 언어적 재능을 물려받은 마를레네는 기자가 되고 싶어한다. 리자는 이런 딸이 못마땅하다. 하지만 고등학교를 졸업하기까지는 아직 몇 년이 더 남아 있다. 그때 가서 다시 생각해도 될 일이었다.

블랑케네스에 있던 가족의 집에서 아파트로 잠시 거처를 옮기고 얼마 지나지 않아 알텐바흐는 리자와 이혼했다. 그는 아내가 자신과 떨어져 있음으로써 당할 불이익을 깨닫기 바랐다. 하지만 실제는 그 반대의 상황이 벌어졌다. 리자는 남편이 자신과 함께 있든지 없든지 큰 차이가 없다는 사실을 깨달았다.

"당신, 정말 진실을 듣고 싶어요?"

어느 날 리자가 털어놓았다. 그리고 알텐바흐가 대답도 하기 전에 이어서 말했다.

"전 당신이 전혀 그립지 않아요. 좋은 가장이 되려고 노력할 필요 없어요. 그냥 그대로 사세요. 잊혀진 진실을 쫓는 '폭풍*' 속의 외로운 늑대로요!"

리자는 이렇게 저주를 퍼부은 뒤 그에게 자유를 주었다. 그

---

* '폭풍'은 독일어로 '슈투름', 즉 잡지사 이름과 같다.

리고 알텐바흐도 마음의 상처가 아물자 이 자유를 소중히 여기는 법을 배우게 되었다. 주중에는 일에 빠져 지냈다. 여유가 생기면 여행을 다니며 맛있는 음식을 먹고 예술과 문화 생활을 즐겼다.

알텐바흐는 한 달에 두 번 주말에 아이들을 만났다. 마를레네와는 몇 번 휴가를 간 적도 있었지만 막스는 그것을 "촌스럽다"며 거절했다.

하지만 이제는 아이들과 지내는 시간도 짧아지고 리자는 특별한 경우에만 만날 수 있다. 그녀는 이혼한 뒤 얼마 지나지 않아 다른 남자를 사귀게 되었다. 교사인 새 남자 친구는 리자를 위해 내줄 시간이 많다. 비록 그는 언론의 흥미롭고 화려한 이야기는 해주지 못하지만 적어도 사소한 이야기라도 해줄 수 있다.

알텐바흐는 한숨을 내쉬며 이탈리아제 에스프레소 기계를 작동시켰다. 기계는 요란한 소리를 내며 커피 원두를 갈았다. 곧 뜨거운 커피가 작은 에스프레소 찻잔에 방울방울 떨어졌다. 알텐바흐는 설탕 두 스푼을 넣었다. 그리고 코냑 한 잔과 여송연 한 개비를 준비한 뒤 소파에 주저앉았다.

그러고 나서 그는 서류 가방에 든 검은색 노트를 꺼내었다.

"자, 그럼 이번엔 그 거짓말쟁이가 또 뭐라고 썼는지 한번 볼까? 정말 삼백만 유로의 가치가 있는지 말이야."

그는 입가에 냉소를 머금었다.

어느 노숙자의 일상을 쓴 내용은 이미 읽은 것이었다. 알텐바흐는 그 다음 부분을 읽기 시작했다.

쓰레기통은 부랑자를 위한 복권 추첨기다. 나는 일주일에 한 번 정도 쓰레기 복권을 한다. 열려 있는 쓰레기통을 모두 뒤지며 나의 행운을 기대해 본다. 어쩌면 그 안에 큰 돈이 들어 있을지도 모를 일이다.

보통 복권과 마찬가지로 쓰레기 복권 역시 대부분 꽝이다. 썩은 바나나 껍질, 오래된 신문, 빨다 버린 아이스크림 막대기, 망가진 우산, 빈 감자칩 봉지 등등.

하지만 감자칩 봉지는 그냥 지나칠 수 없다. 여기에는 종종 경품 타기 쿠폰이 붙어 있기 때문이다. 따라서 이건 꽝이 아니라 다른 추첨에 참가할 수 있는 또 하나의 선택권이다. 그러나 그런 건 나 같은 부랑자에겐 아무 소용도 없다. 왜냐하면 멋진 오픈카나 산악

자전거를 타기 위해서는 보통 주소가 필요하기 때문이다. 그러나 부랑자는 고정된 주거지가 없다. 감자칩 경품 타기는 고정된 주거지를 가진 계층이 하는 계급 복권이다. 베르베르인이나 도시의 쉬들은 쓰레기 복권을 계속한다.

그러나 쓰레기 추첨에는 꽝 말고 여러 다른 경품도 있다. 작은 상품으로는 끝내주는 포르노 잡지(바로 뜨거운 정욕을 일게 하는 즉석 복권이다)나 먹다 만 버거킹 햄버거(바로 차가운 포만감에 빠지게 한다. 가끔은 정체불명의 벌레가 가공돼 있기 때문에 조심해야 한다. 꿈틀거리지만 않을 뿐이다)가 있다.

아주 재수가 좋으면 재활용 병을 주워 슈퍼마켓에서 환불받는다. 아직 사용할 수 있는 당일 교통 승차권은 운과 능력이 따라주면 지하철역에서 사람들에게 되팔 수 있다. 또 너덜해진 시내 지도는 솜씨 좋게 손질한 뒤 잘 접어서 길을 몰라 방황하는 관광객들에게 선물하면 친절에 대한 고마움의 표시로 얼마만큼의 돈을 받을 수 있다.

모두가 열망하는 쓰레기 복권 최고의 상품은 뭐니뭐니 해도 지갑이다. 아마 잘 모르는 사람들은 의아해할 것이다. 왜냐하면 지갑은 공공 쓰레기통에 있을 법한 쓰레기의 전형이 아니기 때문이다. 그럼에도 불구하고 지갑은 마치 선물 뽑기 기계에서 거대한 코끼리 인형을 낚아내듯이 쓰레기통에서 자주 건져낼 수 있다.

그러나 지갑에서 실제 이득을 취하기란 쉽지 않다. 왜냐하면 대부분의 지갑은 소매치기 당한 것이기 때문이다. 갑자기 현금이 필요한 마약 상습자가 훔친 지갑일 수 있다. 그는 돈만 꺼낸 뒤 지갑은 수풀이나 의심을 피하기 위해 가까운 쓰레기통 속으로 던져버린다.

이제 이 행복한 쓰레기 도박꾼은 세 가지 종류의 상품을 기대할 수 있다. 첫째, 지갑 안의 잔돈을 발견한다. 이것은 마약 상습자가 급히 서두르다가 미처 보지 못해 지나치거나 넉넉한 지폐에 만족해 그냥 남겨둔 것이다. 둘째, 조금 번거로운 상품이다. 비록 지갑 안은 말끔히 비었지만 운이 좋게도 가죽 지갑인 경우다. 이런 지갑은 고물상에서 푼돈을 받고 팔 수 있다.

셋째, 가장 복잡한 상품이다. 현금은 하나도 없고 신분증이나 신용카드만 남아 있는 경우다. 이런 물건들은 지갑 주인에게는 절대적으로 필요하기 때문에 대부분 짭짤한 사례금을 흥정할 수 있다. 하지만 까딱 잘못하다가는 진짜 도둑으로 몰려 사례금은커녕 한동안 감방에 들어가 있어야 한다.

만약 도둑으로 몰리고 싶지 않으면 경찰서나 분실물 센터를 피하면 된다. 어차피 이런 곳은 주소를 요구한다. 그리고 주소는 부랑자 복권에서는 해결될 수 없는 문제이기 때문에 그런 경우는 되도록 피하는 편이 낫다. 더 좋은 방법은 지갑을 주인에게 직접 가져다주는 것이다.

그러나 주의하라! 이때도 기대하는 감격의 순간만 있는 것은 아니다. 왜냐하면 소매치기 당한 피해자는 영리한 강도 일당이 염탐꾼을 보낸다고 생각할 수 있기 때문이다.

피해자는 친절한 습득자로 위장한 염탐꾼이 자신이 사는 집의 위치와 자신의 경제적 형편을 알아내려 한다고 의심한다. 겉으로는 표현하지 않지만 상상력이 풍부한 피해자의 추측에 따라서 말하자면 근본적인 자본 범죄의 축적이 일어난다. 그것은 일종의 폭력의 역사적 기원을 의미한다. 유물론적 역사관의 논리에서는 소매치기 다음에 바로 주거 침입 절도가 뒤따른다.

이때 자본가 계급의 공용징수, 즉 개인의 노동에 근거하는 사유재산의 해체는 노예와 농노가 임금 노동자로, 노동자가 실업자로, 부랑자가 마약 상습자로 그리고 이 모두가 범법자로 급변하는 데 대한 당연한 반응이다.

이렇게 해서 시민적 테제(These)와 범법자적 안티테제(Antithese)를 통해 자산의 진테제(Synthese)적 재분배가 도출된다. 그러나 범죄의 변증법은 인간이 피할 수 없는 마지막 죽음과 살인이 누구에게나 똑같이 닥칠 수 있다는 점에서 공정한 사회를 만든다.

구체적으로 설명하면 이렇다. 대다수 속물들은 부랑자가 소매치기 당한 지갑을 돌려주러 오면 문 열기를 두려워한다.

그러나 나처럼 남루하게 보이면 사람들은 두려워하지 않는다. 이렇게 측은하게 보이면 아무도 약탈당할 것을 두려워하지 않는다. 사람들은 내가 보푸라기와 파리도 구분하지 못할 거라 믿기 때문이다. 하물며 유리창을 깨뜨리라고는 생각하지 못한다.

피해자였다가 갑자기 예기치 못한 행운을 얻은 지갑의 주인은 감동을 받고 이 악한 세상에서 주어진 은혜로운 운명을 감사한다.

그는 선이 존재한다는 믿음을 다시 찾아 그사이 새로 산 지갑을 열어 질투하는 신에게 재물로 바치고, 곤궁의 모습, 곧 나의 모습을 세상, 즉 자신의 세상으로부터 사라지도록 만든다. 여기까지는 괜찮다.

그러나 즉흥으로 베푼 그 동정은 유감스럽게도 괴롭고 까다로운 문제를 불러일으키곤 한다. 아주 용감하고 자비로운 사람들은 불쑥 나타난 거리의 선량한 사람을 집 안으로 초대해 좋은 소파 위에 앉히고 싸구려 커피 한 잔을 대접하기 때문이다. 그런 다음 그들은 자신의 삶과 다른 우리의 비참한 인생이야기를 듣고 싶어 안달을 낸다. 야단이다! 우리더러 도대체 뭘 얘기하란 말인가!

그것은 말할 수 없는, 믿을 수 없는, 불가능한 진실이다.

따라서 어떤 이야기라도 꾸며대야 한다. 이때 창의력이 필요하다. 아무렇게나 말할 수는 없지 않은가. 만에 하나라도 거짓이 탄로 나면 사례금은 생각하지도 말아야 한다. 왜냐하면 사례금은 다시 찾은 지갑의 사용 가치에만 달린 것이 아니기 때문이다. 능란한 마케팅 솜씨를 부려 사례금의 교환 가치를 높일 수 있다. 이로써 총 노동 시간은 길어지지만 시간당 임금은 비교적 증가한다. 적어도 술에 취하지 않는 한 내가 임의대로 이야기를 지어낸다는 점에서 나는 노동에서 소외되지 않는다. 때문에 적당한 인생 이야기를 적당한 순간에 이야기할 수 있는 것은 충분히 가치를 창출하는 의미 있는 조치다.

이제 나는 비교적 다양한 레퍼토리를 마련해 두었고 듣는 대상에 따라 다른 이야깃거리를 들려준다.

그중 드라마틱한 사고 이야기는 평범한 소시민들에게 잘 먹혀든다. 이들은 오랜 허드렛일을 해 번 돈으로 떡갈나무 가구 할부금을 내는 사람들이다. 이런 가정은 유통 기한이 긴 깡통 우유와 커피를 내놓는다. 이들에게는 '안정'이 최우선이다. 모든 상황에 대한 대비를 한다. 단지 급작스러운 불행에는 속수무책이다. 따라서 나는 이들에게 안정된 나의 소시민적 삶을 한꺼번에 무너뜨린 완벽한 운명의 장난을 이야기해준다. 이는 예외 없이 성공한다.

사고 희생자 스토리 중 스탠더드 버전은 이렇다. 가족 모임을 마치고 집으로 가기 위해 나는 얼마 전 새로 산 오펠 아스트라 자동차에(물론 에어백과 ABS가 갖추어진) 아내와 세 아이들을 태우고 국도를 달리고 있었다. 바로 그때였다. 술 취한 어느 젊은 녀석이 반대편 길에서 위험한 추월을 시도했다. 정면 충돌이었다. 아내와 아이들은 모두 그 자리에서 죽고 나는 큰 부상을 입은 채 살았다.

드라마틱한 버전도 있다. 정면 충돌은 없었다. 대신 나는 재빨리 핸들을 틀었다. 우리 차는 전복됐고 아내는 유리창 밖으로 몸이 튕겨 들판에 떨어졌다. 그녀는 심한 내상을 입고 내 팔에 안겨진 채 숨을 거두었다.

"칼, 당신한테 아이들을 맡길게요."

아내가 남긴 마지막 말이었다. 그러나 아이들을 찾았을 때 아이들은 이미 모두 죽은 상태였다. 사고를 낸 젊은 음주 운전자는 아직까지 혼수 상태에 빠져 있다.

아니면 심한 양심의 가책 버전도 있다. 나는 가족 모임에서 조금 과하게 술을 마신 뒤 운전을 했다. 지방 도로를 달리다 앞에 가던 트랙터를 추월했다. 그때 정면에서 오던 차를 보지 못하고 충돌했다. 그 안에는 젊은 남자가 타고 있었다. 모두 죽었다. 나만 살아남았다.

모든 버전의 공통된 부분은 이렇다. 나는 매주 일요일마다 희생자들의 무덤을 찾아간다. 보험 회사는 단 한 푼의 보상금도 지불하지 않았다. 내가 의지하는 유일한 친구는 오직 술이다. 늦어도 이쯤 되면 내 앞에 앉은 사람은 지갑을 재까닥 열어 큰 지폐 한 장을 꺼낸다. 그러면 나는 두 눈에 그렁그렁 고인 눈물을 흘리며 가능한 한 빨리 그 집을 빠져나온다.

사회주의 성향의 시민에게 이런 이야기는 통하지 않는다. 옛 68세대는 사고로 인해 평범한 삶을 잃은 속물을 불쌍하다고 여기지 않는다. 오히려 소시민적이고 편협한 안전 개념을 가진 데 대해 벌을 받았다고 생각한다. 이런 경우 사례금은커녕 질책을 받을 수도 있다. 당신은 왜 보험에 들지 않았는가? 보통 이런 경우 보험 회사가 피해 보상을 해준다. 당신이 끝까지 싸운다면 보험 회사도 언젠가 포기할 것이다.

나는 이런 상황을 위해서, 그러니까 소나무 심지어는 국내산 너도밤나무 가구로 견실하게 꾸민 집에서 대부분 커피가 아닌 에스프레소나 '우연히 방금 새로 끓인' 라벤더 차를 대접받는 상황을 위해서 미리 독일 적군파 (RAF) 이야기를 준비해 두었다.

이 각본에서 나는 1970년대 초 하이델베르크 사회학 연구소의 야망 있는 강사였으며 젊은 교수들 중 한 사람으로서(이 부분에서 듣는 사람들은 항상 인정하는 표시로 눈썹을 치켜뜬다) 마르크스 이론을 옹호했다.

당연히 이 버전은 나에게 유리하다. 왜냐하면 마르크스 이론에 관한 한 나는 아주 해박한 지식을 갖추고 있기 때문이다. 만약 까다로운 질문을 받으면 사람들이 잘 모르는 나의 말년의 글을 얼른 인용한다. 그러면 모든 의심은 자연히 사라진다.

아무튼 이야기는 이렇게 이어진다. 내가 지도하는 세미나에 언젠가 몇 명의 젊은이들이 찾아왔다. 당시 유행하던 정신병리학의 학문 체계에 반대한 이들은 확고한 정치적 참여 의식으로 이미 세인의 주목을 끌고 있었다. 자신들이 주관하는 비판 회의의 참석자들을 위해 숙소를 찾던 이들은 우리집에서 몇몇 사람이 지내도 되는지 물어보았다. 나는 물론 이들의 부탁을 들어주었다.

이 부분부터 이야기는 빨리 진행된다. 우리집에서 묵은 사람들은 울리케와 안드레아스*였다. (이 부분에서 사람들은 뭔가를 묻고 싶은 표정을 짓는다. 그러면 나는 슬픈 듯 어깨를 으쓱함으로써 그들의 추측이 맞음을 확인시켜준다) 그리고 얼마 후 미군 부대에 테러가 감행됐을 때 이들은 하필이면 우리집 낡은 자명종을 폭탄 뇌관으로 사용

---

* 1968년 창설된 독일 좌파 테러 조직 바더 – 마인호프 갱(Baader - Meinhof Gang)의 두 지도자로 팔레스타인 테러 단체들과 연합하여 폭탄 테러와 여객기 공중 납치 등의 테러 활동을 벌이다 검거되어 자살했다.

했다. 이 사실은 곧 연방범죄수사국의 조사로 밝혀졌다.

나는 범죄 테러 조직을 도와준 죄목으로(이 부분에서 나는 뭔가를 묻고 싶은 그들에게 129a 조항이라고 짧게 설명한다) 7년 징역형을 선고받았다. 80년대 초 내가 슈탐하임 교도소를 나왔을 때 수상은 헬무트 콜이었다. 전과에 취업이 금지된 내 신세는 보지 않아도 뻔했다. 하지만 (이때 주먹을 불끈 쥐어든다) 나는 이렇게 당하고 있을 수만은 없었다. 언젠가는 노동자 대중과 거대한 자본주의적 실업자 군대가 더 이상 싸구려 디자인과 마케팅 물건의 술수에 넘어가지 않으며 민중이 소외에 반항하고 전 세계적으로 지배계급에 대항하는 날이 올 것이라고 말한다.(이때 방 안의 가구를 휙 둘러본다.)

가끔은 「공산당 선언」 중 몇몇 지루한 대목을 기억해 내 말해야 할 때도 있다. 그러면 대부분 사람들은 시계를 쳐다보며 유감이지만 이 흥미로운 대화를 이제는 마쳐야 한다고 아쉬워한다. 그러고 나서 솔직하게 적절한 사례금의 액수를 묻는다. 내가 50이라고 말하면 그들은 순간 움찔하지만 오늘날 새로운 주민등록증, 운전면허증, 신용카드, 도서관 대출증을 재발급받는 데 필요한 비용을 계산해 주면 그들은 곧 지폐를 흔들어 보인다.

그리고 끝으로 부자 버전이 있다. 이 이야기는 할 기회가 자주 없다. 왜냐하면 부자는 소매치기를 거의 당하지 않기 때문이다. 그 이유는 첫째, 부자는 기차역이나 지하철역을 잘 돌아다니지 않는다. 둘째, 부자는 시내에 나갈 때 항상 자가용을 이용한다. 셋째, 부자는 비싼 주차장 요금을 아까워하지 않는다. 그리고 마지막으로 부자는 현금을 거의 가지고 다니지 않는다. 만약 가지고 있다고 해도 바지 주머니에 가볍게 넣고 다닌다. 때문에 소매치기는 아무리 부자의 핸드백을 뒤져도 지갑을 찾을 수 없는 것이다.

그러나 만약 지갑을 잃은 어느 귀부인과 함께 흰색 가죽 소파에 앉을 경우를 대비해 아주 색다른 이야기가 준비되어 있다.

그건 어느 뼈대 있는 귀족 가문의 젊은 도련님에 대한 이야기다. 자신감과 자부심에 찬 이 젊은이는 제 손으로 돈을 벌기 위해 세상을 떠돌아다녔다. 용감한 그는 혁신적인 상품을 가지고 국제적인 큰 사업을 벌였다. 그의 사업은 날로 번성했고 은행은 주식 상장이나 다른 거창한 목표를 가지고 그를 부추겼다. 성공에 힘입은 그는 점점 더 큰 사업을 벌이고 점점 더 큰 빚더미에 올라앉았다. 그는 자신의 성공이 여기서 끝나지 않을 거라고 확신했다.

곧 은행 마피아, 주식 투기꾼, 국가 감독관, 세무 공무원, 동업조합 사람들, 노조원들이 그를 찾아왔다. 그리고 얼마 지나지 않아 이 야심 찬 청년 기업가는 잔혹한 관료주의에 의해 몰락한 폐인이 되고 말았다. 기업의 최고 경영진은 책임감을 가지고 항로를 바로잡기는커녕 침몰하는 배를 잽싸게 버리고 떠났다. 선원들은 선장을 잃고 당황하며 일하기를 거부했다. 이제는 조타수만이 홀로 배를 조종했다.

경제적 몰락은 곧 개인 파산으로 이어졌다. 아내는 집을 나가고 친구들은 더 이상 그를 찾지 않았다. 심지어 친척들마저 등을 돌려버렸다. 하지만 청년 기업인은 결코 포기하지 않았다. 새로운 채무, 새로운 사업, 새로운 사업 구상. 하지만 악순환은 끝나지 않았다. 언젠가 그는 빚의 덫에 걸려 길거리에 나앉았다. 그래도 사회복지청에는 가지 않았다. 사람들이 가족을 찾아가 돈을 (그러니까 옛날 돈을) 요구할지도 모르기 때문이었다. 사회복지청에 가는 것은 그의 자존심이 용납하지 않았다. 한때 가문의 희망이었던 그는 차라리 구걸하는 편이 낫다고 생각했다. 거리에서 살고 다리 밑에서 잠을 잤다. 쓰레기를 모으고 지갑을 주워 언제나 정직하게 원래의 주인에게 되돌려주었다.

누군가가 나에게 일자리를 주겠다며 나설 위험은 적지만 그래도 나는 확실하게 하기 위해 한 마디 덧붙여 말한다. 벌써 20년째 거리에서 살고 있는 나로서는 정상적인 삶은 이제 더 이상 상상할 수 없다고 고백한다. 나는 거지처럼 산 디오게네스에 대해 말해준다. 그 역시 결국 룸펜프롤레타리아로 살며 평안을 얻었다. 그리고 이런 고대 철학에 대한 교양 강좌를 늘어놓음으로써 사회교육학적으로 "어떻게든 도움이 돼드릴 수 없을까요"와 같은 도와주는 사람 증후군을 미연에 방지한다.

좀더 확실히 해두고 싶다면 잠시 습진으로 고생한다며 엄살을 부리면 된다. 하지만 이랬다간 자칫 좋은 분위기를 깰 소지가 있다. 집주인은 가죽 소파가 병균을 전염시키는지 그리고 소파 전체를 세균 제거제로 소독할 수 있는지에 대해서만 골몰하기 때문이다. 하지만 이런 궁리는 돈의 자연스런 흐름을 방해한다. 결국은 돈이 문제다. 그래서 나는 종기 이야기는 차라리 포기하고 만다.

따라서 쓰레기 복권은 순전히 즐거움만은 아니다. 그것은 자신을 상품화하는 가면무도회의 담력 테스트와 같다. 최소한 지갑 수에 도전한다면 말이다. 만약 제대로 하기만 한다면 쓰레기 복권 전문가로 넉넉하게 살 수 있다.

예를 들면 재니스 조플린은 지갑 빙고를 전문으로 했다. 그녀는 매일 두 번씩 시내 중심부에 있는 쓰레기통을 뒤졌다. 마약 상습자들이 몰리는 지역일수록 물건을 찾을 확률이 높기 때문이다. 만약 지갑 다섯 개를 주워 빙고 칸을 모두 채우면 그녀는 그것을 들고 습득물 보관소에 간다.

처음에 그것은 매우 용감한 행동이었다. 그러나 한참 뒤에는 그녀의 전략도 들통이 났다. 초기에는 사람들이 그녀를 도둑으로 몰았지만, 이제는 모두가 그녀가 누구인지, 어떻게 지갑을 손에 넣는지 알고 있다. 그녀는 사람들 사이에서 "미쳤지만 섹시"한 존재로 알려져 있다. 심지어 이 세상에서 가장 멋대가리 없는 사람까지도 그녀의 화끈한 등장에 호감을 느낀다.

조플린이 습득물 보관소에 규칙적으로 나타나자 그곳 직원들은 그녀의 회계를 봐주었다. 이들은 지갑의 주인에게 두둑한 사례금을 요구한 뒤 그녀가 다시 오면 주곤 했다. 한 지갑당 15 내지 20유로는 기본이다. 그런데 재니스는 간혹 한 주에 스무 개의 지갑을 주울 때도 있었다. 이 정도면 노숙자 생활도 할 만하다. 비록 부랑자의 생활비가 속물의 생활비보다 비싸더라도 말이다. 우리는 커피 한 잔이라도 카페에서 파는 비싼 커피를 마시며, 소시지도 집에서 구운 것 말고 길거리 음식점의 비싼 소시지를 먹어야 하며, 한 번 샤워하기 위해 온 가족이 들어갈 수영장 입장료도 필요하다.

하지만 재니스는 행운의 손을 가지고 있다. 그녀는 지갑 빙고를 통해 기본적인 생활비는 어느 정도 해결할 수 있다. 그리고 노래를 불러 용돈도 번다. 슈투트가르트 중심가에서 노래를 부르기 시작한 이래로 그녀는 짭짤한 벌이를 하고 있다. 그녀가 부르는 〈오 주여, 제게 메르체데스 벤츠를 사주시지 않으시렵니까 Oh Lord, won't you buy me a Mercedes Benz〉는 이곳 사람들에게 큰 인기가 있다. 그리고 그녀의 외모가 예전과 비교해 크게 변하지 않았기 때문에 대부분의 사람들은 그녀를 재니스 조플린를 모방하는 대단한 사람이라고 여긴다. 그건 그렇게 틀린 생각도 아니다.

한동안 그녀는 돈을 모아 언젠가 미국으로 건너갈 수 있을지 모른다고 확신했다. 그러나 세 번씩이나 강도를 만나 돈을 빼앗긴 뒤 그녀는 모든 것을 포기했다. 지금은 셰퍼드 한 마리를 키우고 있다. 비록 암놈이지만 그녀는 개에게 바비 맥기란 이름을 붙여주었다. 만약 사람들이 그 이름에 대해 말을 꺼내면 그녀는 "이 개는 트랜스젠더예요"라고 설명하고 나서 〈원 굿맨 One Good Man〉을 부른다. 만약 주의를 기울여 들으면 그녀의 인생에서 좋은 남자란 바로 여자였음을 알아차릴 수 있을 것이다.

나 같은 사람에게 지갑 빙고는 그다지 매력적이지 못하다. 왜냐하면 멍청한 습득물 보관소 직원은 선글라스를 끼고 꽃무늬 블라우스를 입은 긴 금발의 여자를 위해서는 경리를 봐줄지언정 나같이 뚱뚱하고 헝클어진 더벅머리에 잘난 체하는 사람은 장담하건대 거들떠도 보지 않을 것이 분명하기 때문이다 또 다른 이유는 내가 쓰레기 복권에서 (그게 만약 가능하다면) 1등을 먹을 수 있을 거라 기대하기 때문이다.

1등 상품은 실제 있다. 비록 당첨될 확률은 높지 않지만 확실히 로또보다는 낫다. 물론 이것을 설명하기란 쉽지 않다. 로또에서 6개 숫자를 모두 맞힐 수 있는 확률은 13,983,816분의 1이다. 이거야말로 정말 어렵다. 그래서 쓰레기 로또의 1등은 당첨 확률이 더 높을 수밖에 없다. 내 계산으로는 대략 4,000분의 1이다. 그러니까 로또보다는 약 3,400배 높다. 비록 숫자에 있어서는 큰 차이가 아니겠지만 로또는 돈을 내고 사야 한다는 점이 나 같은 사람에게는 엄청 큰 차이가 아닐 수 없다. 반면 쓰레기 복권은 아무런 베팅 없이도 할 수 있다. 원하는 만큼 얼마든지 할 수 있다. 쓰레기 로또는 언제 어디서든 가능하다. 하지만 나는 이것도 체계적으로 하는 것을 더 좋아한다. 일정한 주기로 일정한 장소에서 하는 것을 좋아한다. 그렇지 않으면 불안하다.

내 방식에 따라 나는 매주 월요일과 목요일에 정해진 쓰레기통 체크 투어를 한다. 나는 정선된 쓰레기통만 뒤지지 오물을 온통 헤집지는 않는다. 오직 1등 상품이 있는지에만 신경을 집중한다. 이는 가득 채워진 플라스틱 봉투만 찾는 것을 의미한다. 그것이 싸구려 슈퍼마켓 봉지인지 고급 슈퍼마켓 봉지인지는 중요하지 않다. 중요한 것은 단지 그득 담겨 있냐는 것이다. 언젠가 나는 돈이 가득히 담긴 자루를 발견할 것이기 때문이다.

사람들은 뭐든지 버린다. 돈이라고 버리지 않겠는가? 어쨌든 사람들은 돈 쓰는 일 자체를 좋아할 뿐 아니라 돈을 빨리 쓰는 것도 좋아한다. 그것은 방금 산 물건을 몽땅 버리거나 아니면 일부를 버리거나 가장 가깝고 적당한 장소에 다시 버리기 위해서다.

하지만 내가 찾는 것은 이런 돈 자루가 아니다. 내가 찾는 것은 진짜 돈이다. 진짜 지폐다. 한 다발씩 묶인 지폐다. 번호가 찍히지 않은 수표라면 가장 이상적이다. 그리고 많으면 많을수록 좋다. 비닐 봉투에 담겨 나르기가 편해야 한다. 눈에 띄지 않게 말이다. 바로 나 같은 사람이 옮겨야 하는 경우에 그렇다. 아니면 은행 강도이거나. 매년 독일에서는 전국적으로 6만 건이 조금 안 되는 절도가 일어난다. 하루에 300건인 셈이다. 뮌헨에서만 매년 800건이 발생한다. 매일 4건씩 200일 동안 일어난 것과 동일하다.

강도들은 털모자나 여성용 스타킹을 머리에 뒤집어쓴 채 은행, 우체국, 도박장, 주유소를 습격하고 권총을 휘두르며 알아들을 수 없는 이상한 말을 지껄여댄다. 그러면 피해자들은 이들이 내던진 비닐 봉투에 가지고 있는 현금을 몽땅 넣어야 한다. 그런 다음 강도들은 이 봉투를 들고 건물을 뛰쳐나와 질주하는 도중 머리에 쓰고 있던 모자를 벗어던지고 거리의 모퉁이를 두 번 돈 후 돈이 든 봉투를

가) 재킷 속이나

나) 길가의 수풀 속이나

다) 어느 집 현관이나

라) (그리고 이로써 우리는 쓰레기 복권의 아주 중요한 전환점에 와 있다) 공공 쓰레기통 안에 숨긴다. 그리고 다른 사람들처럼 태연하게 길을 걷는다.

평균적으로 하루에 네 번 발생하는 절도를 4a라 하자. 통계학적으로만 본다면 4명의 강도 중 한 명은 훔친 돈 자루를 쓰레기통에 버린다. 이것을 1/4b라 하자. 그러면 돈 자루를 주울 확률은 $4a \times 1/4b = 1ab$다. 'ab'의 크기는(쓰레기통에 보관된 훔친 돈 봉투) 우선 하루에 뮌헨의 쓰레기통에서 돈뭉치를 찾아낼 확률이다. 그러나 생각해 보라. $ab=1$이란 것은 돈이 든 봉지가 매일매일 뮌헨의 어느 쓰레기통 안에 있다는 것을 의미한다. 굉장하다!

쓰레기 복권을 할 경우 뮌헨에 수많은 쓰레기통이 있다는 사실을 염두에 두어야 함은 당연하다. 뮌헨에는 대략 20만 개의 공공 쓰레기통이 있는데 그중 3만 5천 개가 은행이나 우체국과 비교적 가까운 곳에 설치돼 있으며 그중 약 250개는 도둑이 잘 노리는 시내 중심에 집중해 있고 그중 50여 개가 한곳에 모여 있어서 하루 동안에 모두 차례로 돌아볼 수 있다.

그러니까 만약 내가 일주일에 두 번씩 그리고 매번 50개의 쓰레기통을 뒤진다면 1등 상품을 탈 확률은 50:200,000 즉 1:4,000이다. 이는 1:1,300만보다야 훨씬 낫지 않은가!

그러나 누적된 당첨금의 규모는 조금 작다. 절도한 액수는 평균적으로 1,500유로에 약간 못 미친다. 물론 이것은 소매치기도 포함

해서다. 물론 쓰레기 복권의 몫인 지갑은 이미 작은 상품(賞品)으로 쓰레기통 속에 들어 있다. 은행이나 도박장에서 훔친 돈은 평균적으로 약 7,500유로에 이른다. 이는 평균이란 사실을 잊으면 안 된다. 경우에 따라서 그보다 더 많을 수도 더 적을 수도 있다. 하지만 베팅도 없이 당첨될 확률이 1:4,000이라면…… 도대체 어느 누가 불평한단 말인가!

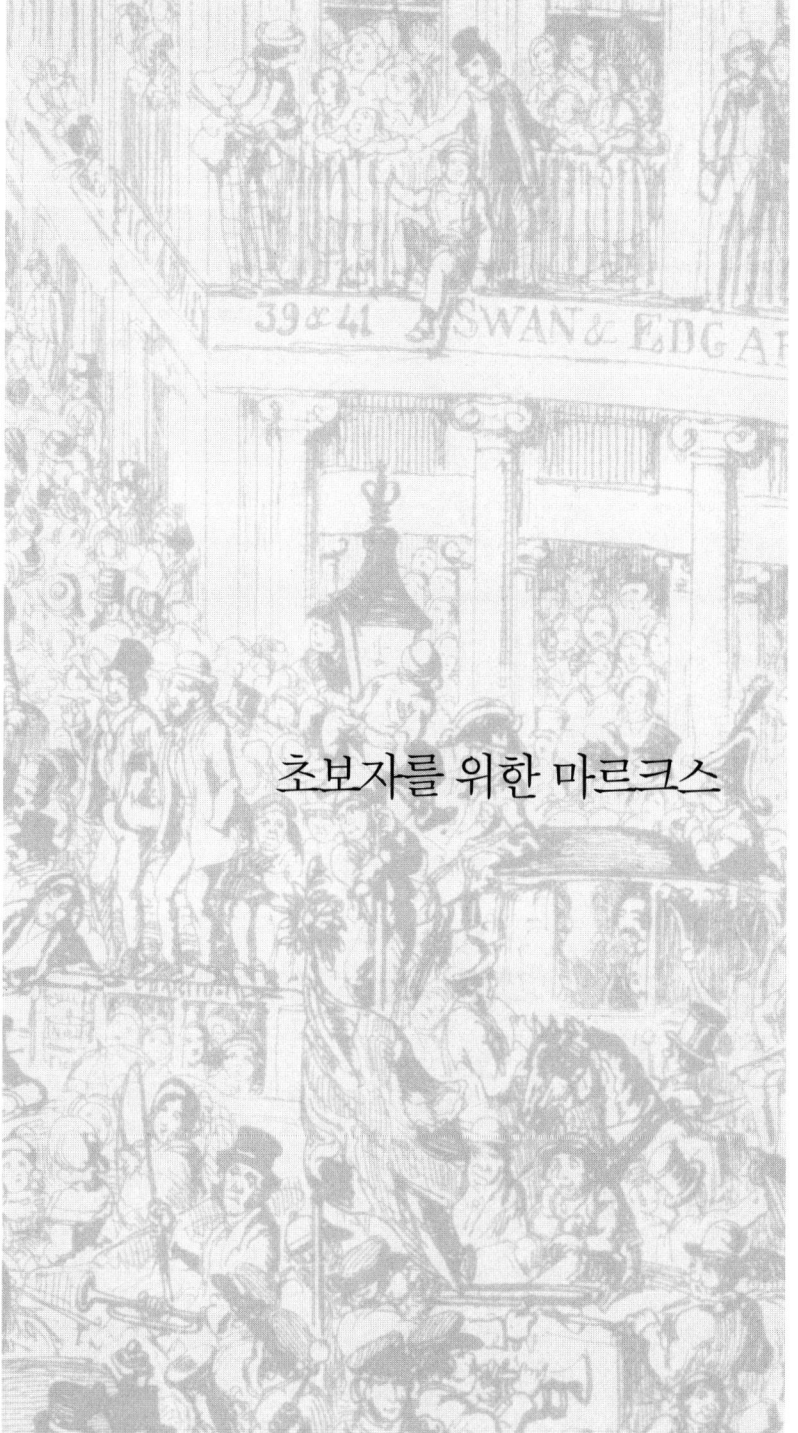

초보자를 위한 마르크스

나는 차라리 아무 말도 하지 않는다. 아무 말 없이 지켜볼 뿐이다.

과연 누가 사람들의 신뢰를 받을 만한 자격이 있는가.

세상에 믿을 만한 놈은 없다.

알텐바흐는 피곤한 눈을 비볐다. 밖은 이미 어두워져 있었다. 지나가는 자동차 소리도 잦아들고 지평선 너머 구름 사이로 달이 떠올랐다.

그는 쓰레기 복권 이야기가 너무 재미있어 거의 쉬지 않고 읽어버렸다. 일기를 읽는 동안 그는 그라우부루군더 포도주 한 병만 열었을 뿐이었다. 그리고 그 병도 이제 거지반 빈 채 그의 앞에 놓였다.

"와!"

알텐바흐는 턱에 자란 짧은 털을 손으로 문지르며 빈 술병을 두고 한 감탄인지 아니면 다 읽은 일기를 두고 한 감탄인지 스스로도 잘 모른 채 감탄사를 내뱉었다.

어쨌든 포도주 맛은 정말 훌륭했다. 몇 주 전 헬무트 콜의 행적을 찾기 위해 팔츠 주(州) 루드빅스하펜 시에 갔을 때 사가지고 온 포도주였다. 알아낸 것은 없으나 얻은 것은 있었다. 노이라이닝겐에 있는 포도 농장에서 리슬링 포도주와 그라우부루군더 포도주를 각각 열두 병씩 사가지고 왔다. 그리고 그라우부루군더는 농장 주인이 약속했듯이 정말 훌륭한 맛이었다.

그런데 이 일기는…… 알텐바흐는 생각에 깊이 잠긴 채 일기의 검은 표지를 바라보았다.

"만약 이게 진짜 칼 마르크스의 일기라면 내 손을 지지고 말 테다." 그는 고개를 흔들었다.

그러고 보니 오늘 하루 종일 먹은 것이 없었다. 잠시 동안 그는 전자레인지에 뭐라도 데워 먹을까 생각하다가 그냥 쇼핑센터로 내려가 극장 옆 터키 음식점에서 되너*를 사먹기로 했다. 그다지 고급 음식은 아니었지만 빨리 먹을 수 있어 좋고 짭짤한 데다 영양가도 있었다. 어느 부랑자가 쓴 기이한 일기를 읽은 뒤 먹기에 가장 잘 어울리는 음식이었다.

---

* 일명 되너(Dönner) 케밥으로 1960년대 독일로 이주한 터키 노동자들이 만들어먹던 음식이다. 구운 양고기와 신선한 야채를 잘게 썬 다음 소스를 쳐 먹는다.

"어이, 코발스키!"

그는 엘리베이터에서 내려 수위에게 인사를 건넸다. 코발스키는 매일 저녁 문츠부르크 아파트 정문을 지키는 수위였다. 알텐바흐는 잠깐 머뭇거리다가 그에게 질문을 던졌다.

"……코발스키, 칼 마르크스 하면 뭐가 생각납니까?"

수위는 그에게 이런 별난 질문을 받는 것에 익숙했다. 그는 말하자면 알텐바흐와 평범한 세상을 연결하는 징검다리 역할을 했다. 알텐바흐는 수위를 통해 보통 사람들이 자신의 이야기를 어떻게 이해하는지 확인할 수 있었다.

"아휴, 제발 그런 이상한 질문 좀 하지 말아주세요."

수위는 투덜대지만 곧 그의 질문에 대답했다.

"마르크스는 많은 점에서 옳았어요. 가진 사람들은 항상 없는 사람들의 것을 빼앗죠. 그들이 이미 얼마를 가졌는지는 상관없어요. 마르크스는 만족하는 부자란 절대 없다고 했죠. 그 말은 정말 맞는 말이에요."

코발스키는 분명 예순을 훌쩍 넘긴 나이였다. 그는 조금 뚱뚱한 몸집으로 느릿느릿 움직였다. 글씨를 읽기 위해 안경을 찾을 때나 다른 사람에게 직접 읽으라고 종이를 내밀 때면 그는 마치 문맹자처럼 보였다. 어쩌면 진짜 그럴지도 몰랐다. 아주 도도한 문맹자 말이다. 그는 언제나 수위실 검은 책상 뒤에서 오가는 사람들이 경의를 표해야 할 왕처럼 앉아 있었다. 그리고 지금 칼 마르크스에 대해 말하는 그는 마치 강단의 노교

수와 같았다.

코발스키는 두 팔로 책상을 딛고 몸을 앞으로 구부렸다. 아마도 그는 마르크스 해석의 화려한 대단원을 내릴 모양이었다.

"하지만 그 늙은 털보가 러시아에서 했던 일은 옳지 않았어요."

알텐바흐는 궁금하다는 듯이 눈썹을 치켜떴다. 코발스키는 설명했다.

"아, 그 공산주의는 아무 소용도 없지 않았습니까? 인간이 모두 똑같을 순 없지요. 안 그렇습니까, 알텐바흐 씨? 그건 우리 두 사람만 봐도 알 수 있지요."

수위는 웃었다. 알텐바흐는 그가 젊은 한때 진탕 놀다가 지금은 고루한 수위의 일상을 보내고 있다고 짐작했다.

알텐바흐는 얼굴을 찡그리고 웃으며 가던 길을 계속 갔다.

자신은 칼 마르크스에 대해 무엇을 아는가? 수위보다 더 아는 것이 무엇인가? 알텐바흐는 생각해내려 노력했다. 이때 머릿속에 떠오르는 슬로건이 있었다.

"전 세계의 프롤레타리아여, 단결하라! 하나의 유령이 지금 유럽을 배회하고 있다……공산주의라는 유령이……동일한 노동에 동일한 임금을……모든 사람은 자신의 필요와 하고 싶은 마음에 따라서……."

그러나 과연 이것이 마르크스에 대한 전부일까?

알텐바흐는 확신할 수 없었다. 그는 마르크스가 쓴 모든 글이 '파란 책'으로 출판됐다는 사실을 알고 있었다. 그리고 그

파란 책들이 대학 시절 동기들의 책장을 차지했던 것을 기억했으며 1989년 직후 벼룩시장에서 박스에 가득 담긴 채 헐값에 팔리넌 섯도 생각났다.

알텐바흐는 그중 단 한 권도 읽은 적이 없었다. 아니, 있었던가?『자본론』의 처음 몇 쪽을 읽으려고 시도한 적은 있었다. 하지만 곧 포기하고 말았다. 그것은 그에게 이해되지 않았고 복잡했다. 그가 다니던 대학에는 마르크스 독서 서클이 있었다. 그 회원들은 함께 마르크스의 글을 한 쪽씩 읽기 위해 분투했다. 하지만 그는 그런 데 전혀 흥미가 없었다.

알텐바흐가 기자가 된 데는 다 이유가 있었다. 그는 빠르고 간단하게 그리고 쉽게 이해되는 글을 더 좋아했다. 왜 학자들은 늘 복잡하게 말해야만 하는지 도무지 납득할 수가 없었다. 많은 것들이 보다 간략하게 표현될 수 있는데 말이다.

"다 넣어드릴까요?"

알텐바흐가 되너를 주문하자 주인이 물었다. 알텐바흐는 고개를 끄덕이며 미소를 지었다. 단 두 마디로 대화가 이루어졌다. 완벽한 의사소통이었다.

알텐바흐는 마르크스의 파란 책을 대략 스무 권쯤으로 추정했다. 그리고 그 내용은 결국 수위가 세 개의 문장으로 요약할 수 있는 것이었다. 어쩌면 마르크스는 기자가 돼야만 했는지도 모른다. 그랬으면 자신의 의견을 짧게 표현하는 방법을 배울 수 있었을 것이다. 편집자가 하는 일 중 가장 중요한 부분은 여러 정보의 핵심을 가려내는 일이었다. 40줄의 글을 4줄로 줄이고 100마디의 말을 6마디로 만드는 일이었다. 20권의 책을 한 권으로 바꿀 수는 없을까?

따뜻한 되너 봉지를 손에 들고 알텐바흐는 다시 아파트 엘리베이터 문 앞에 섰다. 그리고 수위를 향해 아무 말 없이 고개를 끄덕인 뒤 다시 집으로 올라왔다.

집에 도착한 그는 쿠킹호일에 싸인 기름진 되너를 꺼내들었다. 아무리 조심해서 먹으려 해도 소스나 고기 기름이 바닥에 떨어지는 것은 막을 수가 없었다. 내일은 온 집안에 마늘 냄새가 진동할 것이다.

아내는 이 냄새를 몹시 싫어했다. 이혼하기 전 그는 되너를 몰래 먹어야 했다. 아내가 눈치 채지 못하도록 마늘 소스가 없는 것만 먹어야 했다. 이혼은 다른 것 말고도 되너를 언제 어디서든 먹을 수 있는 자유를 허락했다. 그리고 비록 그는 입맛이 까다로운 미식가였지만 되너는 그때부터 그의 식습관의 일부가 되었다.

또 다른 자유는 다름 아닌 밥을 먹으며 책을 읽을 수 있다는 것이었다. 아침에는 신문, 점심에는 서류, 저녁에는 소설. 아니면 거실 탁자에 맛있는 음식을 차려놓고 편안히 소파에 앉아 밥을 먹으며 멍청한 토크쇼를 볼 수 있었다. 리자는 이런 걸 용납하지 않았다.

"그렇게 해서 우리 애들이 어떻게 언론을 제대로 이해하겠어요?" 그녀는 목소리를 높였다. 그는 내키지 않았지만 하는 수 없이 그녀의 도그마에 순응했다. 책 읽기는 책 읽기고 밥 먹는 것은 밥 먹는 것이고 텔레비전 보는 것은 텔레비전 보는 것이었다.

그는 사실 이러거나 저러거나 제대로 된 언론관은 성립될 수 없다고 판단했다. 그는 '언론'이란 말 자체가 싫었다. 사람들이 책과 텔레비전에서 찾고 싶은 것은 바로 재미, 오락, 정보, 사고, 기분 전환이지 '가치 있는 언론관'이 아니다!

알텐바흐는 소스 국물이 떨어지는 되너를 접시 위에 내려놓고 책장 쪽으로 가서 열두 번째 백과사전을 뽑아들었다. 그는 자신이 찾는 것을 쉽게 발견할 수 있었다.

"칼 하인리히 마르크스, 마르크스주의 창시자, 1818년 5월 5일 독일 트리어 출생, 1883년 3월 14일 영국 런던에서 사망, 부모는 모두 전통 있는 랍비 가문 출신이다. 본과 베를린에서 법학, 철학, 역사학을 공부하다가 청년 헤겔파에 가담했다. 1842년부터 마르크스는 1843년 진보적인 《라인 신문》이 폐간될 때까지 편집장으로 일했다. 1843년 제니 폰 베스트팔렌과 결혼했다."

알텐바흐는 백과사전을 넘기며 부엌에 달린 바 의자에 앉았다.

"……1843년부터 파리에 있었고…… 『신성가족』을 공저한 엥겔스의 친구…… 브뤼셀로 추방되고…… 엥겔스도 그를 따리왔다. 1847년에는…… '공산주의자 동맹' 강령을 엥겔스와 함께 만들었다. '공산당 선언'……"

알텐바흐는 백과사전을 펼쳐 자신의 옆에 내려놓고 시선을 떼지 않은 채 소스가 흐르는 되너 한 입을 베어 먹었다.

"……혁명이 일어난 1848년에 브뤼셀로 추방당했다. 쾰른……런던…… 그곳에서 엥겔스의 재정적 도움과 글쓰기로 먹고살았다. 마르크스는 거의 모든 노동 운동의 지도자들과 관계를 맺었다……."

알텐바흐는 마지막 남은 되너를 서둘러 먹은 뒤 바닥에 떨어진 토마토 조각을 주웠다. 그런 다음 부엌 싱크대로 가서 기름 묻은 손가락을 물로 씻었다.

많은 생각이 그의 머릿속에서 소용돌이쳤다. 그는 대략 100여 쪽 되는 일기를 끝까지 읽어버렸다. 문체는 가벼웠지만 굉장한 언어적 표현력을 느낄 수 있었다. 연극적인 과장 같은 것도 없지 않아 있었다. 일기를 읽으면서 배우 클라우스 킨스키가 야단스런 제스처를 취하며 큰 소리로 혀를 굴리며 'r' 발음을 내지르는 장면을 쉽게 떠올릴 수 있었다.

누가 썼을까? 이 일기가 정말 칼 마르크스의 일기란 생각은 매력적이지만 매우 비현실적이었다. 마르크스는 죽었다. 죽은 사람은 일기를 쓰지 않는다. 공포 영화라면 모를까 현실은 그렇지 않다.

도대체 누가 백 년 전에 죽은 사람의 일기를 썼단 말인가? 영원히 죽지 않는다고 주장하는 영원히 죽지 않는 사람의 일기를. 그리고 지금은 부랑자가 되어 거리를 떠도는 사람의 일기를. 도무지 말이 안 된다! 누가 이런 미친 생각을 했단 말인가!

〈하랄트 슈미트* 쇼〉인가? 《티타닉*Titanic*》** 잡지인가? 《타츠*taz*》*** 신문인가? 그런데 과연 이들은 단지 편집부가 얼마나 대단한 센세이션을 열망하는지 확인하려고 그런 수고를 했던 걸까? 이건 보통 큰 수고가 아니었기 때문이다.

100쪽짜리 일기의 내용은 매우 상세했다. 누군가가 마르크스의 전기를 완벽하게 소화한 것이 분명했다. 어쨌든 그런 것처럼 보였다. 이 점은 아직 검토가 더 필요했다. 하지만 적어도 첫 인상은 마치 저자가 모든 것을 자세히 알고 있는 것 같았다. 일기를 위조한 자가 20권의 마르크스 전집을 모두 섭렵한 것처럼 보였다.

'어쨌든 히틀러 일기보다는 낫군!'

알텐바흐는 속으로 높은 평가를 내렸다.

아무리 콘라트 쿠자우가 나치 국방군 최고 사령부의 보고서 33권을 독파했다고 뽐낼지라도 히틀러 일기는 피상적이고 어처구니없는 가짜였다. 쿠자우는 대부분 히틀러의 연설과 선언문을 베끼고 거기에 에바 브라운의 입냄새 이야기 등을 덧붙였

---

* 1957년생. 독일의 배우이자 방송인. 많은 수상 경력을 가진 매우 유명한 인물이다. 1980년대 독일 텔레비전에서 활동한 냉소적 풍자가.
** 1979년 11월 창간된 좌파적 경향의 월간지로 냉소적이고 파격적인 비판으로 수십 차례 발간금지조치를 당했다.
*** 1968년 독일 학생 운동세력들이 사회운동의 일환으로 1979년 창간한 민중신문으로 이른바 대안매체라고 불린 '작은 신문'의 전범으로 평가받고 있는 일간지이다.

을 뿐이다. 모든 게 어설프고 진부했다. 눈이 먼 《슈테른》은 2년 동안 이 생각에 매달려 있었다. 영국의 히틀러 전문가 휴 트레버 로퍼는 알려지지 않은 액수의 돈을 받고 히틀러 일기의 진위를 판단해 진짜임을 주장했다. 하지만 다른 독립적인 전문가들에 의해 이 사기는 고작 열흘밖에 지속되지 못했다. 뉴욕 필적 감정가 케네스 렌델은 불과 몇 시간 안에 아주 간단한 방법으로 일기가 가짜임을 폭로했다. 표지, 종이, 접착제의 일부는 1955년 이전에 생산되지 않은 소재로 되어 있었다.

마르크스 일기는 설령 위조됐다고 해도 무언가 대단히 새로운 것이었다. 그것은 역사적 기록이 아니기 때문이었다. 어떤 문외한도 이 노트가 5년도 안 된 것임을 첫눈에 알아볼 수 있었다. 하지만 그 내용이 현재 180세 이상이며, 120년 전 사망해 땅 속에 묻힌 칼 마르크스란 사람의 기억에서 나온 지식임을 증명하는 일은 오직 전문가만이 할 수 있었다.

"이건 정말 미친 짓이야!"

당황한 알텐바흐는 머리를 세차게 흔들었다.

"하지만 어찌 보면 참 재미있군."

그리고 이 일기를 발견한 경로도 그랬다. 히틀러 일기의 경우 그것은 적어도 매우 흥미로웠다. 역사적인 장소와 배와 비행기가 등장했다. 제2차 세계대전을 무사히 넘긴 괴링의 모터요트 카린 2호는 전쟁이 끝나고 영국 왕실의 소유가 되었다. 영국은 요트의 이름을 찰스 2호로 바꾸었고, 1960년 괴링의 미망인에게 요트를 되돌려주었다. 그 후 괴링의 미망인은 요트를 본에 사는 어느 인쇄소 주인에게 팔았고 이 사람은 집을 마련하기 위해 《슈테른》의 편집장 게르트 하이데만에게 다시 팔아버렸다. 히이데만이 소유한 괴링 요트 위에 이느 날 옛 나치당원들이 모이게 되었다. 그리고 언젠가 쿠자우가 등장하고 그 다음 히틀러 일기가 나치 성물들과 함께 암거래 시장에 나타났다.

진짜가 내뿜는 신비로운 기운은 가짜를 물들게 한다. 《슈테른》 '시사 문제' 담당 편집회의가 하필이면 카린 2호에서 열렸다. 주제는 히틀러 일기였다. 분위기가 맞으면 원래 믿을 수 없는 것도 대부분 믿게 된다.

마르크스 고향의 기운을 느끼기 위해 그의 일기를 트리어에서 읽어야 하나? 아니면 그가 살았던 브뤼셀이나 파리 혹은 런던에서?

아니다. 마르크스의 경우는 다르다. 진짜 분위기를 느끼려면 뮌헨의 부랑자들 틈에 끼어야 한다. 왜냐하면 진짜 마르크스가 떠도는 곳은 바로 그곳이기 때문이다. 그는 중앙역과 영국 정원을 떠돌아다닌다.

마르크스의 생가도 아니었다. 그가 마지막으로 살던 집의 다락도 아니었다. 일기는 다름 아닌 떠도는 부랑자의 주머니 속에서 나온 것이었다. 그리고 빈에 사는 어느 출판업자가 그 일기를 발견했다. 그의 이름도 어쩌다가 칼 마르크스다.

누구나 미쳤다고 할 것이다. 알텐바흐는 두 눈을 비볐다. 이

걸 믿을 사람이 있다고 아무도 장담할 수 없었다.

그리고 바로 그런 이유 때문에 알텐바흐는 일기에 더욱 빠져들었다.

거짓을 꾸미는 사람은 사람들이 자신의 거짓말에 넘어가도록 하기 위해 어떤 수단과 방법도 가리지 않을 것이다. 마술사와 같이 간단한 눈속임으로 사기를 칠 것이다. 일기를 위조한 사람은 이미 처음부터 되도록 자신이 진짜 마르크스임을 분명히 드러내려고 했을 것이다. 또한 마르크스가 한 말 중 유명한 말을 자주 인용해 사람들의 신뢰를 얻으려고 했을 것이다. 그리고 그럴 듯한 발견 경로도 신빙성을 높이는 역할을 했을 것이다.

하지만 이 일기는 전혀 그렇지 않았다. 위조자는 과연 초짜였을까? 그는 엄청난 수고와 노력이 필요했을 것이다. 일기는 확인할 수 있는 자세한 이름과 사실 등으로 가득했다. 마르크스의 아내가 제니였던가? 그는 자식이 있었던가? 파리와 런던에서는 언제 살았었나? 이는 분명히 알아낼 수 있었다. 그리고 알아낼 수 있다면 그게 사실인지도 확인할 수 있었다. 만약 여기에 하나라도 틀린 점이 있다면 이 사기 행각은 즉시 들통나게 되어 있었다. 이는 큰 모험이었다.

알텐바흐는 이 엄청난 수수께끼의 답을 찾지 못했다. 이렇게 철저하게 위조한 의도는 무엇일까? 왜 아무도 믿지 않을 이야기로 포장한 것일까?

더 오래 생각하다가는 두통만 심해질 것 같았다. 알텐바흐는 일어나 거실 안을 서성거렸다. 잠시 후 창문을 열어 차가운 밤 공기를 들이마셨다. 그러고 나서 하루를 마감하는 의미로 마지막 코냑 한 잔을 마신 뒤 다시는 마르크스 일기에 신경을 쓰지 않기로 결심했다.

✻

깊은 밤 알텐바흐는 자다 말고 깜짝 놀라 벌떡 일어났다.

그 편지! 그렇다! 빈 출판업자가 일기장에 끼워 폴크만에게 보낸 그 편지 말이다!

그 출판업자가 어떤 인간인지 알아봐야 했다. 어쩌면 남에게 인정받으려는 강박증 환자일지도 몰랐다. 자신의 이름 때문에 스스로가 칼 마르크스라고 믿는지도 몰랐다. 일종의 나폴레옹 신드롬처럼 말이다.

"불쌍한 놈. 이름은 칼 마르크스인데 칼 마르크스가 아니니 미치지 않고는 못 배기지!"

알텐바흐는 침대에서 일어났다. 맨발로 욕실에 들어가 찬물로 세수를 했다. 그리고 거실 전등을 켠 뒤 눈을 깜박거리며 서류 가방을 뒤졌다. 마침내 그는 그 편지를 꺼내들었다.

알텐바흐는 소파에 양반 다리를 하고 앉아 편지를 펼친 뒤 읽기 시작했다.

친애하는 폴크만 씨

이 편지와 함께 전화에서 말씀드렸던 대로 제가 로마 스페인 광장에서 주운 노트를 보내드립니다. 이것은 어느 늙은 부랑자의 것입니다. 경찰이 그를 광장에서 쫓아내려 할 때 잃어버린 것입니다. 주인을 다시 찾기 위해 저는 노트를 읽었고 그 과정에서 그 사람이 바로 저와 같은 이름을 가진 그 유명한 칼 마르크스란 사실을 알게 되었습니다. 그래서 저는 이 노트가 반드시 세상에 공개되어야 한다고 생각합니다.

당신이 이 책의 진위를 확인하실 수 있으리라 봅니다. 당신의 답장을 기다리겠습니다.

그럼 안녕히 계십시오.

칼 마르크스

흠…… 그다지 특별한 것은 없다. 알텐바흐는 관자놀이를 손가락으로 문질렀다. 거의 순진하다고 할까. 이는 물론 속임수일 수도 있었다.

어쩌면 그 이면에는 어느 교활한 비평 잡지가 숨어 있을지 몰랐다. 야심 찬 기자에게 터무니없는 마르크스 일기를 쓰게 한 뒤 이를 《슈투름》에 보내 어떤 일이 벌어질지 구경하려는 의도였는지도 모른다.

그런데 그 일기가 멍청한 수습생의 책상을 벗어날 거라고 믿은 사람은 누구인가?! 노련한 편집장이라면 그런 황당한 이야기는 거들떠보지도 않는다. 이런 쓰레기를 위해 그런 고생을 했다는 건 정말 이상하다. 정말 이해할 수 없다.

그래. 내일 아침에는 그 빈의 출판업자를 조사해 볼 거다. 그러면 아마 이 일도 결말이 닐 것이다. 알텐바흐는 생각에 잠겨 다시 침대 속으로 들어갔다.

다음날 아침 알텐바흐는 정말 몇 시간도 안 돼 출판업자의 신원을 확인할 수 있었다. 알텐바흐의 수첩에는 어떤 경우에도 요긴하게 쓰일 전화번호가 반드시 들어 있었다. 30년 기자 생활에서 남은 것은 세계 어느 도시, 어느 분야든지 개인적으로 아는 사람이 있다는 사실이었다. 많아도 네 다리만 건너면 자신이 궁금한 사람에 대해 말해줄 지인이 있었다.

그렇지 않아도 오페라 무도회를 통해 그는 빈에 친분이 있는 사람들이 많았다. 칼 마르크스에 대한 세인의 평을 말해줄 믿을 만한 사람을 금방 찾아냈다.

성실하다. 이 분야에서 오랫동안 일했다. 오스트리아에서 가장 유명한 출판사 중 한 곳의 구매자다. 착하다. 특별히 눈에 띄는 점은 없다. 두 번 이혼했고 아이는 없다. 옛 친구들이나 동료들과 어울린다. 최근 나쁜 일이나 특별한 변화는 없었다. 알기로는 특정한 병이나 노이로제 증세도 보이지 않는다. 로마에 간 적은 두 번이다. 마지막으로 간 것은 약 6개월 전 긴 주말을 이용해서였다.

여기까지는 모든 것이 들어맞았다.

어쩌면 이 빈의 칼 마르크스는 진실을 말하고 있는지 몰랐다. 그 일기는 진짜 그가 주운 것인지 몰랐다. 혹시 그는 그것이 정말 칼 마르크스의 일기라고 믿고 있는지 몰랐다.

알텐바흐로서는 이를 의심할 아무런 이유가 없었다. 그럼 만약 빈의 칼 마르크스가 일기를 정말로 발견했다면 도대체 누가 그것을 썼단 말인가?

상륙용 잔교에 있는 배가 경적을 울려댔다. 알텐바흐가 일하는 건물은 함부르크 항구에 아주 가깝게 위치해 간부 사무실 창문으로부터 거대한 컨테이너 배들이 외국에서 입항하는 모습이 보였다. 수석 기자인 알텐바흐는 건물 맨 위층에 사무실을 가질 수 있었다. 그러나 그가 일하는 사무실 창문은 건물 뒤쪽으로 나 있어서 엘베 강이 내다보이지는 않았다. 그는 구 시가지의 지붕들과 성 미하엘 교회의 탑을 바라보았다.

혹시 머리가 돌아버린 또 다른 칼 마르크스가 존재하는 걸까? 아니면 자신이 칼 마르크스라고 착각하는 미친놈인 걸까?

골똘히 생각에 잠긴 그는 사무실 창문을 통해 함부르크의 하늘을 올려다보았다. 하늘에는 북독일의 바람이 작은 비늘구름 떼를 쫓고 있었다.

그렇다. 진실은 아마 이럴 것이다. 자신을 칼 마르크스라고 여기는 어느 미친 부랑자가 일기를 썼다. 그리고 일기를 로마에서 잃어버렸다. 출판업자 칼 마르크스가 우연히 그 일기를 발견해 읽은 뒤 그것을《슈투름》편집부에 보냈다.

알텐바흐는 이마를 긁적였다.

미친 사람. 그리고 도무지 믿을 수 없는 우연. 두 가지 모두 너무나 황당하다. 하지만 노숙자로 살고 있는 진짜 칼 마르크스가 일기를 쓴 뒤(그는 이미 옛날에 죽은 사람이란 걸 잊어선 안 된다) 잃어버렸다는 이야기보다는 그래도 그럴 듯하다.

알텐바흐는 일단 아무 생각도 하고 싶지 않았다. 우선 진한 커피 한 잔을 마신 뒤 수석 기자로서의 평범한 일상에 다시 집중하고 싶었다.

하지만 저녁이 되자 알텐바흐는 다시 검은 일기를 꺼내 아무데나 펴서 다시 읽기 시작했다. 다시 한 번 읽음으로써 어떻게 해서든지 이 노트의 불가사의한 출처를 설명할 단서가 나오길 바랐다.

일기를 읽던 중 그는 한 부분에서 상스럽고 음란한 표현에 매우 놀라지 않을 수 없었다. 학문의 이론가였던 마르크스. 그가 과연 이런 언어를 썼을까? 알텐바흐는 믿을 수 없었다.

나는 부르주아의 오물 속에서 숨이 막힌다. 오줌 지린내 나는 이 세상에서 말라죽는다. 최근 부랑자 두 명이 나를 따라다니며 귀찮게 군다. 내가 어느 공사장 뒤뜰 빈 창고를 발견한 것은 불과 일주일밖에 되지 않았다. 이곳에서 나는 한동안 편안히 지낼 수 있으리라 기대했다. 창고 안은 건조했다. 그리고 아마 잘못 절연된 원격 난방 열관 때문인지 계절에 비해 내부는 꽤 훈훈했다. 나는 몇 주 동안 혼자 조용히 호사를 누릴 수 있으리란 부푼 기대에 차 있었다.

그러나 웬걸. 갑자기 하수도 안에서 썩은 내 나는 도시의 쥐들이 기어나와 나를 괴롭힌다. 아무리 욕을 퍼붓고 침을 내뱉어도 꿈쩍할 생각들을 하지 않는다. 그들은 이런 것에 익숙하다. 짐승으로 취급할수록 그들은 오히려 더 큰 편안함을 느낀다.

그들이 내 창고를 어떻게 알아냈는지 모르겠다. 나는 아무에게도 창고에 대해 말한 적이 없었다. 형편이 조금 나아진다고 이를 입 밖에 내서는 절대로 안 된다. 만약 누군가가 쥐꼬리만큼의 돈을 가지고 사방으로 자랑하며 떠든다면 그는 분명 다음날 아침 잔뜩 술에 취해서 돈을 도둑맞거나 심하게 두드려 맞은 채 하수도랑 속에 누워 있을 것이다. 그리고 만약 누군가 이가 득실거리는 자신이 좋다는 한 여자를 알게 되었는데, 그 여자가 심지어 자신과 섹스를 했다고 주장한다면, 이 여자는 더 이상 생명이 안전하지 못하다. 하지만 이런 경우는 거의 드물다. 왜냐하면 그 허풍은 너무도 속이 빤히 들여다보이기 때문이다. 부랑자들은 거리의 진창 속에 빠져 자신이 엉덩이조차 빼낼 수 없는데 어찌 자신의 성기를 영원한 행복의 늪에 꽂을 수 있겠는가?

때문에 나는 차라리 아무 말도 하지 않는다. 아무 말 없이 지켜볼 뿐이다. 과연 누가 사람들의 신뢰를 받을 만한 자격이 있는가. 세상에 믿을 만한 놈은 별로 없다.

우리 같은 인생들은 두 배로 조심해야 한다. 죽지 않는 인간으로 살면서 우리에 대해 너무 많은 것을 밝히는 것은 좋지 않다. 비록 죽지 않는 인간들은 반쪽짜리 인생을 살지만 이중의 위험을 안고 살아야 한다. 우리는 죽지 않는다. 하지만 죽음보다도 더 끔찍한 고통을 당할 수 있다. 그리고 이런 고통을 꼭 당할 필요는 없다. 영원히 산다는 것은 그 자체로 이미 지옥이다.

어쨌든 그제 그 냄새나는 인간 둘은 이곳에 나타나 마치 당연하다는 듯이 눌러앉아버렸다.

"야, 이거 완전히 궁전이네."

그중 한 명이 맥주 냄새를 풍기며 말했다.

"설마 이런 델 혼자 차지하려는 건 아니겠지?"

그리고 다른 놈은 오줌 싼 바지를 입은 채 그 옆에서 비틀거리고 있었다. 그는 맥주캔을 마치 승리의 깃발처럼 흔들다가 정복의 상징으로 문의 인방(引枋) 위에 올려놓았다. 그들의 군대는 나보다 두 배로 크다. 그래서 나는 마치 선견지명을 가진 장군처럼 피 튀는 전투를 단념했다. 워털루 전쟁은 아직도 내 기억 속에 선명히 남아 있다. 그리고 아무리 내가 당시 프로이센 편에 섰을지라도 수천 명 나폴레옹 군사들의 죽음은 나의 마음을 아프게 했을 것이다.

그래서 나는 창고의 반쪽을 그 두 오줌싸개들에게 내어주고 난방관이 있는 따뜻한 구석으로 물러났다. 점령군은 악취와 전염병뿐 아니라 다행히도 가스버너와 라비올리 몇 깡통도 정복한 땅으로 가져왔다. 이는 비록 제2차 세계대전 직후 미국의 구호 물품이나 마셜플랜*처럼 들리지는 않지만 영원히 멈춰버린 시간 같은 나의 삶을 즐겁게 해주는 것만은 분명했다.

나는 따뜻하게 데운 라비올리를 먹고 뜨거운 인스턴트 커피를 마시면서 고약한 냄새를 참아낸다. 포스트모더니즘의 악취를 견딘다. 탈산업주의 사회의 악취를. 21세기의 악취를.

19세기 초만 해도 유럽의 학문은 아직 중세에 머물러 있었다. 사람들은 세상의 분자적, 원자적, 세포적 구조에 대해 알지 못했다. 자연은 세상을 잔인하게 지배했고 인간을 무자비하게 채찍질했다. 하지만 지혜로운 인간들이 점차 세상의 법칙을 만들고 수학, 물리, 화학, 생물학의 비밀을 하나씩 벗겨냈다.

세계사에는 자꾸 새로운 인물들이 등장했다. 학자였던 알렉산더 폰 훔볼트**, 유스투스 리비히***, 로베르트 코흐****, 찰스 다윈, 루이 파스퇴르, 오토 릴리엔탈*****, 그레고어 멘델 등은 그중 일부였다. 이들은 모두 신이 두는 인생 장기판의 말들이었다. 그리고 전화기, 사진, 방사선, 모터, 기차, 비행기 등과 같은 새로운 발명품이 나올 때마다 신의 금고에는 돈이 굴러들었다.

나 또한 학문에 빠져 이를 위해 내 일생을 바쳤다. 나는 원래 작가가 꿈이었다. 어렸을 때는 실제로 문학에 대한 야망을 품고 용감히 시를 쓰기도 했으며 괴테나 횔덜린처럼 되고 싶었다.

그러나 아버지는 나의 마음을 예술에서 떼어내 학문의 세계로 이끄셨다. 나는 마음이 약해 그의 뜻에 순종하고 말았다.

"너는 학문의 재능을 타고났다. 너의 명석한 이성과 너의 순수한

---

* 제2차 세계대전 이후 미국의 국무장관인 조지 마셜이 입안한 이른바 유럽부흥계획.

** 독일의 박물학자이자 탐험가로 근대 지리학의 창시자이다. 저서에 『코스모스』가 있다.

*** 독일의 화학자로 유기화합물의 분자 구조 연구로 유기화학에 큰 영향을 주었으며, 벤조산기와 에틸기를 발견하였다.

**** 독일의 항공 기술자로 글라이더를 만들어 공기역학을 실험함으로써 비행기 곡면 날개의 유효성을 입증했다.

***** 독일의 의사이자 세균학자로 세균의 순수배양법등을 고안했으며, 결핵균과 콜레라균을 발견했다.

감성, 그리고 너의 바른 천성은 네가 나쁜 길로 빠지지 않도록 가르칠 것이다. 그래서 이 아비는 기쁘단다."

아버지는 내가 본에서 대학을 다닐 때 이렇게 간청했다.

"내가 무엇을 원하는지 너는 잘 알고 있다."

나는 아버지가 무엇을 원하는지 잘 알지 못했다. 하지만 아버지는 나에게 그것을 알려주었다. 대부(代父)인 아버지는 점차 나에게 마법에 걸린 주문을 걸어왔다. 아버지의 수리수리마수리는 마치 수수께끼나 암호 같지만, 그런 만큼 내 마음속에 더 강하게 와닿았다.

"나도 좋은 세상에 살았더라면 이뤘을지 모를 그것을 너한테 찾고 싶단다."

아버지는 내가 당신처럼 되기를 바랐다. 당신이 됐을지 모를 그런 사람이 되기를 원했다. 내가 당신의 이상이 되기를 바랐다. 내가 이상적으로 되기를 원했다. 이상. 내가 실현해야 할 것은 그의 이상주의였다. 아버지의 이상을 실현해야 했다. 그의 이상을. 아버지의 이상을.

"사랑하는 아들아, 너는 큰 행운을 타고났단다. 그런 행운을 가진 네 또래들은 많지 않단다."

아버지는 당신의 행운을 마법으로 불러내듯이 편지를 썼다.

아버지는 내가 재능을 타고 태어났으며 명성과 명예를 얻기 위해 소시민적 가정의 장남으로서 이상적인 자리에 있다는 말을 늘 강조했다.

그러나 만에 하나라도 그렇게 되지 않는다면! 그리고 만약 된다고 해도 그것이 엉뚱한 방향이라면! 나는 차라리 시를 만드는 기술자가 되고 싶었다. 단어를 깎고 문장을 단련하고 시의 나사를 조이고 산문을 끌로 파내고 싶었다. 그런데 내가 막 시를 발표하려고 했을 때 아버지로부터 한 통의 편지를 받았다.

"인쇄하는 일은 조금 더 기다릴 수 있지? 작가는 공식적으로 등단하려면 쓸 만한 것을 사람들 앞에 내놔야 한다."

늘 성공을 부르짖으며 나를 재촉하던 아버지는 갑자기 인내와 자제를 요구했다.

"걸출한 사람만이 실러에 젖어 있는 이 세상의 이목을 끌 자격이 있다. 시를 쓰는 영혼들은 아마 '신'이라고 부르겠지."

이 얼마나 엄청난 약속인가! 나는 단지 시를 쓰는 영혼이 아니라 위대한 신이 될 수 있다! 할 수 있다면 말이다. 할 수만 있었다면. 아버지가 좋아하는 학문에서 특출할 수 있었다면 말이다.

그래서 나는 시인이 아닌 사상가가 되었다. 그리고 작가란 직업 대신 철학자를 택했다. 그러나 멀리 볼 때 철학으로는 입에 풀칠하기도 어렵다. 그래서 나는 기자가 되는 것으로 타협했다.

아버지는 내가 보수적인 학자가 되기를 원했다. 그러나 나는 미친 좌익주의자가 되었다. 그리고 이제는 위대한 신도, 시를 쓰는 영혼도 아닌 단지 글쓰는 유령일 뿐이다. 이상 때문에 좌절하고 이상과 함께 파멸했다.

나는 뉴턴, 로크, 라이프니츠의 뒤를 잇고 싶었다. 하지만 지금은 레닌, 트로츠키, 스탈린 일당이 나의 뒤를 잇고 있다.

프리드리히 엥겔스는 나의 동반자였다. 비록 그는 전쟁에서 싸운 적은 없었지만 우리는 그를 "장군"이라고 불렀다. 그는 어딘가 군인다운 면모가 있었다.

엥겔스는 나에게 경제적인 도움을 주었을 뿐 아니라 항상 내 편에 서서 나를 돌봐주었다. 그 어떤 친구라도 그렇게 해주지는 못했을 것이다. 그렇게 헌신적으로.

고급스런 줄무늬 옷을 입은 그는 그렇게 무능력해 보이지 않았다. 바르멘 시 공장주의 아들로 태어나 남부럽지 않게 교육을 받고 브레멘에서 가업을 잇기 위한 공부를 한 뒤 스물두 살의 나이에 이미 아버지의 공장 경영에 참여했다.

그런데 왜 이 젊은 청년 기업가는 샛길로 빠졌던 걸까. 그는 비밀리에 학자가 될 꿈을 품었다. 그는 바로 나의 이상적인 동반자였다! 그는 나의 정열적인 연설, 용기, 자부심에 큰 감동을 받았다. 그는 속으로 나에 대한 감탄을 금치 못했다. 나는 이미 그때 능란하고 날카로운 비판력과 저항심을 보여주었다. 엥겔스는 절대 나처럼 될 수 없다는 것을 스스로 인정했다. 그는 만약 우리 두 사람 중 한 사람이 학문의 올림포스에 오른다면 아마도 그것은 나 마르크스일 것이며 자신은 기껏해야 나를 돕는 정도밖에 될 수 없음을 깨달았다.

엥겔스는 파리, 브뤼셀, 런던에서의 힘든 세월 동안 내 곁에 있어주었다. 그리고 몇 년 뒤 다시 이성을 찾은 그는 서른의 나이로 고향에 돌아가 아버지의 사업을 이어받았다. 그는 맨체스터 공장을 관리했고 20년 동안 가혹한 자본주의의 힘으로 아버지의 사업을 이끌었다. 그리고 마침내 유산을 상속받아 백만장자가 된 엥겔스는 런던에서 상류 계급의 화려한 삶을 누리며 살았다. 그는 자본주의자의 삶을 살면서 자본주의에 대해 선전포고했을 뿐 아니라 자본주의의 파멸을 예언한 공산주의자를 먹여 살렸다. 그가 소유한 모직 공장의 잉여가치는 내 사고(思考) 공장에 염가의 이익을 주었다.

이로써 그는 자신이 간절히 품었던 야망을 포기할 필요가 없었고 나를 위해 희생함으로써 평생 동안 학문을 위해 헌신할 수 있었다. 그는 유물론적 사회주의를 연구하는 비용을 지원해 주었다. 이 연구는 경험에도, 실험에도 근거하지 않는 순전히 이론적인 것이었다.

엥겔스는 장군이었다. 그리고 나는 대장군이 되고 싶었다. 하지만 학문을 향한 나의 원정은 결국 다른 길로 빠지고 말았다. 나는 루비콘 강을 너무 서둘러 건넜고 연구의 목표를 혼동했다. 특히 내가 말한 것을 행하려 했고, 내가 추정한 것을 느끼려 했고, 내가 기대한 것을 경험하려 했으며 내가 예측한 것을 보려고 했다. 나는 생각만 하는 것이 아니라 존재하고 싶었다. 인식하고 싶었다. 육체, 물질, 감각을 열망했다. 유물론은 나의 그리움이고 욕망은 나의 원동력이었다.

나는 실패했다. 완전히 실패했다. 거의 성공할 뻔했었는데 말이다. 내가 행한 올바른 일은 많았다. 내가 깨달은 진실은 아주 많았다. 그건 정말 치밀하도록 모호하게 포장되었다. 어떤 의문이 생기더라도 나는 항상 정당했다.

그런데 바보 천치 같은 나는 혁명을 예고하고 말았다. 그리고 혁명 다음에는 공산주의 사회가 구원된다고 말했다. 예언자를 흉내내며 꿈꾸는 낙원이 도래한다고 예고했다. 만약 내가 그렇게 입방정을 떨지 않았다면 어쩌면 나는 그 낙원을 경험했을지도 모른다. 그리고 결국에는 올림포스에 있는 죽지 않는 인간들로부터 귀한 손님 대접을 받았을 것이다. 나는 신주(神酒)와 불로초를 먹으며 간혹 지루할 때면 올림픽에 참여했을 것이다.

그러나 딱하게도 마르크스는 잘난 체하지 않고는 배기지 못했다. 그리고 그 결실은 고스란히 지금 나의 몫이다.

나는 끝장났다. 신들은 내가 고통받기만을 바랄 뿐이다. 내가 저들의 비위를 거슬렀다. 저 두 냄새나는 부랑자는 신들이 나에게 보낸 것이다.

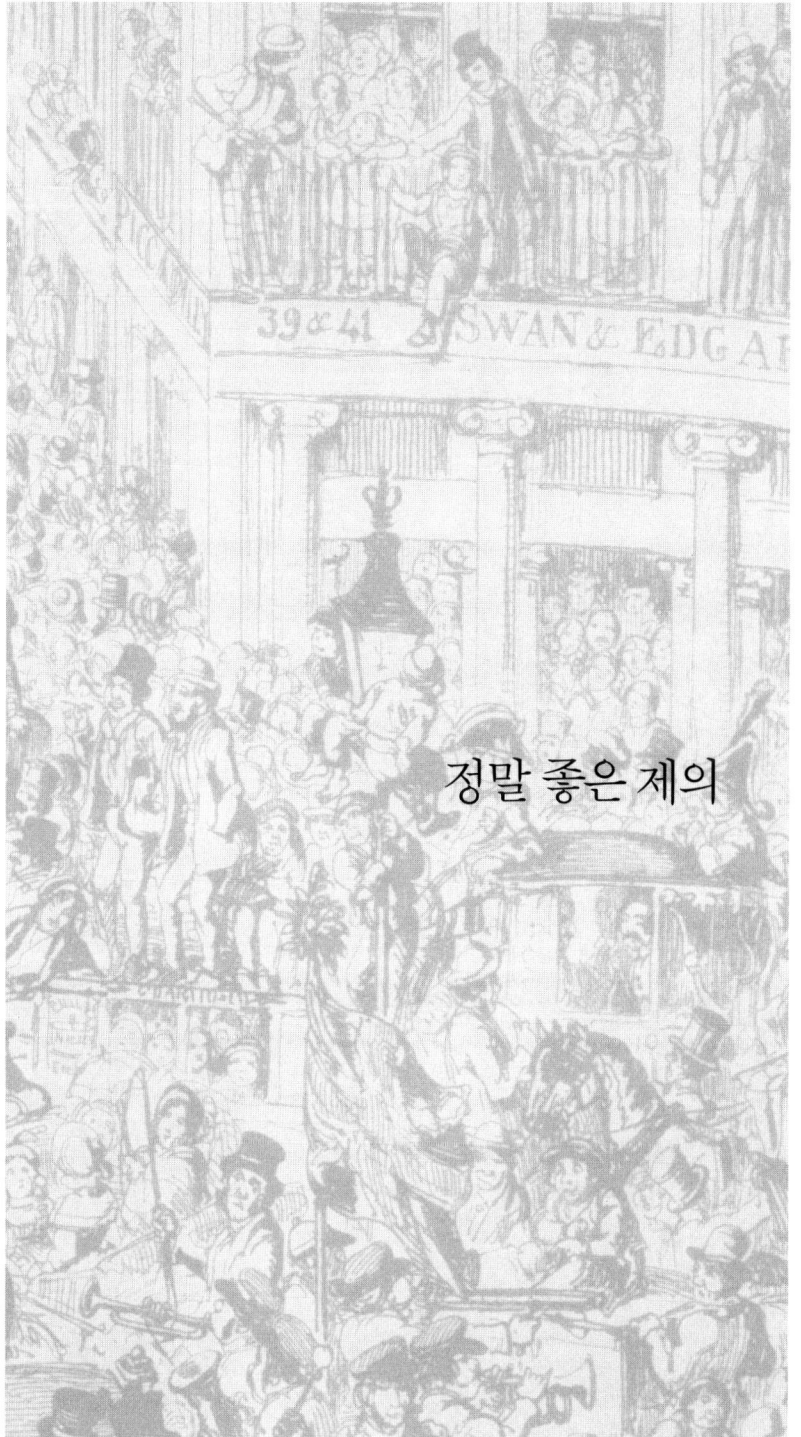

정말 좋은 제의

사랑은 오직 사랑과, 신뢰는 오직 신뢰와 맞바꿀 수 있다.
만약 사랑이 존재한다면,
돈에 굴하지 않는 단 하나의 사건은,
오직 사랑 뿐이다.

다음날 아침 알텐바흐가 전화벨 소리에 잠이 깬 시각은 7시가 조금 안 돼서였다. 보통 이때 그에게 전화를 거는 사람은 없었다. 왜냐하면 모두 그가 잠꾸러기란 사실을 알기 때문이었다. 알텐바흐는 10시가 돼서야 겨우 편집부 회의에 나타나곤 했다. 그는 자동응답기를 작동시키고 잠결에 누가 전화를 걸었는지 엿들었다. 하지만 들리는 건 뚜 하는 기분 나쁜 신호음뿐이었다. 전화를 건 사람은 이미 수화기를 내려놓았다.

"잘못 거셨습니다."

알텐바흐는 중얼거리고 이불 속으로 파고들었다. 하지만 몇 분도 지나지 않아 전화벨이 다시 울렸다. 자동응답기는 다시 돌아갔지만 아무 말도 들리지 않았다.

"이 자식아, 잘못 걸었단 말이야."

알텐바흐는 신경질적으로 말했다. 그는 잠이 확 달아나버렸다. 그는 투덜거리며 일어나서 침대 모서리에 걸터앉았다. 그때 전화벨이 다시 울렸다. 세 번째였다. 화가 난 그는 벌떡 일어나 수화기를 집어들었다. 전화기 디스플레이어에는 발신자 번호가 찍혀 있지 않았다. 누군가가 알려지는 것을 피하기 위해 자신의 번호를 감춘 것이다.

"여보세요?!"

알텐바흐는 짜증 섞인 말을 내뱉었다.

"집에 있을 줄 알았어요, 볼프."

너무도 잘 아는 여자의 목소리였다. 알텐바흐는 목소리의 주인공이 누구일까 신경을 모았다.

"이 시간엔 항상 자잖아요. 그래서 통화하기에 가장 알맞은 때죠."

찰리였다. 마지막으로 그녀를 본 게 도대체 언제였나?! 샤를로타 단젤로는 80년대 말 《슈투름》 편집부에서 일한 적이 있다. 당시 알텐바흐는 이미 오랜 경력의 편집장으로서 확고한 지위에 올라 있었다. 미모의 그녀는 영리하고 야심에 차 있었으며 알텐바흐에게 많은 것을 배울 수 있다는 사실을 일찍 터득했다. 8년의 나이 차는 찰리가 곧 출세가도를 달리면서 금방 뒤집어졌다.

지금 찰리는 《아스파라거스》의 편집부장이 되어 있었다. 이로써 그녀는 《슈투틈》의 가장 큰 경생사에서 편집부징일 뿐 아니라 수석 기자인 알텐바흐보다 한 직급 위였다. 《아스파라거스》 편집부장으로서 그녀는 발행뿐 아니라 광고와 영업에 대한 모든 책임을 지고 있었다. 그녀는 불과 마흔에 독일에서 가장 영향력 있는 여성 중 한 명이 되었다.

뿐만 아니라 사람들이 가장 두려워하는 여성 중 한 명이기도 했다. 왜냐하면 그녀의 좋은 인상은 언제나 기분에 따라 돌변하기 때문이었다. 사람들은 그녀가 괴곽스럽고 매정하다고 여겼다. 그녀는 모략에 뛰어난 능력을 가졌다. 그녀는 수많은 시체를 짓밟았으나 아무도 그녀가 저지른 비열한 소행을 증명해 내지 못했다. 더러운 일은 항상 다른 사람들이 마무리 지었고 그녀는 탄탄대로의 출셋길을 달려왔다.

찰리는 아주 특별한 경우에만 공적인 자리에 모습을 드러냈다. 그리고 설령 그런 곳에 나타난다고 해도 꼭 필요한 만큼만 머물렀다. 그녀는 꼭 해야 할 말만 했으며 곧 다시 어둠 속으로 사라져버리곤 했다. 거의 모든 공식 모임은 그녀 대신 다른 사람이 참석했고 평가는 문서로 전달했으며 전화를 걸어도 그녀는 뒤에서 명령만 내릴 뿐 통화는 그녀를 보좌하는 직원과만 연결되었다.

알텐바흐는 이 제자와 함께 보낸 몇 년간의 편집부 생활에서 기자가 반드시 알아야 할 가장 중요한 요령과 속임수를 전수해 주었다. 그러던 어느 날 그는 이상한 낌새를 눈치 챘다. 찰리는 그의 가르침을 놀라운 속도로 터득하고 있었다. 알텐바흐는 갑자기 두려워졌다. 하지만 그 두려움은 그녀가 자신을 능가할지 모른다는 걱정 때문은 아니었다. 알텐바흐가 두려워한 것은 그런 것이 아니었다. 그가 품었던 야망은 그녀의 것과 달랐다. 그가 생각하는 출세의 이유는 어느 특정한 지위에서부터는 더 많은 자유를 누릴 수 있을 거란 확신이었다. 그의 목표는 자신이 무슨 일을 할지 안 할지 스스로 결정할 수 있는 권한을 가지는 것이었다. 하지만 찰리의 목표는 달랐다. 그녀의 관심은 자유를 얻는 것이 아니었다. 그녀가 원하는 것은 권력이었다. 그녀는 다른 사람들보다 더 많은 것을 알기 원했다. 그래서 그들을 지배하고 싶었다. 그녀는 늘 다른 사람을 이길 기회를 노렸다. 그리고 언제든지 자신에게 굴복하지 않는 사람은 무슨 수를 써서라도 제거해 내고 말았다.

그러니까 찰리에게 걸려온 전화는 전혀 반가운 일이 아니었다. 더군다나 아침 7시였다. 이것은 하필 알텐바흐가 그녀에게 가르친 진리 중 하나였다. 만약 누군가의 약점을 잡고 싶으면 그를 이른 아침 깊은 잠에서 깨워라! 사람은 다른 어떤 때보다 아침에 상처받기 쉽다!

"이렇게 전화를 걸어주시니 영광입니다."

알텐바흐는 자신의 옛 제자에게 그다지 반갑지 않은 목소리로 인사를 하며 동시에 그녀가 전화를 건 용건이 무엇일까 곰곰이 생각했다. 그러나 찰리는 늘 그랬듯이 단도직입으로 말을 꺼냈다.

"오히려 저에게 영광입니다."

그녀는 과장되게 상냥한 목소리로 속삭였다.

"현재 독일에서 가장 흥미로운 노트가 당신 손 안에 있다고 들었어요."

놀란 알텐바흐는 속으로 휘파람을 불었다. 찰리가 그것을 어떻게 알았을까?! 폴크만을 닦달한 것일까? 아니면 그 미친놈이 자신의 스토리를 팔기 위해 제 발로 우리 경쟁사에 달려간 것일까?

"내 주소록 말인가?"

알텐바흐는 마치 아무것도 모른다는 듯 거짓말을 했다. 시간을 벌어 찰리가 직접 말하도록 유도하기 위해서였다.

"장난 그만 쳐요, 볼프."

그녀의 말투는 대꾸를 용납하지 않았다.

"제가 말하는 건 칼 마르크스 일기라고요. 누가 뭐라고 해도 전 당신이 그걸 가지고 있다는 걸 알아요."

알텐바흐는 아무 말 없이 기다렸다. 그는 15년 전 그녀에게 왜 아침 시간이 적에게 치명적인지 알려준 자신 때문에 화가 치밀었다. 왜 그렇죠? 찰리가 그 이유를 묻자 그는 입을 비죽거리며 그것은 사람이 팬티만 입은 채 차디찬 의자에 앉은 자신을 초라하다고 느끼기 때문이라고 웃으며 설명했었다. 그리고 이제 알텐바흐 자신이 속옷만 입은 채 찬 의자에 앉아 전화를 받고 있었다. 그는 자신이 너무도 바보처럼 생각되었다. 하지만 찰리가 이를 눈치 채면 절대 안 된다. 그래서 그는 아무 말 없이 잠잠히 있었다.

찰리는 약간의 주저함도 없이 계속 말했다.

"얼마를 원해요? 아니면 돈에는 아직도 관심이 없나요?"

알텐바흐는 침묵했다.

"그럼 돈 말고 뭘 원해요? 당신 딸이 기자가 되고 싶어하죠? 마를레네가 우리 편집부에서 실습생으로 지원했어요. 재밌지 않아요?"

그녀는 정말 알 수 없는 여자였다. 어제 찰리는 마르크스의 일기가 존재한다는 사실을 안 뒤 그의 사생활을 염탐하기 위해 하루를 보냈을 것이다. 그녀는 그의 가장 친한 친구들이나 편집부의 일부 동료들만이 알고 있는 집 전화번호를 알아냈을 뿐 아니라 그의 가족과 아이들에 대해서도 조사했다.

알텐바흐는 한숨을 내쉬었다.

"그 일기는 나한테 없어."

그는 이렇게 운을 떼고 난 뒤 출판사 책임자에게 들려준 이야기를 고스란히 반복했다.

"폴크만은 일기를 나에게 주었다고 주장하지만 사실은 그렇지 않아. 그는 그런 일기를 가진 적도 없어. 어쩌면 그 일기는 아예 존재하지 않는지도 몰라."

"날 속이려 들지 말아요, 볼프. 당신이 가지고 있다는 걸 분명히 알고 있어요."

찰리는 그의 속임수에 흔들리지 않았다.

"일기 대신 뭘 원할지나 생각해 봐요. 그건 어떻게든 내 손에 들어오게 돼 있으니까. 그냥 잃어버리는 것보다는 낫잖아요. 안 그래요?"

알텐바흐는 옛날에도 그녀의 이런 말투를 몹시 싫어했다. 그녀는 잘난 척할 때면 목소리를 한 옥타브 내리고 콧소리로 말하곤 했다. 건방지거나 거만하게 보이려면 바로 이렇게 하면 된다.

"설마 그 헛소리를 진짜 믿는 건 아니겠지?"

알텐바흐는 화제를 돌리려 시도했다.

"칼 마르크스는 이미 백이십 년 전에 죽었어."

"그래서 더욱더 재미있는 거 아니겠어요? 그래서 당신도 슬쩍 날치기하신 거잖아요."

"히틀러 일기는……."

찰리는 알텐바흐가 말하기가 무섭게 그의 말을 막아버렸다.

"……위조된 거였죠. 바로 그 때문에 이번에는 진짜일 확률이 아주 높아요. 히틀러 일기 이후 아무도 일기를 위조할 생각은 못하죠. 철저히 조사될 걸 알기 때문이죠."

"자신이 칼 마르크스라고 생각하는 미친놈이었나?"

알텐바흐는 자신의 생각을 검토했다.

"출판업자 칼 마르크스는 아무 문제가 없어요. 그가 마지막 로마 여행에서 일기를 발견하고 그것을 등기로 《슈투름》편집부에 보낸 것은 사실이에요. 다행히 그는 사본을 만들어두었었죠. 그리고 우린 그걸 그가 마지막으로 인터넷에 접속했을 때 그의 컴퓨터에서 복사할 수 있었어요. 이제 우리에게 필요한 것은 원본이에요, 볼프."

이 여자는 정말 대단했다. 그녀는 그가 준비 작업을 하기도 전에 이미 일을 처리해 놓았다.

"정말 놀랍군!"

알텐바흐는 자신의 놀라움을 솔직하게 드러냈다.

"자네가 멋지게 일했는지는 몰라도 착각하는 것이 한 가지 있네. 바로 내가 그 일기를 가지고 있을 거라 생각하는 거야."

찰리는 웃음을 터뜨렸다.

"당신한텐 그게 무용지물일 텐데요. 《슈투름》에선 어차피 출판할 수 없어요. 그쪽은 그럴 용기도 없죠. 아시잖아요? 그리고 당신이 우릴 위해서 기사를 쓸 리는 없고…… 그러기에 당신은 자존심이 너무 강해요. 그럼…… 이젠 그 물건을 어떻게 하실 거죠?"

"그 일기는 나한테 없소."

알텐바흐는 냉정하게 반복했다.

"오십만 유로는 약속드릴게요, 볼프."

찰리는 제안하며 한 마디 한 마디 말을 힘주어 강조했다.

"그리고 만약 쓸모 있는 물건인 경우 삼백만을 더 얹어드리죠."

알텐바흐는 침을 꿀꺽 삼켰다. 잘 쓴 일기이긴 했지만 누가 쓴 것인지도 알 수 없었다. 그런 별난 노트 값으로 50만 유로는 이미 대단한 액수였다. 그런데 경우에 따라서 300만 유로를 더 받을 수도 있었다. 그가 이틀 전에 한 계산은 얼마였었나. 20년 동안 매월 1만 2,500유로. 이건 정말 엄청난 제안이었다.

"볼프, 어때요? 구미가 당기지 않나요?"

찰리의 목소리는 승리감에 찼다.

알텐바흐는 그녀가 자신을 그렇게 부르는 게 싫었다. 비록 함께 일했을 때 서로 말을 놓았던 사이였지만 그녀가 자신의 이름을 부르는 건 기분 나빴다. 하지만 이젠 상황이 달라졌다. 둘의 관계는 더 이상 우호적이지 않았다. 둘은 한때 동료였을 뿐이었다. 그리고 방금 그들이 나누는 대화는 양심 없는 뻔뻔스런 거래였다.

알텐바흐는 그녀의 승리감에 도취된 목소리가 역겨웠다.

"이봐, 만약 내가 그 일기를 가지고 있다면 그건 정말 뿌리칠 수 없는 유혹이겠지. 하지만 유감스럽게도……."

그는 최대한 다정한 목소리로 속삭였다.

"너무 오랫동안 생각하지 마세요."

이제 그녀의 목소리는 차가웠다.

"결국엔 내가 가지고 말 테니깐."

찰칵. 찰리는 전화를 끊어버렸다. 그녀는 늘 이런 식이었다. 서두도 없고 헤어질 때도 긴말이 필요 없었다. 그녀는 할 말의 요점만 말하곤 했다. 늘 가장 빠른 길로 목적을 달성했다. 그녀는 이렇게 해서 독일에서 가장 젊은 여성 편집부장이면서 가장 큰 권력을 쥔 여성이 되었고, 세계에서 가장 영향력 있는 여성이 될 시간이 앞으로 20년도 남지 않았다. 그녀는 분명 이를 꿈꾸고 있을 것이다.

알텐바흐는 수화기를 내려놓은 뒤 욕실로 갔다. 잠은 더 이상 잘 수 없었다. 지금은 커피 한 잔을 마신 다음 일기를 어디에 숨길지 차분하게 생각해봐야 했다. 그는 순간 일기가 자신의 집에 있어선 안 된다고 판단했다.

✻

알텐바흐는 샤워를 하고 커피를 마시자 정신이 맑아졌다. 일기를 자신의 집에도, 편집부 사무실에도 두어선 안 되었다. 리자의 집도 불가능했다. 왜냐하면 찰리가 자신의 사생활을 속속들이 파악하고 있기 때문이었다. 알텐바흐는 자신과 별 관계가 없는 사람을 찾아내야 했다. 이 사람은 그가 백 퍼센트 신뢰할 수 있고 (혹시 찰리가 돈으로 매수할 수도 있기 때문에) 항상 집 안에 있는 사람이어야 했다. 만약 찰리가 해커를 고용해 빈에 있는 출판업자의 컴퓨터를 해킹했다면 그녀는 누구의 집에라도 반가운 방문객을 보낼 수 있었다.

그러나 알텐바흐는 찰리가 정말 일기의 사본을 가지고 있다고는 믿지 않았다. 그는 이것도 단지 그녀의 허풍일 뿐이라고 짐작했다. 진술을 받아내기 위해 자신이 실제보다 더 많이 아는 것처럼 상대방을 속이는 수법은 (어차피 지금 모든 게 드러난 상황에서) 어린애도 다 아는 것이었다.

만약 그녀가 일기의 사본을 정말 가지고 있다면 그 내용이 진짜임을 확인하기 전까지 원본을 찾을 필요가 없었을 것이다. 그리고 그녀가 아무리 빠르다고 해도 48시간 이내에 100쪽에 달하는 일기의 진위를 자세히 검토할 수는 없었다.

그렇다. 알텐바흐는 그녀가 일기에 대해 아는 바가 조금도 없다고 거의 확신했다. 어쩌면 그녀는 빈의 출판업자에게 사본을 부탁하려고 하는지도 몰랐다. 그는 회심의 미소를 지었다. 빈의 정보고속도로에 해커 몇 명을 보냈다는 말도 그녀가 순간적으로 지어낸 얘기였을지도 몰랐다. 그녀는 그러고도 충분히 남을 사람이었다. 순간적으로 떠오른 생각도 그녀는 마치 이미 오래전부터 준비해 온 것처럼 행동했다.

그런 방법은 물론 먹혀들 수도 있었다. 알텐바흐도 자신이 혼자서 막강한 편집부에 대항할 힘이 없다는 걸 잘 알고 있었다. 그는 다만 아무도 모르게 이 스토리를 연구할 수밖에 없었다. 출판사 간부들이 그를 방해할 게 뻔하기 때문이었다. 반면 찰리는 마음만 먹으면 팀을 구성해 모든 걸 낱낱이 파헤칠 수 있었다. 그러면 얼마 안 있어 그는 불리한 입장에 처할 것이다. 마르크스 일기는 《아스파라거스》에 실리고 《슈투름》의 수석 기자는 조사도 한 번 제대로 시작하지 못한 상태일 것이다.

그렇다. 찰리는 일기가 어떤 내용을 담고 있는지 알지 못한다. 그것만큼은 확실하다. 하지만 그 출판업자가 컴퓨터 안에 일기의 사본을 정말 가지고 있다면, 그리고 이따금 방화벽 없이 인터넷 서핑을 즐긴다면, 그녀가 당장 내일이라도 일기의 내용을 아는 것은 시간문제다.

따라서 알텐바흐는 그녀보다 아주 조금 더 유리한 입장일 뿐이었다. 그러나 원본을 가지고 있는 사람은 그였다. 원본이 없는 찰리는 진실을 밝힐 수는 있어도 출판할 수는 없을 것이다. 그것은 그가 일기를 가지고 있는 한 그녀가 그를 가만히 내버려두지 않을 거란 걸 의미했다. 그리고 다른 한편으로는 그녀가 그와 접촉하는 한 그녀는 일기가 진짜임을 더욱 강하게 확신할 것이다.

완벽하다! 이로써 알텐바흐는 일종의 품질 관리팀을 만든 셈이었다. 만약 찰리로부터 아무런 소식이 없으면 일기는 가짜일 가능성이 크고, 만약 그녀가 끝까지 달라붙어 있으면 그것은 진짜일 가능성이 농후했다.

"자 그럼, 단젤로 양, 또 전화 주시기를 기다리겠습니다."

알텐바흐는 조롱하듯이 웃음을 지으며 시계를 쳐다보았다. 8

시 반이었다. 래디의 집에 늦지 않게 도착하려면 서둘러야 했다. 래디는 아침명상을 시작하면 정오까지 문을 열어주지 않기 때문이었다.

✻

래디는 함부르크 근교 바렌펠트의 어느 낡은 나사 공장 맨 위층에 살고 있었다. 옥탑은 대략 200제곱미터 크기였고 대부분 공허함, 적막감, 혼돈이 어지럽게 집적돼 있었다.

옥탑 뒤쪽에는 래디가 직접 분리해 만든 작은 침실과 욕실이 있고 그 옆에는 벽도 문도 없는 부엌이 있었다. 래디는 매일 서너 시간씩 요리를 하곤 했다. 건강식을 마련하기 위해서는 그만한 희생이 필요했다.

옥탑 앞쪽은 전부 그의 작업실이었다. 여러 크기의 캔버스, 물감 통, 붓 통, 테르펜틴에 젖은 헝겊 조각이 든 양동이, 다양한 이젤 등이 뒤죽박죽 어질러져 있었다. 이는 래디가 매우 정돈된 삶을 산다는 점에서 보면 아주 특이했다.

그는 여느 관료주의자보다도 더 철저히 시간을 엄수했다. 매일 아침 8시에 일어나 등 근육 강화 체조를 한 뒤 아침식사로 녹차를 마시며 일간지를 읽었다. 그러고 나서 9시 반부터 두 시간 동안 명상을 했다. 명상을 하는 동안에는 아무도 그를 방해해선 안 되었다. 명상이 끝나면 세 시간 동안 그림을 그렸다.

그리고 건강을 위해 가벼운 점심을 먹고 난 뒤에 또다시 세 시간 동안 작업을 했다. 그는 이른 저녁에만 시장을 보거나 다른 일을 보기 위해 문 밖으로 나갔다.

래디는 자가용도 오토바이도 없었다. 시내에서 그는 항상 걸어 다니거나 자전거를 타고 다녔다. 뿐만 아니라 라디오도 텔레비전도 컴퓨터도 핸드폰도 없었다. 그는 현대 기술 문명을 거부했다.

"옛날 사람들은 이런 게 없었기 때문에 그나마 이웃과 말하며 지냈지."

아직 이웃과 한 번도 말해본 적이 없는 그는 이렇게 주장했다. 그러나 그 점을 지적하면 그는 늘 이렇게 투덜거리며 말했다.

"그 사람들도 좀 이상해!"

래디는 저녁이 되면 옥탑 안에 매단 해먹 위에 누워 책을 읽거나 가까운 친구들을 만나곤 했다. 하지만 2년 전 담배를 끊고 식습관을 바꾼 이후로는 술집에서 친구들을 만나는 일도 없어졌다. 술집 담배 연기조차 견뎌낼 수 없었기 때문이다. 그는 정말 별난 고집통이였다.

래디의 집에 전화기가 있다는 사실은 기적이었다. 그는 전화벨 소리는 울리지 않도록 꺼놓고 자동응답기만 작동시켜 놓았다. 그에게 정말 중요한 볼일이 있는 사람은 그의 집을 직접 찾아가지 않으면 안 되었다. 뿐만 아니라 그를 만날 수 있는 시간에 맞추는 행운도 필요했다. 래디는 아침 9시 이전이나 저녁 7

시 이후를 제외한 시간에 방해받는 걸 싫어했기 때문이다.

"창조적 일을 하려면 규칙적인 리듬이 필요해."

그의 설명이었다.

"창조는 고정된 구조에서만 가능해. 원형(原形)은 고성된 틀을 필요로 해."

그는 옥탑의 무질서를 '나의 창조적 격정의 표출'이라고 불렀다. 하지만 이는 그가 까만 캔버스 말고는 그리지 않는다는 걸 생각하면 이해하기 어려웠다. 알텐바흐는 온통 검은색으로만 칠하는 게 무슨 창조적 작업인지 알 수 없었다.

그때마다 래디는 손을 내저으며 이렇게 말하곤 했다.

"그러니까 미술에서 에너지론의 차원을 이해하기엔 네 감성적, 정신적 깊이가 부족한 거라고."

래디는 그에게 자주 자신이 영성으로 회귀한 경험을 설명하려고 들었다. 하지만 이 점에서 둘의 생각은 분명히 달랐다. 그러나 이들에겐 예술이나 종교에 대해 논쟁을 벌이는 일보다 오랜 우정이 더 중요했기 때문에 함께 있을 때 그런 주제는 피했다. 그리고 래디가 자신의 삶을 철저하게 변화시킨 이래로 그런 논전은 벌어지지 않았다.

래디와 알텐바흐는 군대에서 만났다. 그러니까 벌써 20년이란 세월이 흘렀다. 이들은 젊은 시절 함께 휴가를 보내기도 하고 마약에 탐닉하기도 했다. 그러나 나이가 들면서, 특히 알텐바흐가 가정을 이룬 뒤부터는 같이 놀러 나가거나 진탕 술을 마시는 일은 줄었고 대신 일정하지 않게 술집에서 만나곤 했다. 하지만 이런 만남도 래디가 영성을 깨닫는 데에 몰입하면서부터 뜸해졌다. 둘은 지난해에도 두 번밖에 만나지 못했다. 사실 그것도 알텐바흐가 바렌펠트에 있는 그를 예고 없이 찾아갔기 때문이었다.

바로 이런 이유에서 알텐바흐는 오늘 아침 일기를 감출 곳을 고민하던 중 래디를 떠올렸다. 래디의 옥탑은 일기를 숨기기에 완벽했다. 왜냐하면 래디는 거의 하루 종일 집 안에 있었기 때문이다. 찰리가 이곳을 생각해내기까지는 어느 정도 시간이 걸릴 것이 분명했다.

알텐바흐는 일기의 실태를 조사해 보기로 결심했다. 일기가 래디의 집에 있는 동안은 누구도 그를 방해할 수 없을 것이다. 찰리가 일기에 큰 관심을 보인 뒤 알텐바흐는 본능이 자신을 바른 길로 인도했다고 확신했다. 찰리의 육감도 비슷하게 좋았다. 그녀의 전화로 이 일이 해볼 만한 가치가 있다는 그의 확신은 더 커졌다.

알텐바흐가 초인종을 눌렀을 때 래디는 다행히 부엌에서 녹차 한 잔을 마시고 있던 참이었다. 래디는 반갑게 문을 열어주었고 알텐바흐는 그에게 일기에 대한 이야기를 하나도 빠짐없이 들려주었다.

"정말 감동적이군."

알텐바흐가 이야기를 끝내자 마침내 래디는 이렇게 말했다.

"……그러니까 너는 그 일기가 좀 진부하기는 하지만 아주 흥미롭다고 생각하는 거지?"

래디는 이마를 찌푸렸다.

"평소 너의 감성적, 정신적 에너지의 결핍을 고려할 때 그건 정말 날 행복하게 만드는 말인걸."

그는 말하며 고개를 끄덕였다.

"그러니까 그 일기가 진짜 예술품일 가능성이 있단 말이지? 네가 상상할 수 없을 정도의 아주 위대한 창조적 작품 말이야."

알텐바흐는 어깨를 으쓱했다. 알텐바흐는 이 말이 그가 말한 그대로를 의미할 뿐 다른 어떤 뜻도 없다는 걸 알고 있었다. 비록 그것이 남성 카바레 예술단의 패러디처럼 들릴지 모르나 래디의 목소리에는 비꼰 흔적이 전혀 없었다.

"한번 줘봐."

래디는 식탁 위에 내내 놓여 있던 공책을 집어들었다. 그는 일기장을 넘기며 군데군데 훑어보고는 의자에서 벌떡 일어났다.

"이거 정말 천재적이야!"

그는 소리쳤다.

"내 말은…… 이걸 한번 들어봐! 정말 대단해! 깊이가 있어!"

그러고 나서 래디는 일기의 어느 긴 한 토막을 격앙된 목소리로 크게 읽기 시작했다.

인생에서 가장 중요한 것

인생에서 가장 중요한 것은 사랑이다. 누군가가 회색 콘크리트 다리 기둥에 이렇게 빨간색으로 써놓았다. 만약 이 사람에게 사랑의 정의를 묻는다면 그는 아마도 그 정답을 알지 못할 것이다. 그것은 분명하다. 3,000년 동안 서구의 문화사가 이어져왔어도, 3000년간 성의 문학, 예술, 철학이 연구되고 3,000년 내내 사랑, 결혼, 영원, 윤리, 관능이 존재했어도 이 간단한 물음의 정답을 아는 사람은 없다. 사랑은 무엇인가?

하지만 모든 사람은 사랑이 중요하다고 말한다.

미친 세상이다. 이것이 사랑의 비밀이다. 사랑을 모르는 사람은 없다. 사랑을 경험하지 않은 사람은 없다. 그러나 사랑을 아는 사람은 아무도 없다. 배고픔? 그렇다. 사람들은 배고픔을 안다. 목마름? 이것 역시 쉽게 설명할 수 있다. 욕망? 좋다. 이 경우에는 조금 설명할 시간이 필요하겠지만 무엇을 말하려는지 알 수 있다. 하지만 사랑에 대해서만은 말을 더듬는다. 사랑은 설명할 수 없다. 사랑은 직접 경험해야 한다. 그렇지만 사랑을 경험하는 것은 어떻게 알 수 있을까?

어쩌면 이 모든 것은 하나의 큰 착각일지 모른다. 혼동일지 모른다. 사랑은 아예 존재하지 않는다고 주장하는 사람들도 있다. 이들은 다름 아닌 불행한 사랑을 경험하고 있기 때문이다.

불행한 사랑. 아무도 불행하게 배가 고프거나 목이 마르기를 원하지 않는다. 하지만 사랑은 불행하게 할 수 있다. 그리고 불행한 사랑을 하면 사람은 아주 미쳐버린다. 가끔은 행복한 사랑을 해도 미쳐버린다. 행복에 겨워서.

미치는 것은 인간적이다. 사랑은 인간적이다. 인간으로 사는 것이 사랑이다.

사랑은 내 유토피아적 사회상의 일부였다. 만약 인간을 인간으로 가정하고 세상과 인간의 관계를 인간적인 것으로 가정한다면, 사랑은 오직 사랑과, 신뢰는 오직 신뢰와 맞바꿀 수 있다. 굳이 원한다면 돈도 돈과 바꿀 수 있다. 하지만 그럴 사람은 아무도 없을 것이다. 돈은 필요 없다. 진정 인간적인 세상에서 돈은 더 이상 불필요하다. 사랑이 있는 세상에서 돈은 필요가 없다.

만약 사랑이 존재한다면 그것은 돈에 굴하지 않는 유일한 것이다. 모든 것은 돈을 주고 살 수 있다. 사람은 돈으로 모든 것을 지배할 수 있다. 못생긴 사람이라면 돈을 주고 아름다움을 살 수 있다. 늙은 사람이라면 돈으로 젊음을 살 수 있다. 어린 사람은 경험을 살 수 있고, 어리석은 사람은 지식을 살 수 있다. 하지만 사랑은 돈으로 살 수 없다. 만약 사랑이 돈과 연관되면 사랑은 사라져버린다. 증발해 버린다.

사랑은 자본주의의 죽음을 의미한다. 만약 언젠가 자본이 스스로를 파괴한다면, 돈의 잿더미로 변한 세상은 사랑으로 다시 꽃필 것이다.

그러나 이 세상에서는 우선 사랑을 배워야 한다. 사랑을 연습해야 한다.

말은 배워야만 이해할 수 있다. 예술은 예술적으로 사고하고 행동하고 느끼는 것을 배워야만 이해할 수 있다. 그림의 색과 깊이를 알기 위해서는 직접 색을 칠해 봐야 한다. 음악은 음악을 직접 만든 사람에게만 들린다. 음식의 맛은 직접 요리한 사람만이 알 수 있고, 냄새는 냄새를 직접 풍긴 사람만이 맡을 수 있으며, 느낌은 자신을 만지도록 허락한 사람만이 가질 수 있다.

만약 사람이 감각계와 감각계를 통한 경험으로부터 모든 지식과 느낌 등을 얻는다면, 진정 인간적인 것을 경험하기 위해 경험적 세계를 만드는 것과 스스로가 인간으로서 경험하는 것에 익숙해지는 것이 중요하다.

인간은 자신이 하는 모든 행위를 배워야 하는 것처럼 사랑도 배워야 한다. 사랑을 받는 것은 사랑을 배우는 것을 의미한다. 그리고 사랑하는 것은 자신을 사랑하도록 허락하는 방법을 배우는 것과 같다.

제니. 나는 제니를 사랑했다. 그녀를 진정으로 사랑했다. 비록 그녀를 속였을지라도 내 마음속에는 오직 그녀뿐이었다. 제니는 내 곁에 있어주었다. 그녀는 내 마음의 주인이었다. 비록 나의 육체는 다른 사람과 나누었지만, 나의 영혼은 절대 아니었다. 비록 나의 정신은 공공의 것이어서 모든 사람과 나누었지만, 나의 생각을 듣는 사람은 언제나 그녀가 처음이었다.

제니. 그녀는 트리어의 여왕이었다. 트리어의 모든 젊은 남자가 그녀에게 목을 매었고, 그녀 때문에 잠을 이루지 못했다. 선택권은 그녀가 가지고 있었다. 제니 폰 베스트팔렌. 남작 집안의 규수였던 그녀는 모두가 탐내는 신붓감이었다. 명망 있는 가문에서 좋은 교육을 받으며 자란 제니는 품행이 단정하고 얼굴도 예뻤다. 게다가 지적이고 재치도 있었다. 항상 세상이 어떻게 돌아가는지 알고 싶어했고 지적 욕구와 삶에 대한 호기심으로 가득 차 있었다. 그녀는 질문을 던지고, 문제로 삼고, 자신의 주장을 펴고, 또다시 질문했다. 정말 특별한 여자였다. 그녀의 까만 눈동자에서는 총명이 빛났고, 그녀의 말 한 마디 한 마디는 아름다움을 발했으며 깊은 감정과 상상의 나래는 모든 대화 속에서 펼쳐졌다.

제니. 그녀는 트리어의 다른 모든 소녀들보다 더 성숙했다. 그녀의 마음은 더 따뜻하고 더 자비로웠다. 그녀의 유머는 더 재미있고, 상상은 더 화려하며 그녀의 춤은 더 우아하고 걸음걸이는 더

민첩했다. 제니는 가장 아름다운 여인이었다.

제니와 나는 이미 여러 해 동안 아는 사이였다. 검은 곱슬머리의 나는 주제넘게 떠들어대는 못생기고 뚱뚱한 사내 녀석이었다. 나이는 제니 여왕보다 네 살 아래였다. 나는 왕자가 아니라 거지였다. 몽상가였다. 그녀의 남동생의 친구였다. 그녀의 아버지의 수양아들이었다. 그녀가 거들떠볼 필요도 없는 사람이었다. 그녀가 거들떠보지도 않던 사람이었다. 나는 열 살이었고 그녀는 열네 살이었다. 내가 아무리 똑똑하고 당찰지라도 나보다 더 괜찮은 남자는 많았다. 그녀가 보기에 나는 어린애였다. 그리고 실제 나는 어린애였다.

그녀의 아버지는 아이들을 데리고 산책하며 세상에 대한 이야기를 들려주곤 했다. 그러는 몇 년 동안 그녀와 나는 서로를 모른 체하며 함께 다녔다. 제니의 아버지는 우리에게 말과 생각의 자유에 대해 웅변했으며 프로이센과 프랑스, 정치와 경제, 노동의 권리와 게으름의 부덕, 이상과 이상주의에 대해 말해주었다.

우리는 어른이 되었다. 그녀는 여인이 되었고 나는 여전히 어린애였다. 그녀는 무도회의 여왕이었고, 가든파티의 스타였으며 모든 트리어의 청년들이 사모하는 여인이었다. 바로 이때 그 젊고 잘생긴 장교가 나타났다. 칼 폰 판네비츠. 그는 신사였다. 제니와 그는 함께 왈츠를 추었다. 주위의 모든 사람들은 이 멋진 한 쌍을 보며 열광했다. 제니는 비록 열일곱 살이었지만 약혼은 곧 성사되었다. 심각하게 결혼을 생각하기에 두 사람은 아직 너무 어렸다.

하지만 제니는 자신이 열광한 남자가 돈 많고 잘생긴 멋쟁이일 뿐, 정신적 수준은 자신에게 크게 못 미친다는 사실을 깨닫고 몹시 놀랐다. 지적인 집안에서 정치와 문화, 문학과 연극에 대해 토론하던 그녀는 칼과 함께 나눌 이야기가 아무것도 없다는 사실을 알게 되었다.

햄릿을 모르는 그는 그나마 용서할 수 있었다. 하지만 그녀는 자신이 왜 1830년 파리에서 일어난 7월 사태에 대해 흥분하는지 이해하지 못하는 그를 받아들일 수 없었다. 그는 군인으로서 단지 명령에 복종했을 뿐 싸우는 상대가 자기 나라 사람인지, 다른 나라 사람인지 상관없었다. 그에게 명령은 명령일 뿐이었다. 제니는 이 남자와 결혼하기 싫었다. 그녀는 남자의 내면의 가치를 발견했다. 이상주의의 가치를 발견했다.

그리고 훗날 그녀는 이상주의의 반대자며 유물주의의 투사로서 역사에 남은 남자를 만났다. 그런데 그녀의 마음을 사로잡은 것은 하필 이 남자의 이상이었다. 이 두 번째 칼은 사실 그녀의 첫 번째 칼이었다. 그녀는 그를 어릴 때부터 알았다. 그는 그녀의 형제나 다름없었다. 그는 그녀의 남동생의 친구였다.

에드가와 제니 그리고 나는 좋은 친구였다. 우리는 정치에 대해 열을 올렸다. 대학생들의 자유사상에 열광했다. 1835년 대학생들이 트리어에서 조금 떨어진 함바흐 성에 들어가 자유, 평등, 형제애를 선포했을 때 우리는 고향에서 환호하며 새로운 사고(思考)를 축하했고 청년 운동의 승리를 환영하며 이에 동참하기를 원했다.

우리는 혁명을 바랐다. 우리가 바로 질풍노도였다. 우리는 항거의 노래를 불렀다. 자유의 노래를 불렀다. 사랑의 노래를 불렀다. 우리는 소시민의 모습을 벗고 싶었다. 시골에서 벗어나고 싶었다. 속물들의 숨 막히는 세상에서 탈피하고 싶었다.

우리의 생각을 크게 외치고 싶었다. 우리의 느낌을 생각하고 싶었다. 우리의 꿈을 느끼고 싶었다. 우리는 계몽주의의 이지 라이더 (Easy Rider)였고 비더마이어(Biedermeier) 시대의 비트(Beat) 세대였다. 인간은 이제 막 자신을 발견했다. 그리고 우리는 인간성을 찾아냈다. 그것은 감성, 욕망, 사랑, 삶의 기쁨이었다.

나는 열일곱 살에 학교를 그만두었다. 당시 제니는 스물한 살이었다. 그녀는 칼 장교와 이미 오래전 파혼한 상태였다. 이제 그녀는 더 좋은 결정을 내릴 것임이 분명했다. 다시는 되돌리지 않을 결정을. 그녀는 여전히 세상을 진지하게 받아들이고 있었다. 아주 진지하게. 다시는 되돌리는 일이 없도록. 다시는. 다음에 그녀와 약혼할 사람은 그녀의 진짜 배필일 것이다. 과연 그는 누구일까?

나와 에드가는 대학에 가기 위해 고향을 떠났다. 우리는 남자였다. 나는 본 대학에 입학했다. 넓은 세상의 곳곳에서 온 사람들을 알게 되었다. 다양한 강의를 듣고 책을 읽으며 밤새도록 토론을 벌이기도 했다. 나는 시 동호회에 들어가 시와 산문을 썼다. 술을 마시고 여자를 만나며 인생을 즐겼다.

그러는 동안 제니는 시골 트리어에서 자신을 백마에 태워 새 삶을 찾아줄 왕자를 기다리고 있었다. 그녀는 우리가 숲 속을 거닐며

꾸었던 꿈을 혼자 계속 꾸었고, 에드가와 나는 우리가 한 번도 꿈꿔보지 못한 꿈을 도시에서 체험하고 있었다. 나는 그녀에게 편지를 쓰겠노라고 약속했었지만 편지를 쓴 적은 실제 단 한 번도 없었다. 그러기에 도시는 너무도 흥미롭고 자유로웠다. 내 마음은 온통 도시에 쏠려 있어 다른 어떤 곳에도 관심을 둘 겨를이 없었다.

지루한 시골의 일상에 제니는 숨이 막혔다. 그녀는 우리가 함께 보낸 즐거운 시간들을 그리워했다. 우리의 모험적인 환상과 혁명적인 사상과 로맨틱한 기억을 그리워했다. 먼 곳의 세상을 그리는 소설을 읽거나 사랑을 위해 목숨도 버리는 주인공의 연극을 보며 기뻐했다.

이제 토양은 마련되었다. 방문을 목적으로 내가 1년 뒤 고향에 내려갔을 때 그녀는 나 같은 하찮은 존재에 기뻐할 정도로 이미 많은 그리움과 먼 곳을 향한 동경으로 가득 차 있었다. 언젠가 이웃 여자가 그랬듯 이 세상에서 가장 못생긴 남자인 내가, 검은 피부와 눈썹 때문에 친구들로부터 무어인이라고 놀림받던 내가, 겨우 열여덟 살에 어설픈 애송이 수염을 잔뜩 기른 내가 이 작은 도시의 여왕을 사로잡아버렸다. 그녀의 마음을 정복했다. 다른 사람도 아닌 내가.

얼굴도 더 잘생기고, 돈도 더 많고, 인품도 더 뛰어나며 앞날도 더 촉망받는 남자들은 있었지만 더 총명한 남자는 없었다. 그녀는 영혼을 선택했다. 하지만 그녀에게 돌아온 것은 나의 육체였다. 그녀는 나의 이상주의를 원했다. 그러나 그녀에게 돌아온 것은 나의 물질주의였다.

우리는 사랑에 대해 이야기했다. 우리는 사랑을 느꼈다. 비록 그
것이 무엇인지 잘 몰랐지만 어렴풋이 느낄 수는 있었다. 우리는 사
랑을 원했다. 우리는 약혼을 했고 그것이 사랑이라고 믿었다. 훨씬
나중에서야 사랑은 다양한 모양으로 존재하며, 우리의 사랑은 그
중에서도 단지 처음에 생기는 연약한 사랑, 하지만 우리 나이에는
충분히 강한 사랑이었다는 사실을 깨달았다. 우리 둘은 나중에 더
큰 사랑을 경험했다. 하지만 우리는 서로에게 충실했고 젊은 시절
의 약속을 지키며 죽는 날까지 서로의 곁에 있어주었다. 그녀는 죽
음을 통해 비로소 짐을 벗었다.

그녀는 세 번째 선택을 하기 원했다. 그러나 베스트팔렌 가문의
여자는 끝까지 인내한다. 착각은 인간적이다. 한 번은 가능하다.
하지만 두 번은 안 된다. 두 번째 잘못에는 벌이 뒤따른다. 그녀는
벌을 받았다. 아주 큰 벌을.

나는 그만큼 힘들지 않았다. 그녀와 같은 이상주의자가 아니었
기 때문이었다. 나는 물질주의자였다. 사랑에 있어서도 그랬다. 도
덕보다는 섹스가 우선이었다.

우리는 사랑의 감정에 깊이 빠져 약혼했다. 숲 속을 산책할 때였
다. 그녀는 드디어 말이 통하는 상대를 만나 매우 기뻤다. 지난 1년
동안 변한 나의 모습에 제니는 깊은 인상을 받았다. 나는 남자로
성숙해 있었다. 나는 어린 시절의 친구 이상이 되어주겠노라고 약
속했다. 나는 그녀에게 희망의 화신이었다. 다른 삶에 대한 그리움

이었다. 트리어에서 느끼는 외로움에 대한 보상이었다. 그리고 그녀를 향한 나의 솔직한 예찬은 그녀의 마음을 움직였다. 감동한 그녀는 나의 손을 잡았고 나는 그녀의 손에 입맞춤을 했다.

순간 짜릿한 전율이 우리 몸을 뒤흔들었다. 몸속의 피가 끓어오르고 심장이 마구 뛰며 신경이 가늘게 떨렸다. 우리는 서로를 익히 알았지만 별안간 모든 것이 변해버렸다. 순간 우리는 남자와 여자가 되었다. 한 마리의 뱀이 우리 머리 위 나뭇가지에서 쉬쉬 소리를 내며 금지된 사랑의 열매를 속삭거렸다.

나의 소년기의 연인, 무도회의 여왕, 모든 사내들이 꿈꾸던 그 여자가 나에게 관심을 가졌다. 입맞춤을 기다리는 개구리, 무어인, 소시민적인 마르크스 집안의 아들인 나를.

그녀가 내 삶에 등장하자 나에게는 새로운 세계가 열렸다. 그것은 사랑의 세계였다. 그런 뒤 얼마 후 나는 베를린으로 여행을 갔다. 평소 같으면 자연과 인생을 경험하는 즐거움에 매료됐을 것이다. 하지만 그것도 이제 내 마음을 움직이지 못했다. 어떤 바위도 내 영혼의 느낌보다 험준하지도 대담하지도 않았다. 어떤 큰 도시도 내 피보다 생기가 넘치지 않았으며, 어떤 주점의 간판 장식도 내 상상의 꾸러미보다 가득하지도 복잡하지도 않았다. 심지어 예술 작품조차 그녀만큼 아름다운 것은 없었다. 내가 생각하는 그녀. 한순간도 잊을 수 없는 그녀. 그것은 바로 제니였다.

한 막이 내렸다. 나에게 더없이 신성한 것이 끊어졌다. 나는 이미 술에 취하고 지식과 박식에 도취돼 있었다. 하지만 그때까지 사랑에 빠져본 적은 없었다. 제니. 나는 이성을 잃고 내 머릿속은 오로지 그녀로 가득했다. 몸속의 장기들은 제멋대로 굴고 나는 아무것도 먹지도 마시지도 못했다. 잠을 잘 수가 없었다. 아직 살아 있다는 사실이 놀라울 정도였다. 하지만 나는 숨 쉬고 있었다. 살아 있었다. 그 어느 때보다도 더.

모든 것이 더 의미 있고 동시에 더 무상했다. 모든 사람의 잘난 모습과 못난 모습이 한꺼번에 보였다. 세상이 한순간에 크게도 작게도 보였다. 나에게는 모든 사람을 끌어안고 싶은 마음과 한 여인만을 품고 싶은 마음 두 가지가 있었다. 나의 뇌는 반짝거리는 생각들로 달아올랐지만 생각은 늘 하나뿐이었다. 바로 제니였다.

나는 시를 썼다. 오로지 그녀만을 위해 썼다. 내 마음에서 어떤 일이 일어나는지, 더 이상 제어할 수 없는 것이 무엇인지 어느 누구에게도 보여줄 엄두가 나지 않았다. 언젠가 나는 나의 무모한 생각과 느낌을 아버지한테만 고백했었다. 아버지는 내 영혼의 혼란은 에테르의 파동 때문이라고 믿었고 천재인 내가 그 영향을 받고 있음을 이해할 거라 생각했다. 나는 아버지를 위해 다음과 같은 시를 썼다.

조물주처럼 불꽃은 흘러
내게로 너의 가슴에서 밀려왔다.
높이 그리고 멀리 부딪혀 일어났다.
나는 그것을 가슴에 품고

너는 환한 빛으로 내 앞에 섰다.

사랑으로 열정을 부드럽게 덮었다.

내 마음속 갈등이 잠들었을 때

내 아픔과 욕망은 노래가 되어 있었다.

끔찍하다! 내가 무슨 말을 하려는지 나도 잘 모르겠다. 하지만 나는 이 시를 아버지에게 바치고 그의 칭찬과 격려를 기대했다. 아버지는 이를 의연히 받으시고 사랑에 눈이 먼 아들에게 솔직한 편지를 썼다.

"너의 편지는 잘 읽어보았다. 사랑하는 아들아, 너에게 솔직히 얘기하마. 나는 네 시의 참뜻도 그 의도도 이해할 수가 없구나."

내가 이성을 완전히 잃지 않도록 아버지는 내 의식 상태에 대한 당신의 상상대로만 터무니없이 시를 해석했다.

"일상에서는 간절했던 소원이 이루어짐으로써 그 소원의 가치가 크게 떨어지거나 종종 완전히 소멸된다는 말이 있다. 네가 하려던 말이 바로 이거지?"

그건 내가 하려던 말이 결코 아니었다. 그러나 아버지는 지금 내가 신부를 갖고 싶어 안달일 뿐, 한번 가지고 난 후에는 그녀를 향해 품었던 욕정도 분명히 잃어버릴 것이란 말을 하려고 했다. 그렇지만 그는 그렇게 말하지 않았고 나는 그 뜻을 이해하지 못했다.

나는 제니와 결혼했다. 이로써 내가 간절하게 바라던 소원이 성취되었다. 그리고 동시에 제니가 바라던 꿈이 이루어졌다. 우리는

7년을 기다려왔다. 양가의 부모님이 너무 조급한 결정을 내리지 말라고 경고했기 때문이었다. 우리가 마침내 6월 10일 크로이츠나흐에서 결혼식을 올렸을 때 나의 아버지는 벌써 오래전에 돌아가셨고 제니의 아버지도 이미 일 년 전에 돌아가신 뒤였다. 만약 그분들이 살아계셨더라면 우리가 나중에 그렇게 후회할 이 결혼을 분명히 반대했을 것이다. 그러나 그분들은 그러지 못했다. 제니와 내가 어느 날 숲 속에서 약혼을 한 이후로 7년의 세월이 흘렀다. 그동안 나는 베를린에서 대학을 다녔고 본에서 교사 자리를 얻으려 했지만 실패했다. 대신 아르놀트 루게와 함께 『독불연감』을 발간했고 결국 쾰른에 있는 라인 신문사의 편집부장이 되었다.

이로써 나는 고정 수입이 보장된 일을 가지게 되었고 우리의 오랜 바람을 이루었다. 이제야 깜둥이 트리어 촌놈은 사회인이 되었고 마침내 결혼을 하게 되었다. 두 번째 약혼 이후 오랜 시간을 잘 참아온 제니도 안도의 한숨을 쉬며 혼인식을 올렸다.

스물아홉의 그녀는 이미 나이 많은 처녀였다. 옛 무도회의 여왕을 질시하던 그녀의 결혼한 친구들은 제니를 늙은 노처녀로 바라보았다. 한때 공주였던 제니는 돈도 못 버는 영원한 실패자, 말밖에는 할 줄 아는 게 없는 미개한 깜둥이, 약속만 하고 지킬 줄 모르는 수다쟁이를 기다려왔다. 자존심이 강한 그녀는 다른 사람들이 늘어놓는 험담에 귀 기울이지 않았다. 남편이 어려울 때면 아내가 마땅히 그래야 하듯 그녀는 남들에게 보란 듯이 내 편이 되어주었다. 이때 그녀는 앞으로 나와 함께 보낼 시간이 얼마나 힘들지 예측할 수 없었다.

마침내 나는 큰 도시의 지명도 있는 신문사의 편집부장이 되었다. 나도 무엇인가가 된 것이었다. 나는 중요한 사람이었다. 세니는 나를 자랑스럽게 여겼고 스스로의 두 번째 약속을 지켜낸 것도 자랑스러워했다. 그녀는 멍청한 시골 계집아이들에게 뽐내면서 노처녀로 늙기 싫어 아무에게나 목맨 것이 아님을 증명했다.

그녀는 내면의 가치가 중요하고 진정한 사랑이 멋진 장교 유니폼과 트리어 시내의 큰 집에 사는 것보다 나음을 증명했다. 그녀는 아버지의 이상인 진실, 자유, 정직, 성실, 완전을 사랑에서도 견지했다. 그녀는 당당하게 "예"라고 말할 것이다. 이제는 어떤 일이 닥치더라도 "예"라고 말할 것이다. 이것이 그 오랜 기다림의 대가가 될 것이기 때문이었다.

그것은 사랑이었을까? 아니면 착각이었을까? 어쨌든 그것은 불행의 시작이었다. 엄청난 불행의 시작이었다. 나는 결혼만큼 후회한 것이 없다. 이 부르주아의 쓰레기만큼. 그리고 제니도 자주 스스로를 원망했다. 하지만 절도 있는 그녀는 자신의 속내를 내비치지 않았을 뿐 아니라 나처럼 다른 사람에게 털어놓지도 않았다. 어쩌면 늙어서 친구 리지 버튼에게는 이야기했을지도 모른다. 혹 우리 딸 라우라에게 늙은 어미로서 말했을지도 모른다. 그러나 그렇지 않았을 가능성도 있다. 제니는 자신의 분노와 슬픔을 조용히 무덤까지 가져갔을 것이다. 그녀는 사랑을 자존심과 맞바꾸었다. 이렇게 우리는 인간 대 인간으로 자랑스러운 교환 거래를 이루었다.

나는 어린 시절 나의 공주님과 결혼하는 것이 자랑스러웠다. 그녀를 여왕으로 만듦으로써 나 자신도 왕이 되었다. 나는 더 이상 노예나 천한 깜둥이가 아닌 오셀로로서, 자랑스러운 통치자로서 트리어의 땅을 밟았다. 그리고 제니는 자신과 아버지의 원칙에 충실한 것을 자랑스럽게 여겼다.

하지만 그건 착각이었다. 우리는 그 교환을 사랑과 혼동했다. 우리는 자존심을 자존심과 맞바꾸었다. 우리는 착각에 빠졌었다. 거짓 가치에 눈이 멀어 속은 것이었다. 훗날의 그 어떤 속임도 이에 비할 수 없었다. 그것은 사랑이 그렇게 간단히 이루어진다는 착각이었다. 사랑이 그렇게 쉽게 시작된다는 착각이었다. 숲 속을 산책하며, 손 등에 입을 맞추며, 그것이 그렇게 영원히 변하지 않을 거라고 착각했다.

아니면 우리가 함께 보낸 38년이란 세월이 그래도 사랑이었을까? 죽는 순간까지 이어온 사랑? 영원한 사랑? 그걸 누가 알리오?

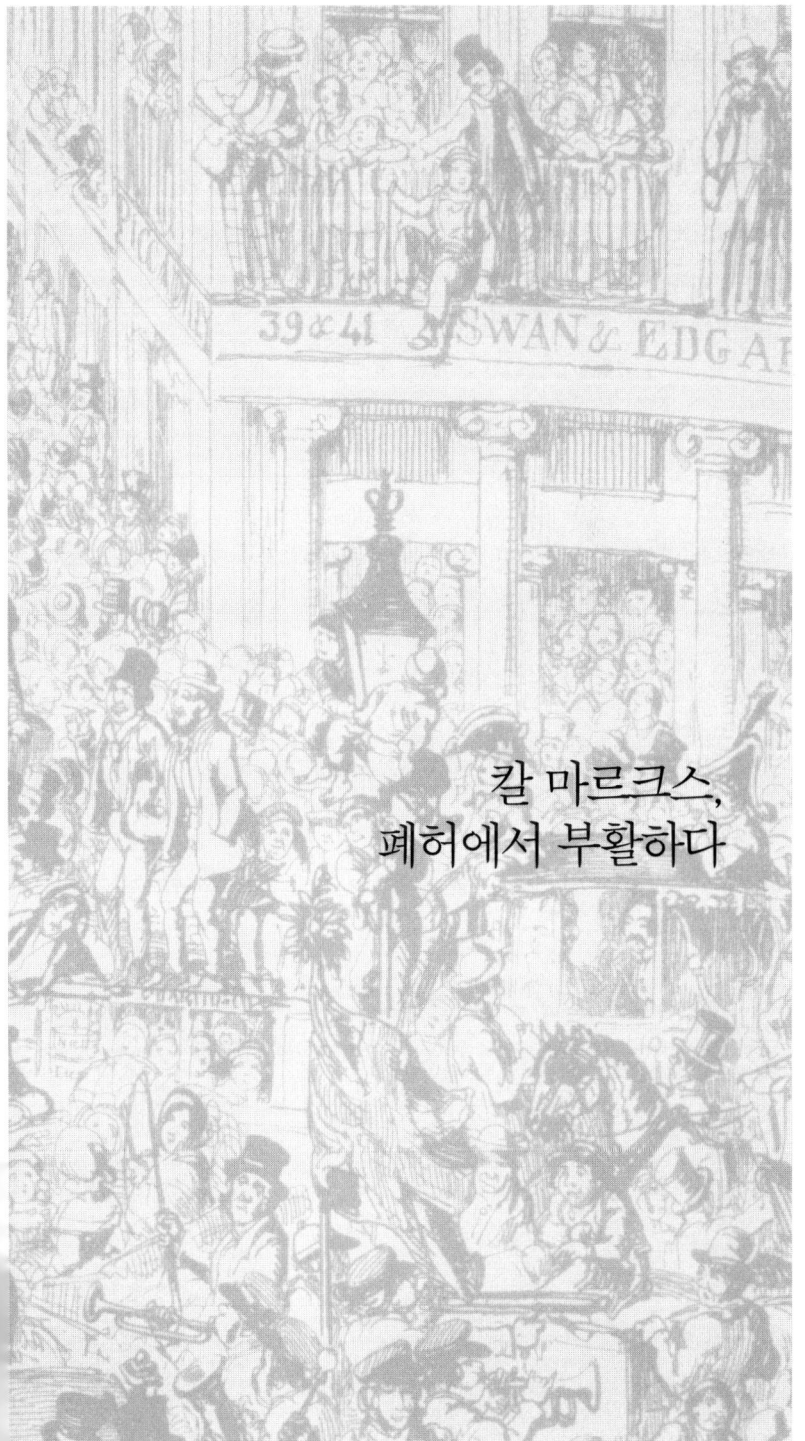

칼 마르크스,
폐허에서 부활하다

걱정은 절대 품절되지 않는다. '걱정 가득' 세트나 '네 인생을 걱정하라' 도움 프로그램 또는 '걱정 만땅' 세일이 있기 때문이다.

"정말 훌륭해!"

래디는 쉴 새 없이 감탄사를 연발했다. 30분 동안 그는 알아보기 힘든 부분을 제외하고는 일기를 큰 목소리로 읽어내렸다.

"지독한 악필이군! 하지만 누가 썼든지 간에 인생과 사랑에 대해 뭔가 좀 아는 놈이야."

"글쎄…… 너무 감정적이지 않아? 그 인용한 시만 봐도 정말 우습다고."

알텐바흐는 대수롭지 않게 여겼다.

"그건 그도 말하잖아."

깊이 감명한 래디는 좀처럼 흥분을 가라앉히지 못했다.

"자기 비판을 한다는 바로 그 점이 흥미로워. 근데 이 언어적 감각과 뛰어난 표현력은…… 정말 대단해!"

그는 일기를 다시 펼쳐 읽기 시작했다.

"불행한 사랑을 하면 사람은 아주 미쳐버린다. 가끔은 행복한 사랑을 해도 미쳐버린다. 행복에 겨워서. 미치는 것은 인간적이다. 사랑은 인간적이다. 인간으로 사는 것이 사랑이다. 이건 천재적이야!"

래디는 잠시 고개를 들었다가 자신이 감동한 부분을 찾기 위해 다시 아래를 내려보았다.

"사랑은 자본주의의 죽음을 의미한다. 만약 자본이 언젠가 스스로를 파괴한다면, 돈의 잿더미로 변한 세상은 사랑으로 다시 꽃필 것이다."

래디는 일기를 덮었다.

"정말 놀라워! 끝까지 읽어봐야겠어. 전부 다 이래?"

알텐바흐는 고개를 끄덕였다.

"응, 전부 다 그래. 아니, 사실은 감정이 더 격앙된 부분도 있어. 그리고 어떤 곳에선 이 자가 도대체 제정신인지 아닌지 의심이 들어."

"왜?"

더욱 궁금해진 래디가 그 이유를 물었다.

알텐바흐는 몸을 돌렸다. 그걸 어떻게 설명한단 말인가? 그는 기자이지 문학평론가가 아니었다. 그는 어떤 글이 왜 마음에 드는지 또는 안 드는지 정당화하는 것을 몹시 싫어했다.

"무슨 말인지 빨리 설명해 봐."

래디는 안달을 내며 손가락을 흔들어댔다.

"그 부분이 도대체 어딘데?"

"예를 들면 쓰레기 복권에 대한 얘기가 있어. 마르크스는 쓰레기통을 뒤져 어떤 확률로 무언가를 찾아낼 수 있는지에 대해 한참을 쓰고 있어. 정말 말도 안 되는 소리야."

"재미있는걸."

래디는 히죽 웃었다.

"부랑자니 그럴 만도 하네. 그런 사람들은 뭐든 쓰레기통에서 뒤져내잖아."

"맞아. 이걸 읽으면 정말로 부랑자의 생활을 잘 이해하는 사람이 썼다는 느낌이 든다니까. 처음부터 기차역이나 노숙자 보호소에서 지내는 얘기가 나오잖아. 이건 정말 진짜 같아. 누군가가 그냥 지어냈다고는 생각하기 어려워."

"노숙자 보호소?"

래디는 눈썹을 치켜떴다.

"선생, 혹시 기억하고 계신가? 이 소생이 불과 몇 년 전까지만 해도 사회복지사였단 사실을. 어디 이 몸이 한번 알아볼까? 어때?"

"맞아! 그랬었지!"

알텐바흐는 손으로 이마를 쳤다.

"왜 미처 그 생각을 못했을까? 그렇다면 물론 네가 읽어봐야지. 그럼 적어도 이 부랑자의 시각이 맞는지 틀린지 알 수 있잖아. 우리에게 분명 도움이 될 거야."

"마르크스에 대해 넌 어느 정도 알아?"

래디는 자신 속에 숨겨진 탐정의 소질을 발견한 듯했다.

"여기 이 부분 말이야……."

그는 일기장을 들추다 어느 한 구절을 읽기 시작했다.

"만약 인간을 인간으로 가정하고 세상과 인간의 관계를 인간적인 것으로 가정한다면, 사랑은 오직 사랑과, 신뢰는 오직 신뢰와 맞바꿀 수 있다."

래디는 고개를 들었다.

"내 생각에 이런 말은 정말 마르크스가 한 거 같거든. 어떻게 확인해 볼 길이 없을까?"

알텐바흐는 손을 내저었다.

"물론 확인해볼 수야 있지. 하지만 설령 그것이 진짜 마르크스가 한 말일지라도 증명할 방법은 없어. 그런 건 누구든지 베낄 수 있는 말이거든."

"그럼 넌 마르크스의 말을 믿는 거야?"

이제 래디는 솔직하게 물었다.

"이 일기의 저자가 진짜 마르크스란 걸 믿느냔 거지?"

알텐바흐는 래디의 물음에 반문했다. 래디는 고개를 끄덕였다. 알텐바흐는 계속했다.

"아니, 물론 그렇지 않아. 마르크스는 1883년 3월 14일에 죽었고 런던에 묻혔어. 아마 뼈도 남아 있지 않을걸."

"근데 마르크스는 절대 죽지 않잖아!"

래디는 이의를 제기했다.

"어쩌면 그의 영혼이 다른 사람의 몸속에 들어가 부활한 것일지 몰라. 그것이 단지 개구리나 파리가 아닌 부랑자였을 뿐이지. 그럴 듯하지 않아?"

"과연 우리 중 누가 종교에 미친놈인지 또 한 번 알겠군!"

알텐바흐는 웃으며 일어섰다.

"이제 가봐야 해. 회의에 늦겠어."

차를 몰고 슈트레제만 거리를 달리던 중 알텐바흐는 순간 검은색 BMW에 쫓기는 느낌을 받았다. 그는 백미러를 통해 그 차 안에 누가 타고 있는지 확인하려 했다. 누군가가 그를 쫓아오는 일은 자주 있는 일이었다. 그것은 알텐바흐가 여름 내내 올드타이머(Oldtimer)* 팬들이 열광하는 1968년산 MGB 로드스

---

* 양호한 상태의 30년 이상 된 차를 말한다. 보통 애호가들의 수집용 차다.

터(Roadster)를 몰았기 때문이었다. 사실 이런 차를 아무 때나 타는 것은 절대 있을 수 없는 일이었다. 거의 모든 MG광들은 가능한 한 차를 아꼈다. 간혹 일요일에 차를 몰고 교외로 나갈 뿐이었다.

알텐바흐는 지하철을 이용해 여유롭게 출근하는 것을 더 좋아했다. 때문에 차를 탈 일이 거의 없는 그는 기회가 생기면 언제든지 MG를 몰았다. 대중 교통으로는 래디의 집까지 거의 한 시간이 필요했다. 하지만 자가용으로는 넉넉히 잡아 15분 밖에 걸리지 않았다. 때문에 그는 오늘 MG를 타고 나온 것이었다.

올드타이머 팬들이 멋진 MG를 구경하기 위해 한참 동안 내 뒤를 졸졸 따라 붙는 일은 자주 있었다. 그의 MG는 정말 멋진 눈요기였다. 선명한 선과 심플한 디자인, 실용적인 앞부분과 소박한 옆선 그리고 아래로 깊이 내려앉은 뒷부분. 알텐바흐는 얼마 동안이라도 차의 아름다움에 도취될 수 있었다. MGB는 가장 뛰어나고 인기 있는 MG 중 하나이며 오늘날까지 인정받는 우아한 클래식 차 중의 하나다.

그러나 검은색 BMW는 평소 올드타이머 팬이 따라오는 것과는 다른 느낌을 주었다. BMW는 간혹 뒤처지다가도 다시 알텐바흐의 뒤를 바짝 따라붙었다. 마치 들키지 않기 위해 노력하는 듯이 보였다. 올드타이머 팬이라면 그런 행동은 하지 않았을 것이다. 오히려 이들은 컬트(cult) 차를 조용히 감상하기 위해 위험할 정도로 가깝게 따라와 손을 흔들고 크랙션을 울리며 차를 세우라고 요구했을 것이다. 그러나 BMW는 계속 일정한 간격을 유지했다.

"침착해야 돼!"

알텐바흐는 스스로를 진정시켰다. 한동안 그의 뒤를 쫓는 것은 BMW 말고 빨간색 폴크스바겐 골프도 있었다.

"그냥 출근하는 사람들이야. 다들 시내로 들어가려는 거라고."

실제로 BMW는 노이어 페르데 시장을 지난 뒤 사라져버렸고 빨간색 골프도 발렌틴스캄프에서 알스터 방면으로 빠져나갔다. 마음을 가라앉힌 알텐바흐는 몇 분 뒤 출판사 근처의 빈 공간에 주차했다. 비록 햇빛이 비쳤지만 변덕스런 함부르크 날씨 때문에 그는 능숙한 손놀림으로 차의 지붕을 덮은 뒤 출판사로 급히 발걸음을 옮겼다.

그날은 수석 기자의 여느 평범한 일상과 다르지 않았다. 텔레비전 사회자의 통화 내역을 자세히 연구한 알텐바흐는 의심스런 전화번호를 벌써 세 개 이상 발견했다. 그러나 서두르지 않고 남은 부분도 빠짐없이 확인했다. 그는 서두를 필요가 없었다. 이 사회자를 예의주시하는 다른 사람은 아직 없기 때문이었다. 때문에 알텐바흐는 느긋하게 양심에 따라 이 유명인의 도덕적 정직성을 조사할 수 있었다.

수석 기자인 그는 자유롭게 일했다. 기사를 쓰기 위해 자신이 원하는 만큼 시간적 여유를 가질 수 있었다. 아무도 재촉하거나 불평하지 않았다. 사람들은 그의 경력을 존중했다. 가끔 그의 컴퓨터에서 세상을 깜짝 놀라게 할 이야기가 나오는 것으로 충분히 만족했다. 알텐바흐가 하는 일은 그야말로 호사였다. 뿐만 아니라 보수도 굉장히 좋았다. 하지만 그렇다고 쉽고 편안하지만은 않았다. 거의 모든 기자는 수석 기자의 꿈을 꾼다. 그리고 이를 위해 자신의 부모까지도 속일 수 있다.

알텐바흐는 그것을 해냈다. 항상 깨끗한 방법으로는 아니었지만 부정을 저지른 적은 단 한 번도 없었다. 기회는 누구에게나 주어진다. 알텐바흐는 자신의 기회를 이용했던 것뿐이었다.

오후가 되자 알텐바흐는 마르크스에 관한 책을 찾기 위해 시립도서관으로 향했다. 그는 마르크스와 엥겔스가 직접 쓴 글 말고도 마르크스주의와 마르크스주의적 사상에 관한 책이 굉장히 많다는 사실을 알고 깜짝 놀랐다. 그리고 그중에는 최근에 나온 책도 적지 않았다.

"공산주의는 이미 십오 년 전에 끝난 줄 알았습니다."

알텐바흐는 자신을 서가로 안내한 도서관 사서에게 말했다. 그녀는 고개를 이리저리 흔들며 세계화에 대한 비판과 반세계화 단체인 아탁(ATTAC)에 대해 뭐라고 중얼거렸다.

알텐바흐는 한 시간 이상을 서가 옆에 서서 많은 책을 들춰

보고 목차를 연구했다. 그 밖에 머리말과 표지에 쓰인 소개문을 대강 훑으며 대략의 내용을 파악하려고 노력했다. 알텐바흐는 머리가 무거워지는 것을 느끼자 열 권 정도의 두꺼운 책을 안고 출구 쪽으로 걸어갔다. 그가 대출 창구 앞에서 차례를 기다리고 있을 때 머리가 어깨 정도까지 긴 젊은 여자 한 명이 눈에 띄었다. 알텐바흐한테서 몇 미터 떨어져 있던 그녀는 전시된 안내 책자를 읽고 있었다. 하지만 이상하게도 별 관심없이 보는 듯했다. 알텐바흐는 그녀가 자신을 곁눈질로 흘끔거리는 느낌을 받았다.

"어쩌면 올드타이머 팬일지도 모르지."

알텐바흐는 자신보다 적어도 스무 살은 더 어려 보이는 갈색 머리의 매력적인 아가씨를 보며 속으로 웃었다. 그러나 조금 뒤 그가 책을 안고 엘리베이터로 갔을 때 그녀는 또다시 사라지고 없었다.

'조금 아쉽군.'

알텐바흐는 생각했다. 그는 다시 한 번 가벼운 로맨스를 맛보고 싶었다. 자동차 트렁크에 대출한 책을 싣고 알텐바흐는 출판사로 향했다. 그리고 사무실에 도착한 뒤 사회자의 통화 내역 조사에 다시 착수했다.

오후에 전화벨이 울렸다. 놀랍게도 래디였다.

"야, 나 정말 감동했어!"

래디는 거의 숨도 쉬지 않고 외쳤다.

"이건 정말 놀라워. 대단해. 분명 엄청난 위인이 쓴 것임에 틀림없어!"

"물론 그러시겠지. 칼 마르크스가 친히 쓰신 거라네."

알텐바흐는 조롱 섞인 말투로 그날 아침 래디가 한 말을 놀리듯 반복했다.

"폐허에서 부활하다. 제일 먼저 개구리, 그 다음에는 파리, 그리고 지금은 부랑자."

"그런 소리 마!"

래디는 진지했다.

"그 일기에는 뭔가가 있어. 여기 임대료 폭리에 관한 얘기도 그래. 이 자는 뭘 좀 아는 사람이라니깐."

"임대료 폭리?"

알텐바흐는 곰곰 무언가를 기억해 내려고 애썼다.

"그래. 그 임대에 관한 부분 말이야. 그가 런던 소호에서 살았다고 쓴 데 있잖아. 한번 조사해 봤어? 마르크스가 정말 육 년 동안 소호 레스터 스퀘어에 있는 두 칸짜리 방에서 살았을까? 여덟 식구가?"

"그가 런던에서 살았다는 건 분명해. 근데 정확히 어딘지는 몰라." 알텐바흐는 대답했다.

"마르크스는 자신의 형편에 대해 자세히 설명하고 있어. 아주 궁색하게 살았던 것 같지는 않아."

"글쎄. 여덟 식구가 육 년 동안 두 칸짜리 방에서 살았다면 그렇게 넉넉한 형편은 아니었겠지."

알텐바흐는 자신의 의견을 제기했다.

"만약 그게 사실이라면……."

"하지만 그가 그렇게 썼잖아……."

일기장을 뒤지던 래디는 자신이 찾던 곳을 발견한 모양이었다.

"여기 들어봐. '나는 정말 가난을 불평할 이유가 없었다.' 그는 공장 노동자보다 열 배가 많은 임금을 받았어. 심지어 주식에 투자하기도 했다고."

"정말 그렇게 씌어 있어?"

알텐바흐는 믿을 수 없다는 표정으로 물었다.

"그래! 정말이라니까! 난 네가 이 일기를 다 읽었다고 생각했는데…… 잘 들어봐. 내가 읽어줄게."

알텐바흐가 그를 말리기도 전에 래디는 이미 큰 목소리로 읽기 시작했다. 알텐바흐는 연극 대사를 외우듯하는 친구의 낭송을 몇 번 제지하려 했으나 실패했다.

어이가 없어진 알텐바흐는 고개를 절레절레 내둘렀다. 래디는 정말로 이상한 구석이 있었다. 그는 뭔가에 한번 빠지면 헤어 나오질 못했다. 알텐바흐는 수화기를 탁자 위에 내려놓고 스피커를 틀었다. 래디는 허공에 대고 계속 떠들어댔다. 알텐바흐는 여송연을 한 개비 피워 물고 래디가 수다를 스스로 그칠 때까지 기다렸다.

어떤 임대료

걱정이다. 걱정밖에 없다. 한 문제가 끝나면 바로 다음 문제가 생긴다. 지금까지 그래왔고 앞으로도 그럴 것이다. 현재 살아 있든지 이미 백 년 전에 죽었든지 상관없다. 걱정에 관한 한 인간은 끊임없이 다시 채워지는 일종의 자동판매기다. 특정한 지능을 갖춘 측량 시스템은 문제 해결 기계나 근심 없는 시절을 대비한 걱정 저장기를 언제 새로운 시름으로 다시 채워야 하는지 인식한다. 따라서 걱정 수위는 항상 똑같이 높거나 거의 비슷하다.

만약 때때로 모든 문제를 해결했다거나 정말로 더 이상 아무 걱정이 없다는 생각이 든다면, 그리고 만약 이런 상태가 3일 이상 지속되는 경우라면 그 원인은 실제 걱정 없는 시대가 왔거나 천국에 들어갔거나 아니면 어떤 변화가 일어났기 때문이 아니다.

그렇다. 그 원인은 더 간단하다. 걱정거리를 생산하는 사람들이 잠깐 동안 배달하는 데 문제를 겪고 있기 때문이다. 하지만 그들은 이런 문제를 늘 신속하게 해결한다. 걱정하지 마라. 걱정은 절대 품절되지 않는다. '걱정 가득' 세트나 '네 인생을 걱정하라' 도움 프로그램 또는 '걱정 만땅' 세일이 있기 때문이다. 우리는 걱정이 떨어질 날 없는 영원한 걱정 왕국에서 살고 있다. 신은 우리를 끝까지 지켜주실 것이다.

걱정이 있기에 인간이다. 걱정이 없는 것은 오직 신뿐이다. 만약 있더라도 단지 심심풀이를 위해서다. 수영장 의자에 누워 낮은 목소리로 하늘나라의 바텐더에게 외친다.

"이봐, 헤라클레스! 나한테 지루함에 좋은 작은 걱정 한 잔 만들어주게."

바텐더는 알았다며 고개를 끄덕이고 때론 달콤하고 때론 독하고 때론 쌉쌀한 맛이 나는 멋진 걱정 칵테일 한 잔을 만들어낸다. 그리고 그 맛있는 것을 다 마시고 난 뒤 걱정에 금방 신물이 난 신들은 그 남은 찌꺼기를 우리 인간들에게 던져버린다.

"자! 맘껏 즐겨봐, 이 천한 것들아!"

이로써 우리의 작은 걱정 자동판매기는 다시 채워진다.

그리고 만약 이 올림포스의 '걱정 회사'에 정말 근심이 바닥나는 경우에는 신들의 도움 없이도 문제를 일으키는 얼간이들이 분명 존재한다.

내 창고를 침략한 부랑자 두 명은 예상했던 대로 우리 모두가 창고에서 쫓겨나도록 만들었다. 그들이 이를 어떻게 해냈는지는 알 길이 없다. 아무튼 그들은 자신들이 점령한 내 피난처에 한 떼의 불량 청소년들이 관심을 갖도록 하는 데 성공했나.

어쨌든 오늘 아침 갑자기 네 명의 가죽 잠바를 입은 청소년들이 들이닥쳤다. 그리고 자신들이 창고의 소유권을 가졌다며 '임대료'를 요구했다. 그렇다. 그들은 분명 임대료라고 말했다.

그들은 돈이라고 하지 않았다. 그럴 필요가 없었기 때문이다. 그들은 우리가 자신들을 이해한다고 확신했다. 이기적 개인은 시민 사회에서 막연한 규정들과 생명이 없는 추상적 개념들 뒤에 숨어버릴 수 있다. 겉으로는 사심도 욕심도 없으며 오로지 법치 국가에 충성하는 명예로운 시민이라고 거만을 떨지만 작은 바늘로 도덕의 기구(氣球)를 살짝만 찔러도 저질스런 유물주의가 내뿜는 지독한 방구 냄새가 하늘로 치솟을 것이다.

녀석들은 착각하고 있는지 모른다. 그래서 자신들이 고귀한 동기에서 그리고 더 큰 권한, 말하자면 신으로부터 권능을 부여받아 우리의 돈을 우려낸다고 세상을 속이려는지도 모른다. 하지만 사실 그들의 행위는 폭력이 아닐 수 없다. 그것이 합법적인 폭력이라고 해도 폭력은 폭력일 뿐이다. 그들은 어떤 관청의 어떤 도장이 찍힌 어떤 종이를 들이밀며 이 창고가 자신들의 소유라고 주장하고 임대료를 요구할 수 있다. 하지만 그렇더라도 그들이 우리에게 폭력을 휘두른다는 사실에는 변함이 없다. 그들이 약탈한다는 사실 그리고 우리가 살기 위해 필요한 집을 뺏는다는 사실에도 말이다.

설령 그들의 나이가 열 살이 더 많다고 할지라도, 양복에 넥타이를 매고 권세를 누리는 시민 계급에 속해 있음을 암시할지라도, 그리고 심지어 유니폼을 차려입은 공무원들의 호위를 받고 있을지라도 달라지는 것은 아무것도 없다. 그들은 우리에게서 피난처를 빼앗고 안전하다고 믿었던 천국의 작은 뒤뜰에서 우리를 내쫓는 것이다.

　　그 두 부랑자는 비록 점령자였지만 약탈자는 아니었다. 그들은 곤궁에 처했었고 다른 도리가 없었다. 하지만 그 녀석들은 아니었다. 그들은 창고를 원한 것이 아니었다.

　　그들이 그것을 원했다면 우리는 좀더 당겨앉아 그들에게 자리를 만들어주었을 것이다. 이 창고가 그들의 것이 되게 했을 것이다. 그들의 것임과 동시에 우리의 것으로. 하지만 그들의 관심은 그것이 아니었다. 그들이 사는 집은 다른 곳에 있었다. 다른 어딘가에 있었다. 어쩌면 우리 창고보다 더 좋은 집일지 몰랐다. 그러나 이 사실은 그들에게 중요하지 않다. 그들은 더 많은 것을 원한다. 집 이상의 무언가를 바란다.

　　때문에 그들은 우리를 약탈한다. 그리고 폭력을 휘두른다. 어떠한 폭력도 상관하지 않는다. 수적으로 우세한 폭력이다. 그들은 우리 세 명보다 한 명 더 많다. 그들은 힘의 폭력을 휘두른다. 그쪽 한 명의 힘은 우리 셋의 힘을 합친 것보다 크다. 모종의 도덕적 폭력을 가한다. 그들이 요구하는 임대료는 일반적으로 인정되는 소유와 소유물에 관한 도덕적 법칙에 따른 것이다. 우리의 무능을 이용한 폭력이다. 우리 모두는 소유를 요구할 힘도 능력도 없다. 비열한 폭력이다. 공공의 소유가 아닌 개인의 소유를 위한 폭력이다. 네 것이 아니라 내 것이다. 우리 것이 아니라 내 것이다. 너희 것이 아니라 내 것이다. 그냥 내 것이다.

그들은 바로 이 내 것의 폭력으로 우리를 약탈한다. 이것은 이미 아주 먼 옛날 우리 조상이 야생의 짐승과 나쁜 날씨를 피해 동굴에 몸을 숨기며 주장한 것이었다. 그는 이 동굴이 자기 것이라 외치며 의기양양 두 주먹으로 가슴을 쳐댔다. 그리고 나무 위에 앉아 비를 맞는 자신의 형제들을 향해 사악한 웃음을 지으며 가운뎃손가락을 추켜올렸다.

내 거, 내 거, 내 거.

그는 이렇게 노래를 부르며 자격이 있거나 자신보다 힘센 자만이 동굴로 들어오는 것을 허락했다.

그리고 이 강자의 권리는 지금도 유효하다. 부르주아들은 단지 자신의 형제에게 가한 폭력을 교묘히 은폐할 다른 형태, 장황한 형태를 찾아낸 것뿐이었다. 그들은 신사적인 범죄자다. 책상머리 범죄자다. 속물로 위장한 폭주족이다. 아니면 위장이 아닌지도 모른다. 어쨌든 오늘 온 불량 청소년들은 자신들이 이곳에 왜 왔는지, 우리가 임대료를 내놓지 않으면 어떤 법적 처벌을 받는지 숨기려 들지 않았다.

우리는 당연히 임대료를 낼 형편이 아니었다. 그것을 어떻게 낸단 말인가! 우리는 임대료 수입이 없다. 피고용인의 노동에서 잉여

가치를 얻지 않는다. 돈을 투자해 얻는 이자도 없다. 값싼 물건으로 장사하지 않는다. 싸구려 상품을 만들어 비싼 값에 팔지 않는다. 자원이 풍부한 후진국을 약탈하지 않는다. 큰 돈이나 최소한 안정된 노후를 보장해 준다며 푼돈을 모으는 사람들의 돈을 빼앗지 않는다.

우리는 가진 거라곤 몸뚱이밖에 없는 불쌍한 사람들이다. 하는 일이란 살아나가는 것밖에 없다. 우리가 저지르는 범죄란 비어 있는 창고에서 생활하는 것이 전부다. 임대료로 낼 돈은 한 푼도 없다.

그래서 우리는 물러서야만 했다. 그 불량배 녀석들은 조금의 동정심도 없었다. 그들은 자신의 소유도 아닌 이 숙소에서 우리가 지낼 수 있도록 해줄 수도 있었다. 그리고 어차피 숙소도 아닌 이 숙소에 들어와 임대료를 낼 임차인도 찾지 못했을 것이다. 기껏해야 원예 용구나 쥐, 바퀴벌레가 전부였을 것이다.

하지만 녀석들은 조금도 물러서지 않았다. 그들은 단호했다. 그들이 법과 질서를 말하기 시작하면 어떤 말을 해도 먹혀들지 않는다. A를 요구하는 자는 B도 징수해야만 한다. 모든 것에는 질서가 있기 때문이다.

무질서보다 차라리 비어 있는 편이 낫다. 임대료를 받지 않는 것보다 차라리 임차인이 없는 편이 낫다. 이성적인 자비보다 차라리 비합리적인 법이 낫다. 사람들이 사는 따뜻한 집보다 차라리 아무도 살지 않는 추운 사무실이 낫다. 뮌헨에는 대략 70만 제곱미터 면적의 빈 사무실이 있다. 부동산 사람들은 이를 두고 독일 전국에서 가장 낮은 수치라며 자랑스러워한다. '단지' 70만 제곱미터다. 더 이상은 아니다.

나는 가족과 함께 6년 동안 런던 소호의 래스터 스퀘어에 있는 두 칸짜리 집에서 살았다. 우리 가족은 모두 여덟 명이있다. 다섯 명의 아이들, 제니, 나 그리고 가정부 헬레네였다. 우리는 몹시 가난했다. 간혹 나는 가진 옷을 몽땅 전당포에 맡겨 집 밖에 나갈 수 없던 적도 있었다. 결국은 월세도 내지 못했다. 우리는 집에서 쫓겨나 하루아침에 모든 세간 보따리를 지고 길거리에 나앉아야 했다. 아이들은 징징 울어댔다. 헬레네의 이마에는 식은땀이 흘렀다. 그리고 제니의 얼굴은 울상이 되었다. 제니는 마음의 평정을 잃은 지 이미 오래되었다. 하루 종일 소파에 앉아 통곡하고 자신의 신세를 한탄하며 나와 결혼한 것을 후회했다.

그녀의 말이 옳았다. 나는 가난하지 않았다. 어쨌든 가난한 것은 아니었다. 가끔 엥겔스가 생활비를 보태주곤 했었다. 오늘날 못돼먹은 사람들은 계산기를 두드리며 자본주의의 비판가들에게 내가 1년에 쓴 돈이 (전당포에서 가져온 돈과 라살*이나 엥겔스가 준 돈을 모두 합칠 때) 노동자의 1년 벌이보다 열 배나 더 많았다고 주장한다. 그리고 내가 정말 가난을 불평할 이유가 없었다고 말한다. 노동자보다 열 배나 더 많았다며.

그래서 어쨌단 말인가? 내가 노동자인가?

---

* 독일의 노동운동지도자이자 사회사상가로 1848년 혁명에 참여하면서 마르크스를 알게 되었고, 1863년 전독일노동자협회를 창립하고 회장으로 선출되어 활동하였다.

뿐만 아니라 나는 돈 관리가 서툴렀다. 그건 아무나 할 수 있는 일이 아니다. 대학에 다닐 때도 나는 다른 사람들보다 많은 돈이 필요했다. 어머니는 아버지가 나에게 그렇게 많은 돈을 퍼다준 것을 절대 용서하지 않았다. 이를 보면 어머니가 얼마나 경제에 대해 몰랐는지 알 수 있다. 아버지는 나에게 투자한 것이었다. 아들의 천재성에 투자한 거였다. 어쨌든 나는 뭔가가 되어 있지 않은가. 어쩌면 아버지가 바랐던 것과 꼭 같지는 않더라도 말이다. 과연 누가 자신이 칼 마르크스의 아버지라고 주장할 수 있겠는가! 그것 봐라, 아무도 없지 않은가!

물론 아버지도 가끔은 당신이 제대로 투자했는지에 대해 의심을 가졌던 건 사실이다. 내가 언젠가 160탈러*를 더 보내주십사 부탁드렸을 때 아버지가 보낸 답장을 나는 아직도 생생히 기억하고 있다. 휴, 아버지는 정말로 화가 잔뜩 나 있었다.

마치 우리가 돈 만드는 기계인 양 우리 아드님은 1년에 거의 700탈러를 쓰고 있네. 원래 약속과 다르지 않은가. 이런 법은 없네. 부자들도 500탈러 이상은 쓰지 않네.

아버지가 그렇게 분노한 데는 물론 그만한 이유가 있었다. 내가 대학을 다니며 쓴 돈이 3년차 프로이센 의원이 받는 돈과 맞먹었기 때문이다. 상대적으로 본다면 이것도 이미 큰 돈이었다. 그러나 다

---

* 독일의 옛 화폐 단위로 1탈러는 1.5유로에 해당한다.

른 한편으로 나는 학문을 연구하고 토론하는 데 혼신의 힘을 쏟았다. 세상 속에 정신을 심기 위해 내 건강을 바쳤다. 이에 반해 의원이 하는 일이란 무엇인가?

돈을 쫓아다니는 일 말고 내가 해야 할 더 숭요한 것이 있었다. 돈이란 발이 달려 있어 항상 도망 다닌다. 돈을 심각하게 여기지 않을 때는 더욱 그렇다. 어쨌든 나는 늘 돈이 부족했다. 다행히 아버지는 나에게 160탈러를 주었다. 아버지는 나에게 항상 돈을 주었다. 아버지가 일찍 돌아가셔서 내가 어머니 치맛자락에 매달린 것이 그리고 매달릴 수밖에 없던 내 처지가 너무 아쉽다.

어머니는 나를 버렸다. 그녀는 정말로 야박했다. 동전 한 닢 주는 법이 없었다. 어머니는 빨랫비누와 밀가루를 사거나 순진한 누이들을 위해서만 돈을 썼다. 그것이 과연 더 옳은 것이었을까? 그렇게 해서 세상은 더 좋아지지 않았다. 적어도 나는 세상을 바꾸려고 노력했다.

어쨌든 나는 늘 돈이 부족했다. 런던에서 살던 시절이 가장 어려웠다. 나는 주식에 투자해 돈을 잃기도 했다. 우리 가족은 모두 절약할 줄 몰랐다. 제니는 사치를 좋아해 언제나 유행에 맞는 옷만 입으려 들었고 아이들 역시 자신이 원하는 수준에 맞게 키워야만 직성이 풀렸다. 개인 교습, 무용 학원. 모든 것에 돈이 필요했다. 그 밖에 화려한 파티를 열거나 내가 자주 술집에 드나든 것도 치명적인 지출이었다. 술과 담배. 나도 아주 싸구려 담배는 피우지 않았다. 우선순위를 두어야 했다. 월세를 내는 일은 나한테 한 번도 우선순위가 되어본 적이 없었다. 그리고 세상에 나만 그런 것은 아니다.

임대료 받는 일을 그다지 중요하게 생각하지 않는 부동산 소유주도 많은 것 같다. 어쨌든 절대적으로 중요하다고 생각하지 않는다. 70만 제곱미터의 사무실이 비어 있는 것을 성공이라고 기뻐하는 일은 다른 한편으로 대략 2만 호 주택이 부족한 뮌헨의 실정을 생각하면 이해하기 어렵다. 한 집에 35제곱미터만 주어도 모든 무주택자들은 만족할 것이다. 아무 수입이 없는 것보다는 2만 배의 수입을 얻을 수 있다. 하지만 그들은 이것을 바라지 않는다. 그들은 아무래도 괜찮다. 이들에게 임대료의 우선순위는 그다지 높지 않다. 가장 높은 것은 다름 아닌 수익률이다. 수익률은 임대료보다 중요하다. 수익률은 임대료의 잉여가치다.

때문에 부동산 소유주는 높은 수익률이 보장될 때만 건물을 짓는다. 특히 사무실은 확실한 수익률을 보장한다. 무엇보다도 자본주의의 개들이 광범위한 계약의 자유를 누릴 수 있다. 그들은 계약서에 자신이 원하는 것을 명시할 수 있다. 이는 주택의 경우 가능하지 않다. 임차인은 법적 보호를 받기 때문에 임대인이 마음대로 내쫓거나 압박할 수 없다. 임차인을 위한 임차법, 임차인보호협회, 주택 감시청도 있다. 그래서 이 경우 자본가는 자신의 본분을 다하지 않는다. 이득을 얻을 수 없는 법은 그냥 상관하지 않는다. 그렇게 간단한 것이다. 그러고 나서 주택 대신 사무실만 짓는다.

이것은 물론 공급이나 수요와 아무 관계가 없다. 그것은 옛날에도 없었고 앞으로도 없을 것이다. 그게 무슨 상관이람. 사무실을 원하는 사람은 아무도 없다. 괜찮다. 그냥 비워두면 된다. 중요한 것은 잉여가치다. 만약 프롤레타리아가 규합해서 자본을 길들이려고 한다면 결과는 뻔하다. 자본은 길들이는 것이 아니다. 임차인보호협회로는 안 된다. 자본의 논리를 거역하는 사람은 길거리에 나앉고 만다. 아니면 작은 집에 만족해야 한다. 시끄러운 집, 수도꼭지가 새는 집, 난방기가 고장 난 집, 지붕이 새는 집에 만족해야 한다. 하지만 이런 집도 월세를 낸다. 비어 있는 창고도 월세를 낸다. 아무튼 불량배 넷이 요구하는 경우에는 말이다.

그리고 만약 월세를 낼 수 없거나 내고 싶지 않으면 거리에 나앉는다. 그렇게 간단한 것이다. 하지만 나는 아무 걱정도 하지 않는다. 이것 말고도 해야 할 걱정이 태산이다.

맥주도 더 사야 하고 애거마이스터 몇 병도 더 필요하다. 영국 정원에서 사람들과 만나기로 한 약속이 되어 있기 때문이다. 아주 오랜만에 보는 사람들이다. 바쿠닌은 온다고 예고했지만 나는 그 비열한 놈이 나타나자마자 못살게 굴어 내쫓아버릴 것이다. 니체는 뮌헨 시내에 있다고 한다. 이 어리석은 녀석은 쇼펜하우어를 만나길 바라지만 내가 알기로 쇼펜하우어는 지금 프랑크푸르트 국립도서관에서 자신의 책들을 훔치고 있다. 이번이 벌써 천 번째다. 그는 자신이 제발 잊혀지길 바란다. 이 바보 같은 놈은 우리 같은 족속에게 영원함이 무엇을 의미하는지 절대 깨닫지 못할 것이다.

그러나 우리 죽은 철학자들의 클럽에 괜찮은 사람들도 온다. 데

이비드 리카르도, 애덤 스미스, 마이어 암쉘 로트실트*, 페르디난트 포르쉐, 그리고 루트비히 에르하르트**도 꼭 온다고 했다. 우리는 축구와 자동차에 대해 이야기할 것이다. 어쨌든 이번에는 내가 애거마이스터를 사가지고 갈 차례다. 슈퍼마켓 문이 닫기 전에 서둘러야겠다.

마르크스의 적

사람은 사는 동안 어느 순간에 이르러 진실을 받아들일 수 없다고, 받아들이고 싶지 않다고 결심한다. 그래서 진실 대신 거짓말을 선택한다. 그리고 이 거짓말은 인생을 끝까지 지배한다.

"볼프? 여보세요? 여보세요!"

수화기에서 꽥꽥거리는 소리가 들렸다. 알텐바흐는 재빨리 수화기를 집어들었다.

"그래, 래디. 아직 듣고 있어."

"설마 수화기를 내려놨던 건 아니겠지?"

래디를 속이기에 두 사람은 너무 오랜 친구였다. 알텐바흐는 래디의 마음이 상하지 않도록 대답했다.

"스피커를 틀어놨었어."

"듣지 않았구나."

래디는 그의 말뜻을 바로 이해했다.

"이 바보야, 이건 정말 대단한 거야! 근데 넌 이걸 밤에 대충 훑어만 봤다고? 난 네가 최소한 문학작품을 보면서 예술과 헛소리 정도는 구별할 수 있다고 생각했는데!"

"나는 그걸 소파에 앉아 조용히 읽었어. 보통 때는 안 그래. 이보다 더 큰 열정은 세상의 어떤 다른 책에서도 가질 수 없을 거야!"

알텐바흐는 반항하듯이 대답했다.

"그런데 보아하니 너는 내용만 잊은 게 아니라 굉장한 표현들도 기억하지 못해. 이런 건 큰 소리로 읽어야 한다고!"

래디는 자신의 그림 말고는 이런 감동과 흥분을 보인 적이 없었다.

"너 정말로 마르크스 일기에 푹 빠져버렸구나!"

알텐바흐가 놀라며 말했다.

"이건 진짜니까!"

래디는 수화기에 대고 소리를 질렀다.

"진짜? 무슨 근거로?"

"이런 건 그냥 지어낼 수 있는 게 아니라고. 찰리도 그렇게 생각하고 있잖아."

"아냐, 아냐. 그건 아직 장담할 수 없어. 찰리는 다만 그게 진짜일 가능성이 있는지 알고 싶어할 뿐이야. 그래서 손에 넣기 위해 안달인 거고."

알텐바흐는 반박했다.

"내 생각에 이건 진짜야. 틀림없어."

래니가 일기를 진짜라고 생각하는지 아닌지는 사실 알텐바흐에게 중요하지 않았다. 중요한 것은 그가 일기를 잘 간수하는 일이었다. 알텐바흐는 논쟁을 마무리했다.

"좋아, 좋아. 일기는 진짜야. 그럼 딴 사람 손에 넘어가지 않도록 잘 신경 써!"

"이미 제자리에 갖다놨지. 아틀리에의 가장 깊은 어둠 속, 천재적인 색의 카리스마 뒤에 숨어 있지. 아무도 찾아내지 못할걸!"

알텐바흐는 웃었다.

"그 말은 마치 네 그림 캔버스 속에 꿰매 넣었다는 것처럼 들리는데!"

래디도 따라 웃었다.

"좋은 생각인걸! 술래잡기에선 네가 항상 이기겠어!"

두 사람은 잠시 동안 함께 웃었다. 그러고 나서 래디가 조용히 다시 말을 꺼냈다.

"근데 말이야. 이 물건이 정말 진짜라면 그건 굉장한 거잖아. 안 그래? 내 말은……."

래디는 조심스럽게 말을 더듬었다.

"그게 말이야…… 내가 옛날에 부랑자들을 대한 걸 생각하면 나도 문제라고. 그러니까…… 난 사회복지사였잖아. 젠장, 내가 만약 칼 마르크스를 밀치기라도 했다면……!"

래디는 이 때문에 정말 괴로워하는 것 같았다.

"죄책감이야?"

"아니, 뭐 꼭 그런 건 아니지만…… 그래도 한번 생각해봐. 이 자가 여기 쓰고 있는 건 우리 주변에서 쉽게 볼 수 있는 광경이잖아. 공원에서 하릴없이 술 마시는 노숙자들, 술에 취해 말도 잘 못하는 냄새나는 부랑자들, 지하철에 있는 거지들, 쓰레기 뒤지는 사람들……."

"그래서?"

"아니 그러니까, 이런 사람들도 각자 자신의 이야기가 있는 게 분명하다고. 그런데 만약 그 이야기가 몇 백 년 전에 시작된 거라면? 그리고 그것이 사실은 천재의 이야기라면? 상상해 봐. 제임스 딘, 루디 두취케*, 커트 코베인 같은 사람들이 어쩌면 지금 저기 밖에서 걸어다닌다는 얘기잖아!"

"하지만 바로 그 점 때문에 이건 믿을 수 없는 얘기라고!"

알텐바흐는 흥분한 친구를 진정시켰다. 래디의 생각과 무엇보다 그가 느끼는 죄책감은 알텐바흐에게 억지처럼 보였다. 그는 이 대화를 다시 현실적인 차원으로 끌어내려야겠다고 생각

---

* 독일 사회학자이며 68학생운동 지도자. 1961년 그는 베를린 장벽이 세워지기 직전 서베를린으로 이주했다. 그는 학생운동과 원외 야당의 중심 인물이었다.

했다.

"오늘 도서관에서 책을 잔뜩 빌려왔어. 마르크스에 대해 연구 좀 해보려고. 그러고 나면 뭐가 좀 확실해지겠지. 어쩌면 그 일기는 근거도 없는 얘길지도 몰라."

"난 그렇게 생각 안 해."

래디는 고개를 흔들며 분명하게 대답했다.

"아무튼 일기에 대해 아무한테나 말해선 안 돼. 이 일기가 세상에 알려지는 게 싫은 사람이 많을 거야."

"그럼 네 생각은 뭔데?"

알텐바흐는 궁금해서 물었다. 그는 아직 거기까지 생각이 미치지 못했다.

"예를 들어 바티칸은 영생의 뜻이 새롭게 해석되는 걸 좋아하지 않을걸. 천국은 무슨 천국! 성공한 인생의 대가가 한갓 시궁창인데!"

"재미있는 걸!"

교황이 마르크스 일기 때문에 성내는 모습을 상상하니 알텐바흐는 즐거웠다. 하지만 래디의 이야기는 여기서 끝나지 않았다.

"그리고 설령 실존하는 사회주의가 망한 지 이미 십 년도 더 지났지만 소수 마르크스주의자들은 분명 아직도 존재해. 그리고 이들은 마르크스주의를 실현하는 데 자신의 스승이 친히 나서는 걸 반가워하지 않을 거야. 왜냐하면 마르크스는 쿠바나 프놈펜에서 일어난 일을 달가워하지 않을지도 모르거든."

"맞아. 그런데 만약 이게 진짜 마르크스의 일기라면 왜 그는 정치 현황에 대해 아무 말도 하지 않지? 그건 좀 이상하지 않아?"

알텐바흐는 래디가 마지막으로 말한 논거를 다른 방향으로 돌렸다. 그는 이 일기가 이미 오래전 진짜임이 증명돼 이제는 세상에 알려지는 걸 방해하는 적이 누굴까 생각한다는 것이 수상쩍게 느껴졌다.

"나는 그렇게 생각 안 해."

래디는 일기가 진짜란 생각을 버리지 않았다.

"마르크스가 이 세상 다시 온 지도 꽤 오래됐어. 어쩌면 1917년 러시아 혁명 때 이미 할 말을 다 했는지도 몰라. 아니면 1989년 격변기 때였든지. 너도 세계에서 일어나는 큰 정치적 사건에 대해 매일 일기를 쓰지는 않잖아? 안 그래?"

"난 일기 같은 건 쓰지 않아. 넌?"

"내 그림이 곧 일기지. 난 항상 색으로 생각을 표현해 왔어."

알텐바흐는 어떻게 매일 까만 그림이 생각을 표현하는 수단이 될 수 있느냐고 묻지 않았다. 예술 이론에 대한 언쟁을 벌이고 싶지 않았기 때문이다.

"네가 일기를 쓰지 않는 건 당연해. 넌 영원히 죽지 않는 거리의 외로운 노숙자가 아니니까."

래디는 어떻게든 마르크스 일기가 진짜임을 납득시키려고 작심한 것 같았다. 래디는 지금 평소와는 달리 몇 시간째 수화기를 붙잡고 있었다. 심각해진 래디는 격앙된 목소리로 말했다.

"그거 알아? 우리가 알고 지낸 지 아주 오래된 거. 가끔 난 우리가 왜 만났을까 궁금해."

전화선에서 달각거리는 이상한 소리가 났다.

"뭐지?"

알텐바흐가 물었다.

"몰라."

래디가 대답했다.

"혹시 내 축전지인가? 이건 무선 전화기거든. 오늘처럼 오래 통화한 적은 한 번도 없었어."

"아마 그거겠지."

알텐바흐도 동의했다.

래디는 하던 말을 계속 이어 말하며 또다시 들리는 이상한 소리를 무시해 버렸다.

"우린 각자 너무 다르게 살아왔어. 그런데도 우리가 친구인 이유를 오늘 알게 된 것 같아."

알텐바흐는 사실 철학적 원칙에 대해 이야기할 기분이 아니었다. 하지만 그 말뜻이 궁금하고 래디의 고집을 익히 알고 있던 터라 그에게 물어보았다.

"무슨 뜻이야?"

"이 일기는 나한테 하나의 계시야. 수년 동안 나는 예술가로 살며 괴로웠어. 내 그림을 좋아하는 사람들은 많지 않아. 나는 그들이 주는 쥐꼬리만한 돈으로 살고 있어. 옛날에는 사회복지사로 일하면서 낙원의 이면도 분명히 봤어. 난 비참한 삶이 뭔지 알아. 사람들의 고통과 슬픔이 어떤지 알아. 그리고 지금 난 창조하는 예술가야. 그런데 내 손에 칼 마르크스의 일기가 들어오다니! 그것도 너 같은 예술의 문외한을 통해서. 존재가 인식보다 중요하다고 생각하는 너 같은 사람을 통해서 말이야. 이건 절대 우연으로 볼 수 없어!"

알텐바흐는 래디가 하려는 말을 도무지 이해할 수가 없었다. 그러나 그는 아무리 자세한 설명을 들어도 끝내 이해할 수 없을 거란 느낌이 들었다.

"알겠어."

알텐바흐가 말했다. 수화기에서는 또다시 달깍거리는 소리가 들렸다.

"볼프, 넌 아무것도 이해 못해."

래디가 말했다.

"하지만 상관없어. 나에게는 오늘부터 새로운 시대가 열렸으니까."

"뭘 할 생각이야?"

이제 알텐바흐는 조금 걱정이 되었다. 그는 래디가 경솔한 일을 저지르는 걸 바라지 않았다.

"난 칼 마르크스를 찾을 거야. 이 지구에 사는 모든 불멸의 영혼들을 찾아내 그들과 대화할 거야. 어쩜 그들은 우리 인간들을 괴롭히는 마지막 질문의 답을 이미 오래전에 알고 있을지도 몰라."

"그러니까 다시 사회복지사로 일하겠다고?"

"비슷해. 하지만 그것에 대해선 다른 때 한번 얘기하자고. 내 축전기가 계속 달그락거리네. 난 이렇게 오랫동안 전화하는 데 익숙하지 않아. 아마 내 전화기도 그런 거 같아."

두 사람은 몇 마디를 더 주고받았다. 래디는 일기를 잘 간수하겠다고 약속하고 알텐바흐는 가능한 한 빨리 일기의 진위를 가리기 위해 모든 수단과 방법을 동원하겠다고 약속했다.

수화기를 내려놓자 알텐바흐는 래디의 모습을 상상했다. 래디는 이제 애거마이스터 한 병을 들고 공원으로 가 어느 부랑자와 함께 세상사에 대해 이야기할 것이다. 그리고 그 부랑자들 중 한 명이 어쩌면 위대한 철학가일지도 모른다고 생각할 것이다.

하지만 이때 래디는 마르크스의 일기를 다시 꺼내어 다른 장을 읽기 시작했다. 이 부분은 래디의 마음을 크게 감동시켰다.

여섯 번째 일기 아무도 잘못 없이 살 수 없다

인생을 잘못 없이 사는 사람은 없다. 잘못 없이 사는 사람은 아무도 없다. 없어서는 안 되는 인생의 거짓말이 있다. 그것 없이 살 수 없는 거짓말이 있다. 적어도 이 하나의 거짓말 없이는. 사람이 사는 동안 어느 순간에 이르러 진실을 받아들일 수 없다고, 받아들이고 싶지 않다고 결심한다. 그래서 진실 대신 거짓말을 선택한다. 그리고 이 거짓말은 인생을 끝까지 지배한다.

처음에는 다만 작은 거짓말일 뿐이다. 하지만 그 결과는 자꾸만 커진다. 모든 사람이 거짓말인 줄 알지만 아무도 돌이킬 수 없다.

빚을 지는 일에는 한 사람만 관여하는 것이 아니다. 거기에는 항상 두 사람이 있다. 돈을 빌리는 사람과 빌려주는 사람. 처음에는 양쪽 모두 이 일이 할 만한 가치가 있을 거라 기대한다. 어느 날 대부금은 물론이고 이자의 이자까지 갚을 수 있기를 바란다. 거짓말을 청산하고 플러스 통장을 만들어 다시 즐거운 진실이 찾아올 날을 꿈꾼다.

하지만 통장은 절대 플러스가 되지 않는다. 빚더미가 점점 더 커지는 걸 알지만 이를 생각할 용기조차 나지 않는다. 더 이상 쳐다보지도 않는다. 청구서가 있을까봐 우편함을 열지 않는다. 아주 오래 된 청구서. 계산되지 않은 청구서. 이렇게 해서 빚은 점점 늘어난다. 매일매일. 그리고 독촉장이 날아온다. 마지막 독촉장을 받는다. 하지만 뜯어보지 않는다. 쳐다보지 않는다. 이미 처음 청구액도 너무 많았다. 빚더미는 더 작아지지 않았고 정신적 여력은 더 커지지 않았다. 그 반대다. 청구서를 열지 않는 것도 빚쟁이를 피하는 것도 모두 추가적인 힘을 요구한다.

어느 순간 월세도 낼 수 없는 상황이 닥친다. 그러면 곧 모든 게 끝장이다. 언젠가 집에서 쫓겨난다. 두 달치 월세가 밀린 경우는 회복하기가 어렵다. 곧 세 달치, 네 달치가 된다. 열 달째가 되면 집에 바로 들어가지 못한다. 밀린 집세 때문에 집주인이 문 앞에 서 있을 수 있기 때문이다. 열 달치 월세. 한 달치도 내기 어렵다. 일 년 반이 지나면 집을 비워야 한다. 집 안에 있던 세간은 모두 쓰레기통에 버려진다. 이것은 법적 제재다. 이로써 빚이 청산된 것은 아니다. 빚은 남아 있다. 빚은 절대 없어지지 않는다.

만약 꼭 보아아 할 것을 안 보기 시작하면 앞이 안 보이는 것이 최선이다. 파멸로 치닫는 눈멂이다.

우리는 헬레네가 임신한 사실을 너무 오랫동안 눈치 채지 못했다. 아이가 세상에 나왔을 때는 어떤 수술도 이미 늦은 상태였다. 헬레네는 아이를 원했다. 자신이 사랑할 수 있는 사람을 원했다. 아이는 사랑하기에 완벽했다. 아이가 완벽한 세상에 태어나지 않았다는 사실을 그녀는 알고 있었다. 하지만 상관없다. 무엇이 완벽할 수 있단 말인가? 그녀의 삶에서는 아무것도 완벽하지 않았다.

이 아이는 우리 아이들을 매일 보살피고 돌보는 헬레네에게 존재할 권리를 줄 것이다. 헬레네는 트리어에 있는 장모의 가정부였다. 그리고 우리 부부와 함께 파리에서 행복한 나날을 보낸 뒤 브뤼셀과 런던으로 함께 이사해 왔다. 런던에서는 여섯 명이 두 칸짜리 집에서 살아도 불평하지 않았다. 물론 그녀는 아이들과 한 방에서 잠을 잤고 엉성한 문을 통해 제니와 내가 밤일을 하며 내지르는 비명과 신음 소리가 들려도 신경을 딴 데로 돌리기 위해 명랑한 노래를 흥얼거렸다.

그 늦은 여름 그녀를 식탁 위에서 뻗게 한 장본인이 진정 나란 말인가? 혹 내가 그녀의 꾐에 넘어간 것은 아니었을까? 그녀가 나의 아이를 가지려고 작정했던 것은 아니었을까? 절호의 기회를 엿보다가 배란기에 맞추어 나의 성기를 잡는 상상을 수년간 해온 건 아니었을까? 내가 얼마나 섹스를 필요로 했는지 헬레네는 알고 있었다. 제니는 잠자리를 거부하며 나를 손아귀 안에 쥐고 있었다. 참을 수 없는 욕정 때문에 바람을 피운 게 몇 번인지 모른다. 헬레네는 집안의 그 누구보다도 나에 대해 잘 알고 있었다.

그녀는 제니를 어릴 때부터 알았고 우리의 딸이 태어나고 심각한 병을 앓던 때부터 우리와 함께 살았다. 7년 동안 하루도 빠짐없이.

나는 그녀에게 손을 대는 상상은 한 번도 해본 적이 없었다. 그녀에게 성욕을 느껴본 적도 없었다. 그녀를 여자로 생각하지 않은 것은 물론이려니와 사람으로 여긴 적도 없었다. 헬레네는 집에서 쓰는 물건 같았다. 거치적거리지 않고 항상 제자리에 놓여 있다가 이사할 때 옮기는 가구 같았다.

그러나 제니가 삼촌의 유산을 확보하기 위해 트리어에 가 있던 동안 헬레네는 갑자기 내 앞에 서 있었다. 순간 나는 여자를 보았다. 천한 계집을 보았다. 한 마리의 뱀이 혀를 날름거리며 집 안을 기어다녔는지 모른다. 내가 왜 어디선가 떨어진 선악과를 베어 물었는지 모른다.

내가 그녀의 몸뚱이 위에서 신음하며 쓰러지기까지는 불과 몇 분밖에 걸리지 않았다. 그녀는 피를 흘렸다. 내가 그녀의 처녀성을 뺏은 것이 분명했다. 그리고 그녀는 아이를 배었다. 하지만 그때는 아무도 이 사실을 예상하지 못했다. 기껏해야 헬레네였다. 그녀는 어쩌면 알고 있었는지 몰랐다. 모든 것이 그녀의 계획이었는지 몰랐다. 그건 아무도 알 수 없다. 내가 아는 것은 오직 하나다. 한순간의 정욕이 수년간의 골칫거리가 되었다는 사실. 십 분의 쾌락을 나는 한평생 후회하게 되었다.

다음날 아침 벌써 나는 양심의 가책으로 인해 괴로웠다. 그 이유는 외도가 아니었다. 나는 이미 바람을 자주 피워왔다. 진짜 이유는 다른 누구도 아닌 순진한 헬레네를 범한 사실이었다. 이를 남작 부인, 도덕군자, 나의 아내 제니는 절대 용서하지 않을 것이다. 나는 제니에게 사실을 말할 수 없었다.

죄를 사랑으로 다시 씻어내고 결백을 증명하기 위해 나는 제니에게 가장 강렬한 사랑의 편지를 썼다.

> 당신의 모습이 내 눈앞에 생생하오. 당신을 안고 머리부터 발끝까지 입맞춤한다오. 그리고 무릎을 꿇어 간절히 고백하오. 사랑하오. 나는 진정 당신을 사랑하오. 베니스의 오셀로*가 사랑한 것 이상으로.

　　이 편지를 쓴 나는 더 이상 스물네 살의 젊은 청년이 아니라 세 아이를 둔 삼십대 중반의 남자였다. 그리고 이 편지를 받는 사람은 젊은 애인이 아니라 내가 20년 이상 알고 결혼한 지 6년 만에 네 명의 아이를 낳아 그중 한 아이는 땅속에 묻은 여자였다. 이 편지는 날이면 날마다 내 곁에 있는 여자에게 쓴 것이었다. 그녀는 내가 밤이면 쓴 읽기 어려운 문장들을 낮에 멋진 필체로 옮겨 써주는 비서였다.

　　제니는 편지를 읽고 크게 감격했다. 결혼한 지 그렇게 오랜 시간이 흐르고 우리가 서로를 안 지 그렇게 긴 시간이 지난 뒤 받은 편지는 제니에게 감동과 경고를 동시에 주었다.

　　그녀는 내가 가까이 있을 때보다 떨어져 있을 때 더 좋은 연인이란 걸 알고 있었다. 평상시 나는 이기적이고 늘 불평만 해댔다. 그리고 아는 거라곤 현실성 없는 이론밖에 없었다. 오로지 엥겔스만

---

* 셰익스피어의 4대 비극 중 하나인 『오셀로』의 주인공. 무어인의 장군인 그는 아내 데스데모나의 정조를 의심하여 그녀를 죽이지만 후에 자신의 부관 이아고의 계략이었음을 알고 자살한다.

이 나를 일에서 끌어낼 수 있었다. 우리는 함께 담배를 피우고 웃으며 떠들었다. 물론 제니 없이 말이다. 우리가 사나이 대 사나이로서 의형제를 맺는 동안 제니는 헬레네의 도움을 받으며 아이들을 재우기 위해 자장가를 불러주고 아이들이 잠에 들 때까지 이야기책을 읽어주었다. 밤에 잔뜩 술에 취한 내가 담배 연기에 절어 침대에서 자는 그녀 옆으로 기어 들어가면 나는 달콤한 속삭임도 없이 그녀의 몸뚱이에 올라탔다. 그러고는 나의 욕정이 졸음과의 싸움에서 패배할 것임을 깨달았다. 그러면 나는 그녀의 얼굴 위에 술 냄새가 섞인 트림을 뱉어내고 헛된 육욕을 탄식하는 한숨을 크게 내쉰 뒤 결국 그녀의 몸 위에서 코를 골며 쓰러지고 말았다.

하지만 제니는 내가 거짓말을 할 줄 모른다는 것도 알았다. 비록 복잡하고 난해하지만 내가 언제나 진실만을 쓴다는 것을 알았다. 편지의 마지막 문장은 나의 마음을 잘 드러내었다.

"나는 다시 사내가 된 것 같아. 뜨거운 욕구가 느껴져."

내가 그녀와 떨어져 있으면서 그녀를 어느 때보다 사랑하기 시작했다는 말을 제니는 믿어주었다. 그녀는 나의 상상력을 알았다. 내가 무언가를 애타게 갈망하면 그것이 내 두 눈동자 속에서, 종이 위에서 이미 현실이란 걸 알았다. 혁명도 그랬고 사랑도 그랬다. 두 가지 모두 추상적인 이론이었다.

그러나 내가 어느 순간 남자임을 느끼는지, 뜨거운 욕구가 무엇을 의미하는지 그녀는 잘 알고 있었다. 그것은 종이 위에서만 일어나는 것이 아니었다. 그러기에 나는 철저한 물질주의자였다. 그것은 현실이었다. 그것은 굉장한 미래의 상상이 아니었다. 그것은 정욕으로 가득 찬 현실이었다.

제니는 무슨 일이 일어났음을 눈치 챘다. 단지 그것이 무엇인지 모를 뿐이었다. 그녀는 그 일을 알아서는 절대 안 되었다. 만약 그녀가 그 일을 알았더라면 아마 큰 소동이 벌어졌을지 몰랐다. 그녀는 언제든지 나를 버리고 떠날 수 있었다. 제니는 이혼할 여자가 아니었다. 그러기에는 그녀는 너무 고귀했고 너무 양심적이었다. 하지만 남편에게 배신당할 여자도 아니었다. 그러기에는 그녀는 너무 현명하고 자존심이 강했다.

제니는 내가 그녀를 배신하지 않는 것과 바람을 피우지 않는 것은 별개의 문제란 사실을 알았다. 제니는 내가 엥겔스와 어울리며 창녀를 찾거나 술집 계집들과 희희낙락거리는 것을 알고 있었다. 그녀는 엥겔스가 나에게 주는 나쁜 영향 때문에 그를 몹시 싫어했다. 엥겔스가 여자들과 정사를 벌이며 결혼하지 않는 것, 정욕에 빠져 살며 책임지지 않는 것을 두고 몰인정하다고 했다. 제니는 엥겔스의 자유로운 연애관, 남녀관계에서 여성이 받는 억압, 결혼의 폭력성을 혐오했다.

왜냐하면 그녀에게 결혼은 곧 해방이고 나는 그녀의 구원자였기 때문이다. 그녀는 간혹 나의 다정한 모습보다 나의 높은 교양을 더 좋아했다. 엥겔스가 자기의 오셀로에게 나쁜 영향을 끼친다고 언젠가 자신의 친구에게 털어놓은 적도 있었다. 그녀의 눈에 그녀를 속이는 사람은 내가 아니라 엥겔스였다. 하지만 제니는 이를 어쩔 수 없이 받아들였다. 이유는 돈이었다. 어떤 일의 대가를 다른 값으로 치를 정도로 그녀의 수완은 뛰어났다.

이로써 제니는 내가 이례적인 편지로 분명하게 자백한 잘못을 용서하고 무슨 일이 일어났는지 묻지 않기로 결심했다. 우리는 아무 말 없이 편지로 협정을 맺었다. 우리 두 사람 사이에 오간 많은 거래 중 또 하나의 거래였다. 그녀는 나에게 묻지 않고 나는 그녀에게 대답하지 않는다. 대신 나쁜 소문은 돌지 않을 것이다. 제니는 소문을 가장 두려워했다. 세상 사람들한테 손가락질 당하는 것과 몇 년 동안 소동을 벌이다 고향으로 돌아가 자신의 잘못된 생각을 인정하는 것을 가장 두려워했다.

그녀의 생각은 잘못되지 않았다. 내 잘못의 증거, 내 정욕의 증거가 헬레네의 뱃속에서 자라나고 있었다. 제니를 어릴 때부터 돌본 몸종, 젊은 신혼부부에게 장모가 혼인 선물로 딸려 보낸 하녀 헬레나는 자신의 몸속에 금지된 정욕의 열매를 품고 있었다.

우리는 입을 다물었다. 나와 제니 그리고 헬레네도.

한 달이 지나고 또 한 달이 지났다. 시간이 흐를수록 제니가 던지지 않은 물음은 점점 더 분명해졌다. 시간이 지날수록 우리는 점점 더 절박하게 그 물음에 대한 답을 찾아야 했다. 우리 셋 중 누가 찾았는지 모른다. 하나뿐인 그 답을.

헬레네는 아무나 다른 외간 남자를 아이의 아버지라고 둘러댈 수 있었다. 일꾼이나 우유 배달원 같은. 하지만 그녀는 그런 큰 거짓말을 할 수 있는 위인이 아니었다. 거짓말은 추호도 할 줄 몰랐다. 헬레네는 창녀가 아니었다. 그녀가 만약 몸을 파는 계집이라면 결혼을 했을 테고, 결혼을 했다면 제니를 떠나야만 했을 것이다. 그리고 이는 그녀가 절대로 상상할 수 없는 일이었다. 그녀는 오로지 베스트팔렌 집안을 섬겨왔다. 절대로 낯선 사람을 위해 일하지 않을 것이다. 결코 베스트팔렌 가문을 포기하지 않을 것이다.

헬레네는 진실을 말할 수 있었다. 하지만 그것은 절대 말할 수 없는 사실이었다. 일반적으로 하녀가 주인 남자의 즐거움을 위해 시중드는 일은 흔했다. 이런 일을 주인 여자가 허락하거나 심지어는 아내로서의 의무가 귀찮을 때 일부러 시키는 일도 드물지 않았다.

그렇지만 제니는 사랑을 믿었다. 부부의 사랑을 믿었다. 부부의 성실과 책임을 믿었다. 그녀는 스스로 한 약속을 지키고 7년이나 결혼을 기다려온 만큼 자신의 남편도 약속을 지켜주길 소망했다. 이것이 그녀가 생각하는 사랑이었기 때문이다. 약속의 충실한 이행. 물론 내가 사창가에 드나든 것은 부인할 수 없는 사실이었다. 하지만 이는 제니가 보기에 사랑과는 아무 관계가 없었다. 그것은 남자의 본능이었다. 그리고 나의 유별난 본성이었다. 마치 낯선 남자나 여자와 함께 운동을 즐기는 것과 같았다.

그러나 만약 내가 헬레나와 정을 통한 사실이 드러나면 제니는 심한 충격을 받을 것이다. 헬레네는 가족이었다. 그렇다면 근친상간과 다를 바가 무엇인가! 내가 그럴 수 있었을까? 도저히 상상할 수 없었다. 그래서는 결코 안 되었다. 그렇게 될 수 없었다. 그것은 사실이 아니었다.

따라서 마르크스 집안의 괴물 엥겔스가 다시 한 번 고통을 겪어야 했다. 엥겔스는 거의 가족이나 다름없었다. 헬레네는 그의 시중을 들고 커피나 차를 대접하듯 자신의 몸도 그에게 바친다. 짐승 같은 엥겔스는 만족할 줄 모르는 자신의 욕정을 채우기 위해 헬레네를 유혹해 겁탈한다. 불쌍한 계집! 그녀는 이를 누구에게도 말할 수 없었고 아직까지도 말하지 않고 있다.

짐승 같은 엥겔스. 나에 대한 사랑을 지키기 위해 장군에 대한 제니의 증오는 불타올랐다. 그녀는 날이 갈수록 그를 더욱 저주했다. 그가 주장하는 자유연애와 방탕한 생활과 그의 몰인정을 비난했다. 하지만 나는 사랑스런 오셀로로 남았다. 그녀는 나에게 헌신했다. 자신의 일생을 바치고 진실을 바쳤다.

그녀의 눈물만 없었더라면. 끊임없이 흐르는 눈물만 없었더라면. 제니는 일요일만 되면 소파에 누워 흐느껴 울었다. 그런 날은 잿빛 세상처럼 우울했다. 그녀의 인생처럼. 아무것도 그녀의 얼굴에 웃음을 띠게 하지 못했다. 아무리 내가 재미있는 농담이나 우스꽝스런 짓을 해도 소용없었다. 눈물의 베일은 걷히지 않았고 그녀의 미소는 잔뜩 찌푸린 얼굴로 변했다. 그 이유는 자꾸만 떠오르는 진실이었다.

제니에게는 더 이상 어떤 재미도 기쁨도 즐거움도 없었다. 우울은 무거운 납덩이처럼 그녀를 억눌렀다. 이곳은 더 이상 정력 센 남자가 있기에 좋은 곳이 아니었다. 오직 의무를 다하는 것만이 사랑놀이였다. 이는 잠자리에서도 같았다. 우리가 아이를 한 명밖에 못 낳은 원인은 노력의 부족보다는 제니가 타이밍을 잘 맞추지 못한 데에 있었다.

나의 남성다움은 죽었다. 나는 성욕을 억제하지도 즐기지도 못하는 주변의 답답한 도덕적 위선자들의 본능에 대해 그 어느 때보다 큰 목소리로 비난했지만 그것은 한갓 이론일 뿐이었다. 가끔 엥겔스 손에 이끌려 찾은 최고의 매춘부도 나의 정욕을 살아나게 하지 못했다. 나는 피곤했다. 기쁨도 없고 욕망도 없었다.

그리고 그때부터 모든 일은 더욱 꼬여만 갔다. 우리는 모두 선장이 없는 호화로운 여객선의 승객일 뿐이었다. 이 배는 어떤 빙산도 두려워하지 않았다. 그 결과는 치명적이었다.

우리 가족은 경제적인 어려움에 허덕였다. 내가 쓴 책들은 이런 문제에 큰 도움이 되지 않았다. 나는 아직도 돌파구를 찾기를 기대하고 있었다. 그러나 그 기다림의 시간은 끝이 날 줄 몰랐다. 우리는 아끼고 절약해야 했다. 다른 삶의 수준에 익숙한 우리는 그 수준에 이르지 못해 괴로워했다. 나는 치질로, 제니는 우울증으로 괴로워했다. 아이들을 보아도 즐겁지 않고 헬레네도 활기를 불어넣지 못했다. 헬레네는 불평이 늘어갔다. 그리고 내가 그녀의 불평에 대해 거의 아무런 반응을 보이지 않는다는 것을 깨달았다. 집에 오는 손님들은 나를 대하는 그녀의 태도를 재미있어 했다. 나도 그녀의 오만을 받아주며 즐거운 척했다. 하지만 사실 나는 힘이 없었다. 무방비 상태였다.

잘못은 젊음의 가벼움을 그리워하는 마음과 함께 커져간다. 순진했던 그 시절. 아, 다시 한 번 그때로 되돌아갈 수만 있다면!

제니의 어머니가 죽은 뒤 우리는 조금의 유산과 하녀를 받았다.

장모와 함께 트리어에 살던 헬레네의 여동생 마리안네였다. 젊고 명랑한 마리안네는 집안의 분위기를 뒤바꾸어 놓았다. 누구보다도 아이들은 그녀를 좋아했다. 마리안네는 온 가족에게 청량제였다. 마르크스 가족은 다시 웃음을 되찾았다. 어리고 천진한 마리안네는 우리에게 활력소가 되어주었다. 나의 남성다움에도.

그녀는 나의 숨은 연인이었다. 이번에 나는 이성을 잃지 않았다. 더 능청스럽고 더 냉정하고 더 확실하게 했다. 내가 해야 할 일이 무엇인지 알고 있었다. 어떤 신용 대출인지 알고 있었다. 이제는 신용 대출의 조건을 알기 때문에 이자를 미리 계산할 수 있다. 껍데기뿐인 풍요로움을 누릴 수 있다. 비록 그 행복이 단지 빌린 것이란 사실을 알지라도.

이번에는 조심할 것이다. 나의 정욕을 통제할 것이다. 반드시 성공할 수 있다. 이번에는 내 의지대로 지배할 수 있다. 비록 마리안네는 헬레네보다 나이가 어리지만 경험은 더 많았다. 그녀에게는 주인 남자에게 기쁨을 주는 것이 주인 여자에 대한 배신이 아니었다. 그녀의 주인은 늙은 남작 부인이지 버릇없는 남작의 딸이 아니었다. 마리안네는 헬레네의 경고를 무시했다. 그녀는 조심할 수 있다며 자신했다. 그녀도 자신이 알아서 할 수 있다며 자신했다.

자신은 무슨!

나는 어느 신이 우리를 가지고 노는지 도무지 알 수가 없다. 복수심에 찬 아테네 여신? 어린이를 좋아하는 헬리오스? 아니면 다산(多產)의 여신 데메테르인가?

마리안네는 아이를 가졌다. 그녀는 내가 아이의 아버지라고 주장했다. 하지만 나는 반박했다. 나는 늘 조심했다. 절대 그럴 리가 없었다. 우린 위험한 장난을 하지 않았다. 마리안네는 어떤 다른 남자와도 접촉하지 않았다고 고집했다. 아이의 아버지는 오직 나뿐이라고 주장했다. 큰일이었다. 우리는 철저하게 조심했지만 엄청난 상황에 빠져버리고 말았다.

어떻게 할 것인가? 시간이 없다. 이번에는 엥겔스가 아이의 아버지로 거들지 않을 것이다. 이런 거짓말은 두 번 써먹을 수 없다. 한 번 거짓말을 하고 나면 다음에는 더 나은 거짓말을 생각해내야 한다. 거짓말은 거짓말을 낳고 잘못은 눈덩이처럼 커진다. 하지만 아직은 진실을 말할 때가 아니었다. 만약 지금 진실을 말하기 시작하면 모든 것이 한꺼번에 터지고 만다. 그것은 아무도 견딜 수 없는 고통이다. 죽음이다.

결단을 내려야 했다. 아이의 아버지. 아버지가 없다. 아버지가 없는 아이는 없다. 모든 아이는 아버지가 있다. 만약 아버지가 없으면 문제가 생긴다. 아버지가 없는 아이는 없다. 아이는 없다. 아이가 없다. 그렇다. 아이가 없으면 된다.

엥겔스는 불법으로 낙태 시술을 하는 의사를 알고 있었다. 그는 돈이라면 어떤 짓도 할 수 있는 의사였다. 심지어 살인까지도. 아주 편리했다. 돈은 엥겔스가 내기로 했다. 그리고 나는 이에 동의했다. 마리안네는 다른 도리가 없었다. 모든 일은 완벽하게 준비되었다. 결코 실패하면 안 되었다. 모든 것을 아는 헬레네는 비밀을 지킬 것이다. 그녀는 믿을 만했다. 그녀 역시 그들의 거짓말에 얽혀 있었다. 헬레네는 마리안네가 자신이 겪은 고통을 똑같이 받지 않기를 바랐다. 아이는 가능한 한 빨리 지워야 했다. 이번에는 늦지 않을 것이다. 신속하게 대처할 것이다.

우리는 제니가 아이들을 데리고 친척집에 갈 구실을 만들었다. 핑계를 만드는 일은 간단했다. 생활비가 떨어져 누군가 돈을 빌리러 가야 했다. 제니는 나보다 나은 돈줄과 두둑한 배짱이 있었다. 게다가 아이들은 돈 많은 아저씨의 마음을 녹여버릴 것이다. 그들은 12월이 끝날 무렵 집을 떠났다.

바로 그 다음날 아침 의사가 왔다. 조금의 시간도 지체할 수 없었다. 마리안네는 벌써 14주째 임신 중이었다. 나와 엥겔스는 거실에서 담배를 피워대고 헬레네는 부엌에서 의사를 도와주었다. 겁에 질려 신음하는 마리안네에게 의사는 욕을 해댔다. 한 시간이 지난 후 의사가 부엌에서 나왔다.

"이제 상처가 아물도록 기도할 일만 남았소."

의사가 말했다.

통증을 견디느라 기운이 다 빠져버린 마리안네는 거의 의식을 잃은 채 침대 위에 누워 있었다. 몸의 열은 계속 오르고 머리는 뜨거웠다. 헬레네는 그녀의 장딴지에 냉찜질을 해주고 부엌 바닥에 괴어 있는 핏물을 닦아냈다. 피에 젖은 수건은 난로 속에 집어넣어 태워버렸다. 역겨운 냄새가 났다. 기도는 내 관심 밖의 일이었다. 나는 포트와인을 마시고 담배를 세 대째 피워댔다. 엥겔스는 의사에게 다음날 다시 한 번 와줄 것을 부탁했다.

의사는 매일 왔다. 둘째 날 마리안네는 열이 많이 올라 쓰러져 있었다. 그 다음날은 고열로 인한 환각 상태에 빠져 횡설수설했다. 넷째 날 의사는 마리안네의 죽음을 확인했다.

일주일 뒤 제니는 아이들과 함께 집으로 돌아왔다. 결국 돈은 빌리지 못했다. 제니는 마리안네의 죽음에 큰 충격을 받았다. 헬레네는 아무 말도 하지 않았다. 그녀가 얼마나 오랫동안 침묵을 지켰는지 나는 모른다. 언젠가 나는 제니가 그 사건에 대해 알고 있다는 사실을 느낄 수 있었다. 하지만 우리는 서로 침묵했다. 그 일에 대해 단 한마디의 말도 꺼내지 않았다. 우리는 거짓말을 하기로 결심했다. 죽는 날까지.

엥겔스는 돈을 주고 가짜 진단서를 샀다. 아마 의사는 돈을 받지 않고도 진단서를 떼어주었을 것이다. 낙태는 불법이었기 때문이다. 의사는 생명을 살려야 한다. 거짓말해서는 안 된다. 의사가 준 진단서에는 심장병이라고 씌어져 있었다. 어쩌면 의료상의 실수가 더 적절한 표현이었을 것이다. 의사 잘못. 돌팔이 의술. 사망 원인은 유아 살해였다. 부주의로 인한 살해. 자본 범죄.

이런 빚은 없어지지 않는다. 빚은 이자를 요구한다. 빚은 점점 더 커진다. 언젠가는 그 빚더미가 너무 커져 항복할 수밖에 없다. 빚더미는 눈사태가 되어 계곡으로 쏟아져 채무자를 덮치고 만다. 인생의 거짓말은 우선 호기심을, 그 다음은 사랑을, 그리고 결국에는 모든 삶의 숨통을 막아버린다.

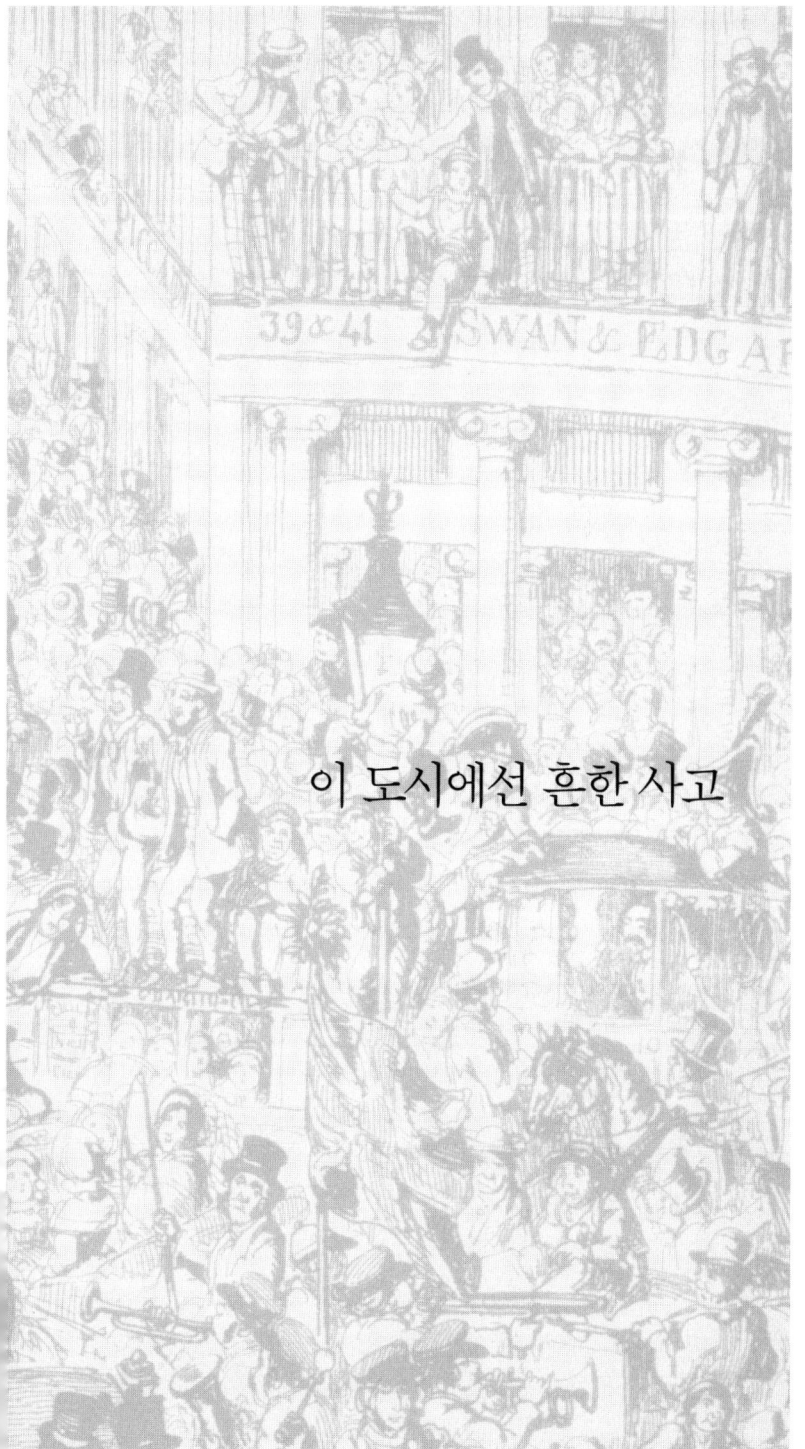

이 도시에선 흔한 사고

나는 내가 글로 쓴 것을 위해 희생한 것이 너무 크다는 사실을 알아챘다. 큰 일에서 앞으로 다시는 성취할 수 없을 것을 작은 일에서 이루지 못했음을 알아차렸다. 이에 비하면 종기는 거의 축복이나 다름없었다.

"이렇게 주차하시다니 정말 훌륭해요!"

퇴근하기 위해 차를 타려던 알텐바흐에게 누군가 말했다. 그는 다름 아닌 시립 도서관에서 보았던 그 갈색머리의 아가씨였다. 그녀의 외국인 억양이 이상하게 들렸다.

"방금 경찰을 부르려고 했어요!"

그녀는 먼저 손에 든 핸드폰을 가리키고 나서 MG와 그 뒤 자동차 사이의 틈을 가리켰다. 놀라운 것은 두 자동차의 범퍼가 맞닿아 있다는 사실이었다. 그사이에는 1밀리미터의 틈도 없었다. 그리고 또 다른 놀라운 사실은 그녀가 가리킨 자동차가 빨간색 골프였다는 것이다.

알텐바흐는 심호흡을 크게 내쉬었다. 이것은 우연일 수 없었다. 시내에서 자신을 쫓던 차, 도서관에서 본 갈색머리 여자, 그리고 지금은 두 사람이 함께 거리에 서 있었다. 도대체 무슨 속셈인가? 그는 주위를 둘러보았다. 이제 검정색 BMW만 있으면 된다. 그러나 그것은 어디에도 보이지 않았다.

"이것 좀 한번 보세요! 정말 운이 좋으시군요. 제가 당신을 뺑소니로 고발할 수도 있다고요!"

갈색머리 여자는 화난 목소리로 소리쳤다.

지나가던 사람이 여자의 비명을 듣고 멈추어 서서 이쪽을 쳐다보았다. 갈색머리 여자는 행인을 바로 자기편으로 끌어들였다.

"저 자가 자기 폼 나는 차를 거리의 무법자처럼 주차한 것 좀 보세요. 여기는 파리가 아니라 함부르크라고요. 이곳에선 주차할 때 조금의 접촉도 그냥 눈감아주지 않아요."

그녀는 접촉이란 말을 하면서 붉고 탐스런 입술을 뾰족하게 모았다.

행인은 열심히 그녀의 편을 들어주었다.

"전 비싼 수리비를 낼 형편이 못 돼요."

갈색머리 여자는 동정을 사기 위해 징징 짜는 소리를 냈다. 그리고 흥분한 듯이 작은 젖가슴을 이리저리 흔들어댔다.

"차가 부딪힐 때 어디가 찌그러졌는지 알 수 없다고요. 여기

이 낡아빠진 스포츠카야 군데군데 휘어져 아무것도 안 보이죠. 제 차도 그다지 새것은 아니지만 적어도 잘 굴러다녔어요."

"꼭 경찰을 부르도록 하세요."

심각해진 행인이 경고했다.

"원하시면 증언도 해드리겠습니다."

"증언?"

알텐바흐는 드디어 대화에 끼어들었다.

"뭘 증언한단 말씀이요? 보신 것이 아무것도 없잖소?"

"당연히 있죠."

행인은 큰 목소리로 반박했다.

"당신이 주차하다가 이 분의 차를 들이박지 않았소? 증명할 수 있어요!"

알텐바흐는 기가 막혔다. 정말 믿을 수 없었다. 그는 누구의 차도 들이박지 않았다. 그것은 의심할 여지도 없었다. 알텐바흐는 생각을 정리하려고 노력했다. 하지만 여자가 짜증 내는 소리 때문에 집중할 수가 없었다.

"오늘 아침 주차할 때만 해도 이 스포츠카는 여기 없었어요. 나중에 주차한 거예요. 보면 바로 알 수 있어요."

갈색머리 여자는 거의 울음을 터뜨리기 직전이었다.

행인은 계속해서 소리쳤다.

"경찰을 부르세요! 경찰을 부르시라고요!"

그러나 여자는 그의 기대와 달리 핸드폰을 꺼내려 하지 않았다. 알텐바흐는 적어도 그것만은 면할 수 있기를 바랐다. 그의 눈앞에는 벌써 앞으로의 일이 그려졌다. 보험 회사의 질의, 법적 소송, 상반되는 자동차 정비소 보고서, 말싸움, 귀찮은 편지 교환, 조서 작성, 심리 일자, 끝없는 신경전. 도대체 무엇 때문에 이래야 하나?

"자세히 보시오!"

알텐바흐는 짜증 나게 우는 여자를 향해 냅다 소리를 질렀다.

"아무 손상도 없지 않소? 아무 일도 일어나지 않았소."

"아무 일도 일어나지 않았다고요?"

여자는 깽깽거렸다. 그녀의 날카로운 목소리 때문에 귓속이 거의 아플 지경이었다.

"베어링이 휘었을지 누가 알아요? 충돌하면 내상(內傷) 같은 것이 자주 생긴단 말이에요."

내상이라! 알텐바흐는 머리를 쥐어잡았다. 도대체 이건 또 무슨 소린가?

"시동을 켜고 한번 타보시오. 그럼 제대로 작동하는지 알 거 아니오?"

알텐바흐는 그녀에게 제안하고 행인을 가리키며 말했다.

"그동안 제가 도망가지 못하도록 저 친절하신 양반께서 주의할 거요."

"오, 아니에요."

갈색머리 여자는 내숭을 떨며 말했다.

"내일 정비소에 차를 맡겨 점검하면 돼요."

행인은 고개를 끄덕였다.

"그래요. 연락처를 받아두도록 하세요."

알텐바흐는 지갑에서 명함, 주민등록증, 차량등록증을 순순히 꺼냈다. 그리고 이것을 여자에게 건네주려는 순간 갑자기 떠오르는 생각이 있었다. 그는 오후에, 그러니까 도서관에 다녀온 후 트렁크 안의 책을 꺼내기 위해 분명 차 뒤편에 서 있었다.

'만약 저 차가 지금처럼 주차돼 있었다면 내가 어떻게 트렁크 앞에 서 있을 수 있었겠나!'

그는 이렇게 결론을 내리고 문득 경찰을 부르는 게 낫지 않을까 스스로에게 물었다. 왜냐하면 그렇지 않은 경우 자신의 잘못을 인정하는 것으로 해석될 수 있기 때문이었다. 지금 알텐바흐는 자신에게 전혀 잘못이 없음을 확신했다. 그는 결코 접촉 사고를 낸 일이 없었다. 자신의 MG를 타고 그런 적은 단한 번도 없었다. MG는 혹 투성이로 만들기에는 너무 비싸다.

도대체 그 갈색머리 여자는 무엇을 원하는 것일까? 왜 자신의 차가 아침부터 이곳에 있었다고 주장하는 걸까? 왜 나에게 이런 터무니없는 사고를 덮어씌우려는 걸까? 그리고 그녀가 오늘 아침 시내에서 정말로 그의 뒤를 쫓은 것일까?

알텐바흐의 머릿속에서 질문이 꼬리에 꼬리를 물었다. 그러나 그 물음의 대답을 쉽게 찾아낼 수 없었다. 그러는 사이 갈색머리 여자는 그의 신분증을 가져가 주민등록번호를 명함 위에 끼적거린 후 가방에 꽂아넣었다. 그리고 나서 조용히 신분증을 돌려주었다.

"정비소에서 연락 받는 대로 전화할게요."

그녀가 말했다.

행인 역시 자신의 이름과 연락처를 적은 쪽지를 여자에게 주었다. 이것으로써 모든 것이 해결된 듯이 보였다.

여자는 그의 전화번호를 알아내기 위해 잔꾀를 부린 것일까? 알텐바흐는 곧 이 생각을 버렸다. 아니다. 그의 사무실 전화번호는 매주 《슈투름》의 간행 요목에서 찾을 수 있었다. 그리고 그와 통화를 원하는 사람은 교환국을 통해 쉽게 연결되었다.

어쩌면 이 여자는 사기꾼이고 행인은 그녀의 공범일지도 모른다고 알텐바흐는 추측했다. 아마 지난주에 사고를 내고 어떤 '내상'이 있다는 것을 안 뒤 이런 식으로 바보를 골라내 그의 보험 회사가 수리비를 물도록 하려는 속셈인지도 몰랐다.

알텐바흐는 정말 그럴지도 모른다는 결론을 내렸다. 사실 이것은 꽤 괜찮은 수법이었다. 그냥 주차돼 있는 차를 뒤에서 들이박은 뒤 다른 사람이 그랬다고 우기는 것이었다. 이런 방법이라면 신호등에서도 잠깐 후진 기어를 넣은 다음 뒤차를 박고 제때 브레이크를 밟지 않았다고 상대에게 잘못을 씌울 수 있다. 사고를 증명할 수 있는 증인이 있다면 아무 문제 될 것이 없다.

반면 알텐바흐는 이 세상 어느 판사가 그런 바보 같고 뻔뻔한 속임수에 넘어갈까 의심이 들었다. 어쩌면 그 여자는 알텐바흐가 일을 빨리 마무리하기 위해 지갑에서 곧장 50유로 한 장을 꺼내줄 것으로 기대했는지 모른다. 만약 그렇다면 그녀는 실패했다. 지금 그녀는 그와 장난을 치고 있지만 그가 그녀를 보는 일은 어쩌면 다시는 없을지 모른다. 그렇다. 지금 경찰을 부르는 것은 너무 어리석다. 알텐바흐도 여자와 행인의 이름과 연락처를 요구했다. 그런 뒤 세 사람은 그다지 유쾌하지 않은 표정으로 헤어졌다.

"나탈리 슬로보트카야."

알텐바흐는 차 안에 앉아 갈색머리 여자의 이름을 소리 내어 읽었다. 러시아 이름 같았다. 그녀가 외국 억양으로 말한 사실과 들어맞았다. 행인의 이름은 "한스 위르겐 페히트라이버(불운을 부르는 사람―옮긴이)"였다. 페히트라이버. 무슨 이름이 이런가!

알텐바흐는 시동을 켜고 가볍게 주차장을 빠져나와 집으로 향했다.

집에서는 또 다른 놀라운 일이 알텐바흐를 기다리고 있었다. 그가 아파트 입구에 들어서자 수위 코발스키는 사내들끼리 나누는 눈짓을 찡긋 보내며 인사했다.

"숙녀 두 분이 찾아왔었는데…… 정말 좋은 걸 놓치셨어요. 아마 이렇게 늦게 들어오신 걸 후회하실 겁니다!"

"숙녀요?"

알텐바흐는 믿을 수 없다는 듯이 물었다. 그는 다른 사람들이 말하는 그런 숙녀의 방문을 받아본 적이 거의 없었다. 그리고 그가 기억하기로는 두 명의 숙녀가 한꺼번에 그를 찾아온 적은 단 한 번도 없었다. 어쨌든 코발스키가 그렇게 눈을 찡그려가며 말할 만한 숙녀들은 아니었다. 여호와의 증인들은 분명히 아닌 것 같았기 때문이다.

"그래요. 금발과 빨간 머리의 미녀였다고요."

코발스키는 털이 난 두 손으로 허공에 여인의 곡선을 그려보였다.

"저를 찾았다고요?"

"그렇다니까요. 샴페인과 딸기 한 접시를 가지고 왔었어요."

코발스키는 히죽거렸다.

"당신하고 딸기 볼을 만들려고 했대요."

알텐바흐는 위아래로 움직이는 그의 눈썹이 점차 짜증났다. 이는 분명 누군가 자신을 속이려는 술책임이 틀림없다고 알텐바흐는 생각했다. 그는 수위에게 호통 쳤다.

"그래서요?"

"엘리베이터를 타고 올라가도록 안내했죠. 문 앞에서 당신을 기다리고 싶다고 했어요. 그러더니 십오 분쯤 지나자 다시 내려오더군요."

"브라보! 정말 잘했어요!"

알텐바흐는 집에 나쁜 일이 기다리고 있음을 직감했다.

"그들이 놀아간 지 얼마나 됐쇼?"

코발스키는 시계를 보았다.

"한 삼십 분쯤? 뭐, 대강 한 시간 전쯤이요."

정말로 훌륭하게 들어맞았다. 알텐바흐가 매혹적인 갈색머리의 여자와 터무니없는 사이비 사고로 싸우고 있는 동안 이곳에서는 두 명의 여자가 수위를 홀려 12층에 있는 집을 누구의 방해도 없이 유유히 구경하다 돌아갔다. 당연히 그 교활한 러시아 여인 나탈리는 핸드폰으로 경찰을 부른 것이 아니라 자신의 공범들에게 수석 기자님께서 막 주차장에 도착하셨음을 알린 것이었다. 그러니까 그 이후의 30분과 집으로 오는 동안은 알텐바흐가 나타나지 않을 것이 확실했다.

알텐바흐는 더 이상 아무것도 묻지 않고 엘리베이터에 올라탔다. 집에 도착하자 그의 불길한 예측은 현실로 드러났다. 현관문은 부서졌고 집안은 온통 어지러웠다. 옷장문과 서랍은 모두 열려 있고 바닥에는 종이들이 흩어져 있었다. 책장의 책은 한 권도 제자리에 있지 않았다. 두 여자는 집안을 완전히 쑥대밭으로 만들어놓았다. 그러나 그중 단연 으뜸은 종이 접시 위에 남겨진 딸기 꼭지였다. 그것은 알텐바흐를 비웃고 있었다. 샴페인은 다시 가져간 듯했다.

알텐바흐는 수화기를 들고 수위를 불렀다.

"코발스키? 경찰을 부르세요. 그리고 무슨 말을 할지 잘 생각해두세요. 참, 그 샴페인은 제 거예요!"

몇 분 뒤 코발스키는 두 경찰관과 함께 샴페인 한 병을 들고 나타났다. 그사이 알텐바흐는 없어진 물건이 있는지 집 안을 둘러보았다. 사라진 물건은 눈에 띄지 않았다. 보아하니 두 여자는 어떤 특정한 물건을 찾으려다 실패한 것 같았다.

이제 알텐바흐는 위스키 한 잔을 들고 부엌에 서서 두 경찰관과 함께 먹다 남은 딸기에 대해 토론했다.

"지문과 타액으로 신원을 정확히 확인할 수 있지 않습니까?"

사투리를 쓰는 금발의 키 큰 경찰관이 입을 비쭉이며 말했다.

"젊은 양반, 너무 서두르지 마쇼. 우린 지금 영화관에 앉아 있는 게 아니오."

알텐바흐는 누가 자신에게 이런 식으로 말하는 걸 몹시 싫어했다. 그는 젊지도 않았고 영화를 보고 있는 것도 아니었다. 그건 알텐바흐 자신도 알고 있다! 그러나 그는 몇 시간 전 자신의 집에 도둑이 든 사실과 범인들이 거의 확실히 금발과 빨간머리의 여자였음을 알고 있었다.

"이보시오. 그자들은 아마 이런 일을 처음 하는 것이……."

알텐바흐는 그들을 설득하기 시작했다.

"그렇기 때문에 우리도 그들을 찾을 것이오."

조서를 위해 메모를 하고 있던 뚱뚱한 경찰관이 그의 말을 끊었다.

"그러니까 겉으로 보기엔 도난당한 것이 없다는 말씀이죠?"

알텐바흐는 고개를 흔들었다. 아무것도 도둑맞지 않은 이유는 오직 하나였다. 그들이 찾은 것은 분명 마르크스의 일기였고 그 일기는 이곳에 없었기 때문이다. 이를 어떻게 설명한단 말인가?

과연 이 미친 이야기를 누구에게 할 수 있겠는가? 사람들은 그를 정신 이상자 취급할 것이다. 사실 그가 잠깐이라도 일기를 진짜로 믿은 건 미친 짓이었다. 그러나 일기 때문에 쫓김을 당하고, 일기 때문에 러시아 여자가 자신에게 누명을 씌우려 했으며, 일기 때문에 그의 집에 도둑이 들었다고 그가 지금 설명한다면…… 어느 누가 믿을 것인가!

그는 한숨을 내쉬며 경찰의 단순한 질문에 대답만 했다. 그는 언제 집을 나왔으며, 어떻게 문을 잠갔는지 그리고 언제 집으로 돌아왔는지 설명했다. 그러고 난 다음 귀가 빨개져 있던 코발스키가 두 여자가 언제 왔다가 돌아갔는지 이야기했다. 그러나 샴페인에 대해서는 일부러 언급하지 않았다. 15분쯤 지났을 때 조사를 마친 경찰들은 어질러진 집 안을 한 번 더 둘러본 뒤 현관문 쪽으로 걸어갔다.

"큰 기대는 안 하시는 게 좋을 것 같습니다. 이곳에선 이런 일이 하루에도 몇 번씩 일어나니까요."

작고 뚱뚱한 경찰관이 말했다.

"사라진 물건도 없고 집도 완전히 초토가 되지 않은 것으로 만족하십시오."

키가 큰 프리슬란트 지방 출신의 경찰이 위로했다.

"그냥 물건만 부수고 벽에 낙서하고 그릇을 깨뜨리는 도둑도 간혹 있습니다."

코발스키는 경찰들과 엘리베이터를 타고 사라졌다. 알텐바흐는 현관문을 닫고 어질러진 물건들 사이를 쿵쾅거리며 지나간 뒤 소파 위에 털썩 주저앉았다.

그는 잠시 숨을 돌릴 시간이 필요했다. 상자 안에 든 마지막 여송연을 빼내 물고 불을 붙였다. 그런 다음 연기를 깊이 들이마신 뒤 무거운 한숨과 함께 다시 내뿜었다.

이게 도대체 무슨 일인가! 찰리는 천사들을 부추겨 그를 쫓게 할 정도로 그렇게 일기가 탐났던 것일까? 아니면 그 꿀벌들은 다른 벌집에 숨어 있는 여왕을 섬기는 걸까? 만약 그렇다면 그들은 어디서 온 걸까? 오늘 만난 그 날쌘 러시아 여인은 바티칸이 보낸 것 같지는 않았다. 그리고 코발스키의 설명대로도 두 여자는 엄격한 가톨릭 분위기를 풍기지 않았다. 어쩌면 북한이나 쿠바의 비밀 정보 기관이 그런 매혹적인 외인 부대원을 고용했는지도 몰랐다. 그런데 내가 정말 래디의 공모론에 동조하려는 걸까?

알텐바흐는 여송연에 스카치 한 잔이 잘 어울릴 것 같다고 생각했다. 그러나 래디를 생각하는 순간 그는 가슴이 철렁 내려앉았다. 만약 그들이 래디의 작업실도 찾아갔다면? 어쩌면 그 갈색머리 여자는 오늘 아침부터 그의 뒤를 쫓은 것일지도 몰랐다.

그러나 알텐바흐는 곧 그 생각을 버렸다. 빨간색 골프는 많다. 그리고 정확히 말해서 그가 쫓긴 것이라고 말할 수 없었다. 그는 스카치를 잔에 따랐다.

알텐바흐는 래디에게 전화를 걸었다. 하지만 예상대로 자동 응답기 소리만 들려왔다. 그는 가능한 한 빨리 전화해 달라고 간단히 말한 뒤 전화를 끊었다. 그러고 나서 소파에 기대어 창 밖으로 보이는 함머브룩의 지붕들을 내다보았다. 멀리서 풍차 가 돌고 발전소의 굴뚝이 뿜는 하얀 연기가 하늘로 날아가고 있었다. 북동풍. 풍력 3~4. 알텐바흐는 추측했다.

알텐바흐는 오늘 하루 동안 일어난 일들을 머릿속에 떠올렸다.

지금까지 일기에 관심을 가진 사람은 찰리뿐이었다. 그러니 까 그녀도 그의 집에서 일어난 일과 무관하지 않을 것이다. 해 커를 고용해 빈의 순진한 출판업자의 컴퓨터 보호 장치를 풀게 한 사람이 여자 첩보원을 시켜 함부르크의 순진한 수석 기자의 집에 침입하도록 했다. 이것은 기정사실이었다.

그 이유는 무엇일까? 찰리는 이미 원본의 조사를 마친 뒤 래 디처럼 일기가 진짜라는 결론에 이른 것일까? 아니면 그녀의 해커들이 빈에 있는 출판업자의 안전한 방화벽을 뚫지 못해 지 금까지 듣기만 한 내용을 진짜 읽어보려는 속셈일까? 만약 그렇다면 그녀는 도대체 어디서 일기를 전해 들은 것일까? 만약 폴크만이 자신의 발견을 세상에 떠들고 다녔다면 아마 지금쯤 일기의 존재를 아는 사람은 한두 명만이 아닐 것이다. 그렇다면 일기를 손에 넣으려는 사람이 찰리 말고 또 있단 말인가?

혹시 그 빈의 출판업자는 《아스파라거스》에도 일기의 존재를 알린 걸까? 어쩌면 다른 곳에도? 하지만 그럴 리는 거의 없다. 만약 그렇다면 그가 《슈투름》에 원본을 보냈을 리가 없기 때문이다. 알텐바흐는 빈의 출판업자에게 연락해 봐야겠다고 생각했다. 혹시 그는 알텐바흐가 짐작하는 것 이상으로 많은 것을 알고 있을지 몰랐다.

절망이다! 알텐바흐는 조사의 실마리를 빨리 찾을 수 있기를 바랐지만 마르크스에 대한 자료를 통해 일기가 진짜인지를 판단할 도리밖에 없었다.

그는 일어서서 도서관에서 빌려온 책들이 있는 곳으로 걸어갔다. 그러고 나서 중간 정도로 두꺼운 책을 집어들었다. 『마르크스 신화』란 제목은 무언가 그럴 듯해 보였다. 그는 다시 소파에 앉아 그 책을 읽기 시작했다. 그러고 나서 다른 책들도 읽었다. 나중에는 가장 두꺼운 책도 꺼리지 않았다. 책은 알텐바흐가 상상했던 것보다 흥미로웠다. 예를 들어 그는 두꺼운 책을 읽으며 마르크스가 통속적이고 음탕한 말을 즐겨 썼다는 사실을 알게 되었다. 철학가 마르크스는 복잡하고 불분명한 표현을 좋아했다. 특히 실제 아주 간단한 내용도 자신의 말장난을 이해하지 못하는 사람들에게 뭔가를 보여주기 위해 일부러 복잡하게 표현했다. 그리고 나서 그는 엥겔스와 함께 사람들의 무지를 비웃었다. 반면 그러지 못하는 경우에는 가능한 한 상스럽고 서속한 어휘를 사용해 경직된 부르주아 속물들을 사극했다. 이 또한 성공하기만 한다면 정말 유쾌한 일이 아닐 수 없었다.

알텐바흐는 마르크스가 쓴 편지에서 "빌어먹을"이란 말이 그가 쓴 책의 "자본"이란 말만큼이나 자주 등장한다는 사실을 알게 되었다. 이는 순수 공산주의 교리의 최고신에게 조금의 인간적인 면모를 갖게 했다. 그리고 이런 독특한 문체는 알텐바흐가 이미 일기에서도 확인한 바였다.

밤 11시가 조금 지났을 무렵 래디가 전화를 걸었다. 전화벨이 울렸을 때 알텐바흐는 마침 그를 걱정하고 있었다.

"별일 없지?"

알텐바흐는 걱정스러운 듯 물었다.

"물론이지! 내 중심을 다시 찾으려고 저녁 내내 명상을 했지. 좀 혼란스러웠어."

래디는 늦어서야 전화를 거는 이유를 설명하며 친구를 칭찬했다.

"그걸 눈치 챌 만큼 예민한 줄은 몰랐는걸!"

"그러니까 그게……."

알텐바흐는 말을 더듬었다.

"솔직히 말하면 네 마음이 혼란스러운 건 알아채지 못했어. 단지 오늘 나한테 정말 이상한 일들이 일어나서 혹시 너도 그 난리를 당했는지 몰라서."

알텐바흐는 래디에게 자신이 오후와 저녁에 겪은 일들을 짧게 이야기한 뒤 다시 한 번 물었다.

"정말 아무 문제 없었어? 모르는 사람이 찾아오거나 이상한 일이 없었냐고."

래디는 부인했다.

"그런 일 없었어. 근데 네 얘긴 내 예감을 입증하고 있어. 그 물건은 정말 보통이 아니라고!"

"어쨌든 모든 게 그 일기 때문이라고 생각해. 그렇지 않다면 내가 뭐 그리 대단하다고 여자들이 몰려들겠어?!"

알텐바흐는 농담을 했다.

래디는 웃으며 맞받아쳤다.

"만약 그들이 찾는 것이 네가 아니라 나한테 있다는 걸 안다면 내 그것도 한번 뜨거워지겠는걸!"

"우와! 래디! 너한테 그런 말 듣는 것도 정말 오랜만이야!"

알텐바흐는 마음을 놓았다.

"여자들이 너를 금욕에 빼앗긴 줄로만 알았는데, 보아하니 무언가 꿈틀거리는 것이 아직 있나 보군."

"그만 하자!"

래디는 알텐바흐를 말리고 다시 심각해졌다.

"일기에 관한 건 걱정하지 않아도 돼. 일기를 빼앗으려는 놈은 내가 절대로 가만두지 않을 테니까!"

"결국 이렇게까지 됐군."

알텐바흐는 래디의 제안을 물리쳤다.

"아냐. 일기는 내일 아무 은행 금고에라도 넣어둬야겠어. 왜 처음부터 그 생각을 못했는지 몰라."

"뭐가 그렇게 급해?"

래디는 항의했다.

"우선 내가 좀더 읽고 싶어. 그리고 이곳은 안전하니까 상관없어. 내 그림 액자 뒤에 숨겨두었거든. 아무도 찾아낼 수 없다고! 은행처럼 안전해!"

"그래도 며칠 동안 내가 가지고 있는 것이 좋을 것 같아. 나도 다시 한 번 읽고 싶어. 그리고 다음에는 은행에서 만나 함께 읽을 수 있잖아."

알텐바흐는 래디와 은행 지하실에 앉아 일기장에 코를 박고 있는 모습을 상상하자 즐거웠다.

"그래, 내가 너한테 읽어줄게."

래디가 제안했다.

"그거 정말 좋은 생각이다."

알텐바흐는 래디의 제안을 반겼다.

"방금 마르크스에 대해 읽었는데 말이야. 정말 자식이 많았더군. 하녀 사이에도 아들이 한 명 있었고…… 물론 자신의 아들이 아니라고 부인했지만."

"와!"

래디는 이 사이로 휘파람을 불었다.

"정말 재밌는데."

"그래. 그 사실을 아는 사람은 마르크스와 하녀밖에 없었어. 그리고 또 다른 한 사람……."

알텐바흐는 잠시 긴장감을 높이기 위해 하던 말을 멈추었다.

"칼 마르크스의 가장 친한 친구 프리드리히 엥겔스. 엥겔스는 이 공산주의의 선구자에게 생활비만 대준 게 아니었어. 하녀와의 사이에서 낳은 아이의 부권도 떠맡았지!"

"잠깐만. 조금 천천히 말해봐!"

래디는 알텐바흐의 말을 금방 이해하지 못했다.

"마르크스는 절친했던 엥겔스와 몇 년 동안 매일 편지를 주고받았고 거의 모든 책을 함께 썼어. 그리고 런던에서는 아주 가까운 곳에 살았지. 자본가의 아들이었던 엥겔스는 돈을 많이 벌었고 나중에는 수백 만에 달하는 유산을 상속받아. 그는 오랜 세월 동안 마르크스를 먹여 살렸지. 이 두 공산주의자들은 자본가의 공장에서 나오는 이익 배당으로 살았던 거야!"

알텐바흐는 잔에 든 스카치 한 모금을 마신 뒤 말을 이었다.

"마르크스의 일곱 아이 가운데 네 명만 어른이 되었는데, 그네 명 중 두 명은 자살했어. 두 아들과 세 딸은 일찍 병으로 사망했고. 마르크스는 그 때문에 많이 괴로워했지. 그는 항상 아들을 원했거든."

"19세기는 여전히 남자가 가부장인 사회였으니까."

래디가 의견을 말했다.

"그래. 게다가 마르크스는 상당한 남성 우월주의자였던 것 같아."

알텐바흐는 설명했다.

"그는 비록 제니 폰 베스트팔렌과 결혼해 삼십 년 이상을 함께 살았지만 그녀를 속이고 여러 번 바람을 피웠어. 마르크스와 엥겔스는 모두 술꾼이었고 같이 사창가에 드나들었지. 마르크스는 스스로 '정력이 강하다'고 자랑했어. 엥겔스는 자식이 하나도 없는데 자신은 아이들이 수두룩했기 때문이야."

"그래서 엥겔스가 마르크스와 하녀가 낳은 자식의 부권을 떠맡았단 말이야?"

"꼭 그랬던 건 아니야."

알텐바흐는 적절한 표현을 찾느라 부심했다.

"마르크스는 하녀와 관계를 가지고 어리석게도 아이를 배게 했지. 그는 이 사실을 계속 숨겨오다가 그만 애를 지울 수 있는 때를 놓쳐버렸던 거야. 마르크스는 아내에게 자신의 외도를 숨기기 위해 엥겔스에게 부권을 부탁했지. 하녀도 이 거짓말에 어느 정도 자발적으로 참여했는데 아마 그녀의 입장에서는 별 다른 도리가 없었기 때문이었을 거야."

"뭐, 나쁘지는 않은걸. 만약 엥겔스가 아이를 잘 돌보았다면……."

래디는 이 이례적인 타협을 이해했다.

"그런데 그게 아니었어. 비록 엥겔스는 부양비를 대주었지만 프레데릭은 아비의 얼굴을 한 번도 보지 못했어. 진짜 아비도 가짜 아비도. 아이는 양부모 밑에서 자라며 하인들이 드나드는 문을 통해서만 생모를 만날 수 있었지."

"가혹한 풍습이었군!"

"우리가 사회의 정의 문제에서 도덕의 권위(authority)라고 기억하는 마르크스가 그랬다는 것은 아주 특기할 만한 부분이지."

알텐바흐는 이야기를 결론지었다.

"그건 잃어버린 아들에 대해 쓴 부분과 잘 맞아떨어지는데."

래디가 기억해 냈다.

"그래서 네게 그 이야기를 해준 거야."

알텐바흐는 설명했다.

"지금 그 부분을 읽어주었으면 좋겠어."

그러고 나서 빨리 말을 이었다.

"물론 네가 원한다면 말이지."

"물론이지!"

래디는 대답했다.

"이제부터 진짜 재밌어지겠는걸!"

    알텐바흐는 래디가 수화기를 내려놓고 작업실을 가로질러 뛰어가더니 무언가를 바닥에서 미는 소리를 들었다. 조금 뒤 래디는 다시 수화기를 들었다.

    "잠깐만 기다려. 금방 찾을게."

    그는 수화기를 머리와 어깨 사이에 끼고 일기를 펼쳤다.

    "여기 있다! 바로 여기야! 자, 그럼 잘 들어봐!"

아들을 갖고 싶었다

아들을 갖고 싶었다. 아버지처럼. 내가 되지 못한 모든 것을 아들이 이루어주길 바랐다. 나의 이상을 실현시킬 아들을. 이상적인 아들을 갖고 싶었다.

나의 두 아들은 모두 죽었다. 나는 원하지 않은 아들이 있었다. 그러면서 나는 늘 아들이 있기를 바랐다. 마치 형제가 있기를 바랐던 것처럼. 나는 원하지 않은 두 형제가 있었고 내 형제가 아닌 형제가 있었다. 나는 두 아버지가 있었다. 한 아버지는 나의 아버지였고 너무 일찍 세상을 떠났다. 또 한 아버지는 어쩌면 나를 아들로 삼길 바랐던, 그러나 나의 장인이 된 아버지였다. 내가 스스로를 속여 실망시킨 아버지와 당신의 딸을 속여 실망시킨 아버지였다.

나는 아버지의 하나밖에 없는 아들이었다. 여덟 남매 중에서 아들은 셋이었다. 그러나 아버지의 아들은 나뿐이었다. 헤르만은 어머니의 귀염둥이였다. 그는 스물셋의 나이에 어머니의 품속에서 평온하게 잠들었다. 어머니의 헌신적인 보살핌을 받으며 어머니의 눈물과 가슴에 파묻힌 채.

헤르만은 5년 전 어머니의 과잉 보호에서 벗어나 죽음으로 도망친 에두아르트의 뒤를 이었다. 겨우 열세 살이었던 에두아르트는 어머니의 애정을 더 이상 견디지 못했다. 그는 아버지한테 인정받기를 원했다. 아버지의 기대를 바랐다. 아버지의 꾸지람을 원했다. 그러나 아버지는 언제나 부드러웠다. 아버지는 내가 집안의 가장이 되길 원했다. 내가 남자가 되기를 바랐다. 그러나 제발 시인만은 되지 않기를 바랐다. 집안의 주인. 통치자. 지배자.

그래서 아버지는 내가 명망 높은 베스트팔렌 가문과 가까이 지내는 것을 좋아했다. 내가 아버지로부터 못 받는 것을 고급 관리인 루트비히 폰 베스트팔렌 남작에게 받는 것을 기뻐했다. 아버지는 그가 나에게 인생이 무엇인지 가르쳐주기를 바랐다. 세상을 보여주기를 바랐다. 아버지가 되어주기를 바랐다.

반면 나의 아버지는 내 안에 감춰진 것을 보여주기도 전에 도망쳐버렸다. 세상을 떠나버리고 말았다. 에두아르트와 헤르만의 뒤를 쫓아갔다. 청소와 코를 푸는 일밖에는 할 줄 모르는 지독하게 순진하고 지독하게 단순한 어머니 옆에 혼자 있기를 원하지 않았다. 어머니가 아버지에게 떠맡긴 여덟 자식 중 진짜 아들은 하나뿐이었다. 아버지의 남자다움을 이을 사람은 바로 나였다. 존재하지 않는 아버지의 남자다움을.

아버지는 유대인이었다. 그는 정부가 바뀌고 유대인으로 사는 것이 위험해지자 신앙을 배반했다. 프랑스 사람들이 떠나고 프로이센 사람들이 들이닥치자 아버지는 프로테스탄트가 되었다.

"군주가 자기 영토의 종교를 결정한다(Cuius regio, eius religio)."

아버지는 마치 옷을 갈아입듯 신념을 저버렸다. 빌어먹을 유대인! 빌어먹을 프로이센! 신은 그가 순간 필요로 하는 것, 그 이상도 그 이하도 아니었다. 야훼가 필요하면 야훼가 되고, 예수가 필요하면 예수가 되었다. 아버지는 급여명세서에 따라 자신의 신앙을 만들어냈다. 그의 의식이 그의 존재를 결정했다. 종교란 그에게 아편이 아니라 출세를 위한 방편이었다. 권력으로부터 자신을 지키는 보호막이었다. 빌어먹을!

아버지는 모든 권력자들의 시녀였다. 그는 신념을 굽히지 않을 기개를 가진 적이 한 번도 없었다. 그는 국가를 위해 일했다. 어떤 국가인지는 중요하지 않았다. 신을 섬겼다. 어떤 신인지는 상관없었다. 그리고 여자를. 어떤 여자인지는 아무래도 괜찮았다. 아버지의 여자는 실패였다. 그는 어머니를 경멸했다. 어머니를 부끄러워했다. 어머니는 문장을 제대로 말하는 데도 서툴렀다. 그녀의 얼굴에는 무식이 그대로 드러났다. 다른 사람들은 자신을 시중드는 하녀가 있었다. 아버지는 당신이 시중드는 여자가 있었다. 불쌍한 아버지.

나는 아무도 시중들지 않았다. 아무도. 국가도. 아내도. 가족도. 그리고 혁명도. 나는 시중이나 드는 남자가 아니었다. 그보다는 지배자였다. 분위기를 주도하는 허풍선이였다. 말 많은 떠버리였다. 실패자였다. 나는 스스로 한 약속을 하나도 지키지 못했다.

왜 나는 아들이 한 명도 없었나? 아니면 아들을 도울 용기가 없었나? 왜 착하고 어린 헬레네가 낳은 사생아가 내 아들이라고 말할 용기가 없었나? 나는 언제나 충실했다. 그러나 아비로서는 실패했다. 늘 그랬다. 생명을 태어나게 할 수는 있어도 지키지는 못했다.

어린 폭스는 한 살도 되지 못했다. 나는 그를 살려낼 수 없었다.

무쉬는 여덟 살에 죽었다. 이 무슨 비참인가. 나의 일부가 아이와 함께 죽었다. 나는 무쉬가 이상적인 아들이 될 거라고 생각했었다. 그런데 그가 죽었다.

무쉬 다음은 또 딸이었다. 딸은 이미 둘이나 있었다. 프란치스카는 자신이 필요 없는 존재란 사실을 깨닫고 13개월밖에 살지 않았다. 그리고 일곱 번째 아이가 태어났다. 엘레아노르였다. 세상에 태어나 제일 먼저 죽음을 경험했다. 어미를 알아보기도 전에 이미 죽음의 신과 대면했다. 그러나 죽음의 신은 엘레아노르 대신 그녀의 오빠를 데려갔다. 세 번째 계집아이를 놔두고 하나밖에 없는 사내아이를 뺏어갔다. 생후 11주인 엘레아노르는 살고 여덟 살의 무쉬는 죽었다. 우리가 "계집"이라고 부른 엘레아노르는 그때부터 인생의 무거운 짐을 져야만 했다. 어미의 아픔을. 아비의 아픔을. 잃어버린 아들로 인한 나의 고통을. 나의 아버지가 그랬듯이 내 짐을 계승할 기회를 잃은 괴로움을.

엘레아노르는 자신이 해야 할 일이 무엇인지 알았다. 그녀는 스스로 짐을 지고 자신이 원하지 않은 아들 노릇을 했다. 그러나 불평은 하지 않았다. 아무튼 나에게는 그랬다. 그녀는 설움을 안으로만 삼켰고 얼마 지나지 않아 아무것도 목구멍으로 넘길 수 없게 되었다. 엘레아노르는 점점 말라갔다. 그녀의 몸은 옷보다 가벼웠다. 하지만 불평하지 않았다. 내가 나의 일과 책임과 근심을 지워도 그녀는 나를 원망하지 않았다. 엘레아노르는 자신이 할 수 있는 한 나를 도와주었다. 내가 살 수 있도록 나를 위해 살았다. 내가 글을 쓸 수 있도록. 나의 아버지의 이상을 남길 수 있도록. 그녀 역시 자신의 아버지의 이상을 위해 살았다. 자신의 아버지. 그 아버지가 원하는 아들이 되기 위해.

그녀는 그 아버지에게 아들이 있었다는 사실을 몰랐다. 그녀가 태어나기 이미 3년 전부터 사회의 어둠 속에 존재했다는 사실을. 그녀가 태어나 처음으로 속임을 당했을 때 이미 3년 이상 부인된 사실을. 그녀는 여섯 번째가 아니라 일곱 번째 아이였다.

그녀는 이 사실을 너무 늦게 알게 됐다. 자신이 철저하게 기만당했음을 깨달았다. 자신의 아버지에 의해. 자신이 모든 것을 바친 아버지가 그녀를 속였다.

이 아버지는 깊은 죄책감 때문에 자백하는 일을 두려워했다. 그래서 거짓말을 했다. 거짓말은 꼬리에 꼬리를 물고 점점 더 큰 거짓말이 되었다. 거짓으로 꾸민 진실을 주장했다. 의심을 살 만한 것을 모두 차단했지만 이는 오히려 더 큰 의심을 불러일으켰다. 하지만 그는 진실보다 거짓을 말하는 쪽이 낫다고 생각했다.

나는 무정하고 어리석은 바보였다! 30년간 나는 부스럼, 치질, 두통, 치통, 목 통증으로 괴로워했다. 만약 과감히 진실을 털어놓았다면 어쩌면 편안한 인생을 살았을지 모른다. 하지만 그 빌어먹을 거짓말은 나를 끝까지 붙잡고 놓아주지 않았다. 나를 꼼짝 못하게 만들어버렸다. 거짓말 때문에 나는 병이 났고 아무 일도 할 수가 없었다. 나는 아들이 있었지만 그를 사랑하지 않았다.

나의 아들은 내가 누운 관 위에 한 삽의 흙을 뿌릴 때 서른한 살이었다. 그는 우리가 침묵한 이유를 알고 있었을 것이다. 그의 존재는 터부였다. 이것은 비록 그를 잔인한 침묵에 가두었지만 그는 잘 견뎌냈을 것이다. 아버지의 요구를 묵묵히 실행했을 것이다. 그는 아버지의 집에 들어가기 위해 하인들이 사용하는 문을 몰래 이용했다. 집 뒤편 계단을 통해 가만히 부엌으로 들어갔다. 그는 부엌 구석에 앉아 오랫동안 참고 기다렸다. 어머니가 아버지의 시중을 들고 돌아올 때까지 조용히 기다렸다. 그리고 다른 방에서 들려오는 누이들의 웃음소리에 가만히 귀를 기울였다. 그러나 그들은 그의 누이가 될 수 없었다. 그는 아무 말 없이 식탁에 앉아 자신의 아버지와 자신의 어머니가 아닌 여자와 누이들이 남긴 식은 음식을 먹었다.

프레데릭. 헬레네는 그를 이렇게 불렀다. 헨리 프레데릭. 사람들은 그를 프레디라고 불렀다. 그의 이름은 어설픈 위장에 불과했다. 헬레네는 그를 찰스라고 부를 수도 있었다. 그렇다고 배반의 정도가 작아지는 것은 아니었다.

마음만 먹으면 금방 눈치 챌 수 있었다. 그는 누가 보아도 칼 마르크스의 아들이었다. 이름이란 껍데기에 불과하다. 이름은 상부구조다. 토대에서는 그의 아버지가 누구인지 알 수 있었다. 그것은 모두가 주장했듯이 장군도 아니고 프리드리히 엥겔스도 아니었다. 그것은 무어인 오셀로였다. 나의 아들. 나의 사생아. 나의 치욕.

눈, 코, 머리, 체격. 그 어떤 것도 프리드리히 엥겔스와 닮은 것이 없었다. 어미의 이마를 빼고는 닮은 점이 없었다. 하지만 그는 어미의 사랑을 받았다. 나에게 받은 것은 멸시, 부정(否定), 거짓, 거절뿐이었다.

그리고 장군에게는 돈을 받았다. 엥겔스는 어려울 때 나를 구원해 주었다. 우리가 받은 학문의 사명을 다하기 위해 그는 나를 돈으로 자유롭게 해주었다. 세상의 이치를 발견하는 데 어린아이가 무슨 대수인가. 세계 혁명을 위하는 데 어린 녀석이 무슨 대수인가.

프레데릭은 양부모의 따뜻한 보살핌 속에서 컸다. 생모도 만날 수 있었고 사는 데 필요한 돈도 넉넉했다. 무엇을 더 바라겠는가? 아이는 잘 자라고 있었다.

우리 모두 희생자였다. 우리는 최소한 그렇게 생각했다.

나는 무엇보다도 다른 사람들을 희생시켰다. 나 스스로를 희생시킨 적은 거의 없었다. 희생할 필요 없는 나의 건강을 희생시켰다. 건강은 실패의 짐으로부터 나를 지켰을 뿐이었는데……. 나는 내가 글로 쓴 것을 위해 희생한 것이 너무 크다는 사실을 알아챘다. 큰 일에서 앞으로 다시는 성취할 수 없을 것을 작은 일에서 이루지 못했음을 알아차렸다. 이에 비하면 종기는 거의 축복이나 다름없었다.

엥겔스는 내 아들의 아버지가 되어주었다. 그는 단 1초도 주저하지 않았다. 빌어먹을 우정 때문에. 엥겔스는 받들었다. 진실보다 고귀한 것을. 학문을 받들었다. 혁명을. 유물사관을. 그렇다면 자기 새끼가 아닌 아이의 아비도 되어줄 수 있었다. 자식이 없는 경우는 더 그렇다. 모든 아이는 아버지가 필요하다. 아버지가 있다는 사실이 중요하다. 그리고 모든 아이는 아버지가 있다. 진짜든 가짜든 중요하지 않다. 아버지는 아버지다. 돈을 주는 동안은 아무도 불평하지 않는다.

이는 물론 우리의 사상과는 거리가 멀었다. 그러나 현실은 우리를 악하게 만들었다. 만약 누군가 원하는 일을 자유롭게 할 수 없다면 그의 행동은 비난받아선 안 된다. 반(反)사회적인 사회가 바꾸어야 한다.

우리는 그렇게 생각했고 그렇게 글을 썼으며 그렇게 행동하려고 했다. 하지만 우리는 생각만 할 뿐이었다. 그리고 사회적 속박에 순응했다. 런던의 귀족과 베스트팔렌 가문이 초대되는 파티에 가기 위해 노력했다. 우리는 영국으로 망명한 독일의 상류 지식인들처럼 행동했다. 이들은 상속을 받은 돈으로 살면서 공산주의적 사상은 수용하지만 공산주의적 생활 방식은 바로 받아들이기를 거부했다.

나는 우리가 익숙한 생활 수준을 유지하는 데만도 힘이 들었다.

만약 엥겔스가 없었다면 우리는 여러 해 샴페인, 포트와인, 거위 간 파이 없이 성탄절을 보낼 뻔했다. 우리의 신분에 상상할 수 없는 일이다! 그런 희생은 너무도 컸을 것이다. 엥겔스는 구호 물품 꾸러미를 보내 우리가 그런 수치를 당하지 않도록 해주었다. 그뿐 아니라 내가 다른 불명예도 모면할 수 있도록 도와주었다. 다름 아닌 내가 거부한 부권이었다.

하녀와의 사이에 낳은 사생아. 이것은 얼마나 큰 스캔들인가! 제니는 나를 절대 용서하지 않았을 것이다. 그녀를 위해서라도 나는 거짓말 할 수밖에 없었다. 다른 사람들은 보통 이상으로 흥분했을 것이다. 이미 사람들은 마르크스 가(家)를 많이 봐주고 있었다. 내가 내세운 많은 주장은 말 실수로 가볍게 흘려들었다. 그것은 별로 흥미롭지도 않았다. 마치 도발적인 옷의 장식과 같았다. 색다른걸! 독특해, 안 그래? 정말 대담해! 재밌어! 사람들은 이렇게 서로 속삭이며 나를 용서했다.

그러나 살아 있는 부도덕의 증거는 어느 누구도 용서하지 않았을 것이다. 나는 소외당하고 우리 집안은 망했을 것이다. 우리 가족은 화목한 시민의 겉모양을 지켜야 했다. 우리 계급에서는 허상이 인식을 결정한다. 그것이 돈이든 기만적 허상이든 상관없다.

이에 비해 엥겔스의 상황은 더 간단했다. 그는 미혼이었다. 게다가 사람들은 그가 글도 모르는 아일랜드 무산자 계급의 메리 번스와 함께 사는 것을 못마땅하게 여기고 있었다. 그러나 엥겔스는 돈이 있었다. 그는 늘 그랬듯이 돈으로 사면을 받을 수 있었다. 돈 때문에 그는 자유로웠다. 사람들의 불평을 잠재우기 위해 엥겔스는 번스에게 집을 사주었다. 그녀는 왼쪽 집에서 그는 오른쪽 집에서 살았다. 사람들의 불만은 곧바로 잠잠해졌다. 부르주아의 외양이 다시 회복되었고 사람들은 등 뒤에서 수군거렸다. 이제 엥겔스는 자신의 가장 친한 친구의 하녀에게 아이까지 배게 했다. 하지만 그것은 더 이상 중요하지 않았다. 신분에 어울리지 않는 여자와 동거하는 일과 신분에 어울리지 않는 여자가 사생아를 낳게 하는 일은 크게 다르지 않았다.

그리고 그는 자신이 저지른 잘못을 돈으로 보상했다. 번스에게는 집을 사주었고 프레데릭에게는 생활비를 주었다. 당연히 신분에 적합한 보상이었다. 번스는 작은 집을, 프레데릭은 약간의 생활비를 받았다. 프레데릭은 받을 만큼 받은 것이다. 하녀의 사생아는 많이 받을 자격이 없기 때문이다. 재생산에 겨우 필요한 만큼만 받았다. 그것은 무료 숙식이었다. 그는 딘 스트리트에 사는 생모를 만날 수 있었지만 함께 살아서는 안 되었다. 진짜든 가짜든 아버지의 얼굴은 한 번도 본 적이 없었다. 거의 없었다. 그저 멀리서 지나치며 볼 수 있을 뿐이었다.

학교 교육? 언제부터 하층 아이가 개인 교습을 받았나? 프레데릭의 교환가치는 같은 계급에 속한 다른 아이들의 교환가치보다 더 높지 않았다. 그렇지만 그는 적어도 읽기와 쓰기를 배울 수 있었다. 이는 다른 아이들보다 훨씬 많은 것을 공부한 것이었다. 나중에 그는 정식 교육을 받고 노동자들이 주로 사는 해크니에서 기술자가 되었다. 만약 엥겔스의 도움이 없었더라면 그는 아마도 선착장의 일꾼이나 공원의 술 취한 노숙자가 되었을 것이다. 나처럼 말이다. 그러나 프레데릭은 일정하게 받는 돈으로 안정된 노동자의 생활 터전을 마련할 수 있었다.

마음이 여린 엘레아노르는 엥겔스를 원망했다. 그를 비정하다며 욕했다. 백만장자의 아들은 다른 삶을 살 권리가 있다고 요구했다. 공교롭게도 엘레아노르와 프레데릭은 친구가 되었다. 아들 노릇을 하던 그녀와 아들로서 거부당한 그가. 두 사람 사이에는 무언가 통하는 것이 있었다. 하지만 이들은 자신들의 몸속에 흐르는 피 사이에 어떤 관계가 있는지 몰랐다.

엘레아노르는 내 양심의 짐까지 짊어지고 프레데릭에 대해 알 수 없는 죄책감을 느꼈다. 그녀는 자신이 누리는 행복을 그와 나누려고 했다. 하지만 그들은 이미 그녀의 불행을 나누고 있었다. 피를 나눈 몸과 상처받은 영혼을.

하지만 진실을 아는 사람은 아무도 없었다. 아무도 알아서는 안 되었다. 엘레아노르 역시 그것을 알려고 하지 않았다. 어느 순간부터 그녀는 진실보다 거짓이 더 좋았다. 분열은 견딜 수 없을 것 같았다. 엥겔스는 그 분열과 살 수는 있었지만 죽을 수는 없었다. 그는 거짓의 짐을 무덤까지 가져가고 싶지 않았다. 진실을 드러내고 싶었다. 후두암에 걸려 말할 수 없게 되었을 때 그는 해서는 안 될 말을 했다. 그는 평생 동안 침묵한 것을 마침내 말하려 했다. 그러나 지금까지 그의 정신이 막은 것을 이제는 그의 육체가 거부했다.

그러나 영혼은 진실을 향한 길을 발견했다.

"프레데릭은 칼 마르크스의 아들이다."

엘레아노르가 지켜보는 가운데 엥겔스는 숨을 거두기 직전 이렇게 석판에 썼다. 엘레아노르는 도저히 이해할 수 없있다. 믿을 수 없었다. 그리고 정신을 잃었다. 통곡했다. 마음이 무너졌다. 그녀는 40년 동안 거짓과 함께 살아왔다. 이유도 모른 채 괴로워하며 살아왔다. 40년 동안 아버지를 존경했다. 아버지는 그녀의 우상이었다. 그녀가 춤을 추며 숭배했던 황금 송아지는 보잘것없는 가짜로, 악마의 속임수로 드러났다. 장막은 찢어졌다. 거짓의 아편은 더 이상 효능을 발휘하지 못했다. 망상의 환각은 사라지고 남은 것은 한갓 깨질 듯한 두통, 구토, 고통뿐이었다.

엘레아노르는 진실의 사자(使者)를 거짓말쟁이라며 욕했다. 거짓말의 공범을 사기꾼이라며 욕했다. 구원자를 죄인이라고, 자비로운 사람을 비정한 사람이라고, 자백하는 자를 헐뜯는 자라며 욕을 퍼부었다.

하지만 진실은 더 이상 부정될 수 없었다. 엘레아노르도 부인할 수 없었다. 그녀는 40년의 세월을 살아오는 동안 이상적인 아들로서 나의 이상을 실현시키길 바랐고 딸로서 아버지를 이상화했다. 그중 마지막 12년은 철저했다. 그녀는 마르크스 신화가 탄생하는 데 기여했다. 그를 음해하는 편지들을 없애고, 오해의 소지가 있는 글을 모두 태워버렸다. 아버지의 이상을 실현하기 위해 진실을 조작했다. 못난 아버지를 빛내기 위해 현실을 감추었다.

"프레데릭은 칼 마르크스의 아들이다."

이 몇 마디의 말은 그녀의 환상을 깨뜨렸다. 이 말은 마르크스의 아이가 여섯이 아니라 40년 동안이나 줄곧 일곱이었음을 폭로했다. 이 말은 해서는 안 될 말을 끄집어냈다. 아이는 여섯이 아닌 일곱이었다. 이 말은 그녀의 눈동자 속으로 소리 없이 소리쳤다. 그녀의 가슴 깊숙이 소리 없이 파고들어 심장에 꽂혔다. 아들이 있었다. 그 이름은 엘레아노르가 아니었다. 계집이라 불린 아들이 아니었다. 대리 아들이 아닌 진짜 아들이었다.

만약 아버지가 자신이 낳은 생명을 살릴 용기만 있었다면, 그가 시작한 일을 계속할 용기만 있었다면 그녀는 이 모든 짐을 절대로 질 필요가 없었을 것이다. 그러나 그는 세상의 이치를 끝내 설명하지 못했듯이 자신의 부권도 완성하지 못했다.

『자본론』은 내가 (수십 년의 설명 작업 이후) 완성시키지 못한 채 정돈되지 않은 한 더미의 생각이 분출된 것이다. 엘레아노르와 엥겔스는 그것을 정리했다. 나의 아들은 수십 년의 사정(射精) 작업 이후 사랑 없는 한 움큼의 정액이 배출한 것이었다. 그러나 이를 엘레아노르와 엥겔스는 더 이상 치우려 하지 않았다. 엘레아노르는 40년 동안 나의 정신적 후계자였다. 이는 그녀가 스스로 원했던 것이었다. 이제 그녀는 3년 동안 나의 육체적 상속 부채와 싸웠다. 진실이 세상에 알려질 위기에 처하자 그녀는 스스로 죽음을 선택했다.

그녀는 거짓말을 무덤까지 가지고 갔다. 그러나 하마터면 진실이 영원히 거짓말이 될 뻔했다. 하지만 흙은 흙으로, 재는 재로 그리고 진실은 언젠가 다시 진실로 돌아간다. 진실의 유령은 땅 속에서 소리 없이 일어나 종이에 쓰인 말로 부활했다. 바로 엥겔스의 하녀 루이제가 쓴 기록이었다. 그녀가 프레데릭의 생모가 마르크스의 하녀 헬레네라는 비밀을 알게 된 것이었다. 시민 계급의 기만적인 제도를 무너뜨린 것은 프롤레타리아가 받아쓴 글이었다.

루이제 프라이베르거는 이 진실을 독일 노동자 운동의 지휘자에게 쓴 편지에서 몰래 밝혔다. 그리고 지휘자 역시 이 사실을 비밀에 부쳤다. 수십 년이 흐른 뒤 루이제의 편지를 연구한 학자들은 숨겨졌던 진실을 발견했다. 편지와 일기의 모든 공백에서 진실은 외치고 있었다. 모든 사진 속에서 소리 지르고 있었다. 그리고 진실은 마침내 목소리를 내어 이미 오래전에 했어야 할 말을 꺼냈다.

"엘레아노르는 나다."

나는 말했다. 나는 그 아이를 사랑했다. 그녀를 믿었다. 그녀는 나를 닮았다. 그녀가 장자로서 정당한 상속자가 되기를 바랐다. 하지만 그녀는 막내딸로서 부당한 상속자에 의해 운명의 나락으로 떨어졌다.

엘레아노르는 아들이 될 수 없었다. 아들이 아니었던 그녀는 더 이상 아들이기를 바라지 않았다. 진정한 아버지는 존재하지 않았다는 사실을 더 이상 견딜 필요가 없었다. 진짜 아들은 하나였다는 사실을. 그는 기분 나쁜 존재여서 은폐돼야 했다. 그는 우리 모두보다 오래 살았다. 만약 내가 그를 받아들였다면 그는 어쩌면 해냈을지도 모른다.

　나에게는 일곱 명의 아이가 있었고 아들은 한 명뿐이었다. 나의 아버지와 비슷하다. 불쌍한 늙은이. 기독교인이 된 유대인 기회주의자. 이상의 배신자. 나 역시 내 이상을 배신했다. 나 역시 진짜 아들이 있었다. 그런데 나는 다른 누구도 아닌 그를 부인했다. 하필 나의 아들을 부인했다. 그렇게도 갖고 싶던 아들을.

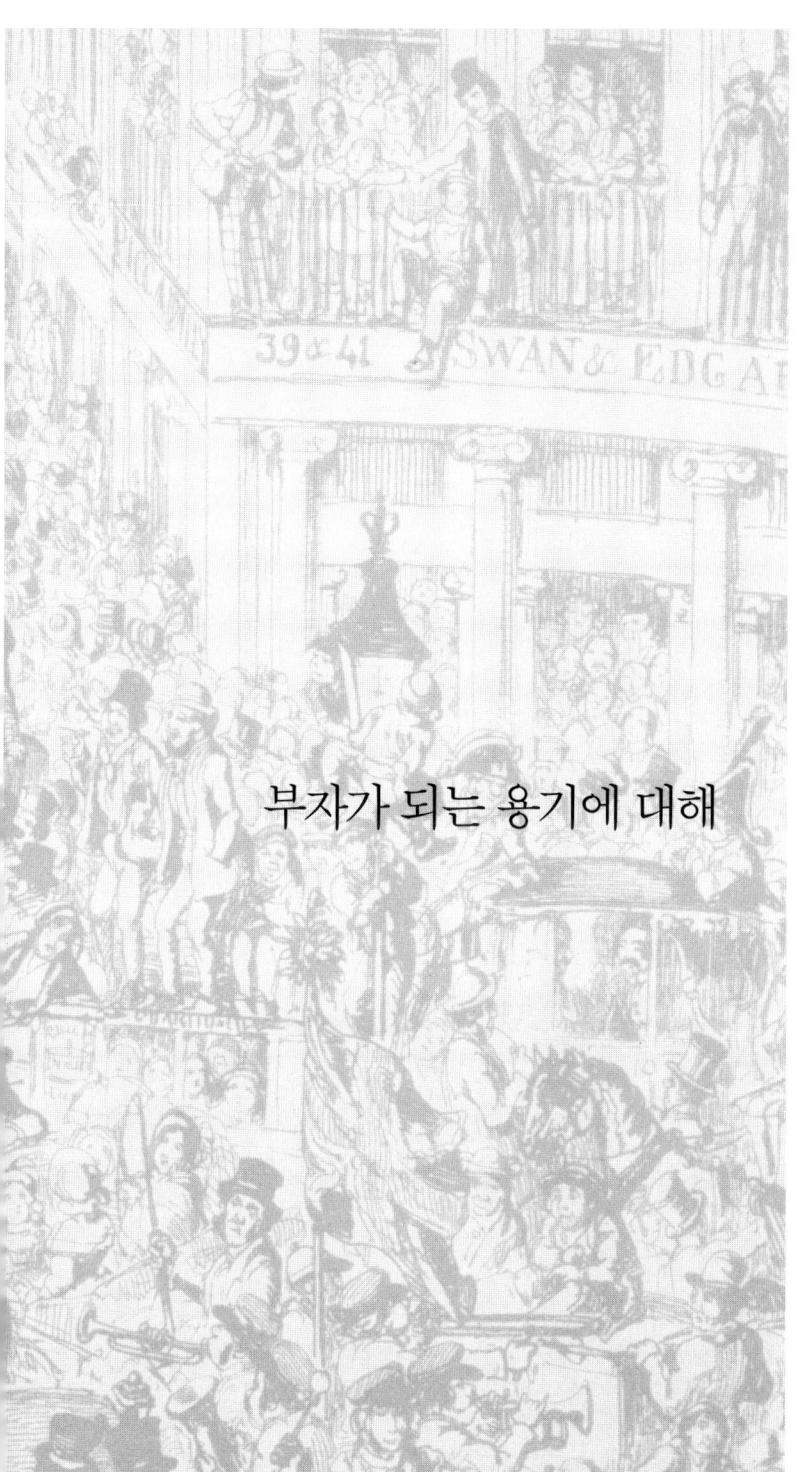

부자가 되는 용기에 대해

셈하지 않는 사람은 쓸모가 없다. 셈할 수 없는 사람은 돈벌이를 못한다. 돈을 치르지 못하는 사람은 값어치가 없다. 셈하지 않는 사람은 영영 돈을 내지 못한다.

늦은 밤까지 래디와 통화한 알텐바흐는 그 다음날 아침 피곤한 몸으로 편집실에 나타났다. 이들에게는 일기와 마르크스 전기를 비교하는 일이 그만큼 중요했다. 물론 이것으로 증명된 것은 아무것도 없었지만 지금까지는 일기가 주장하는 내용이 모두 맞는 것 같아 보였다.

"이건 진짜야."

래디가 결론짓듯 말했다.

"아니면 완벽하게 위조된 것이든지."

알텐바흐는 이의를 제기했다.

래디와 알텐바흐는 어느 순간 피곤을 이기지 못하자 어차피 그날 밤 안에 모든 것을 확인할 수 없다고 판단하고 눈을 조금이라도 붙이는 게 좋겠다는 결론을 내렸다. 래디는 일기를 며칠 더 가지고 있고 싶다고 말했다.

"여긴 안전해. 그리고 밤에 갑자기 궁금한 것이 생겨도 은행 금고에 넣어두면 꺼내볼 수가 없잖아."

무엇보다 래디의 마지막 말은 설득력 있게 들렸다. 알텐바흐는 일기를 안전한 은행 금고에 넣기 전까지 시간을 좀더 두기로 결심했다.

"하지만 래디, 만약 KGB 같은 스파이가 일기를 추적하고 있다면 일기는 네가 가지고 있으면 안 돼!"

래디는 이에 대해 스파이는 은행 금고를 털면 털었지 가난뱅이 화가의 작업실은 털지 않는다며 맞섰지만 알텐바흐는 며칠 뒤 일기를 가져가겠다고 고집했다.

다음날 아침이 되어서야 알텐바흐는 래디에게 사회복지사 일은 어떻게 돼가는지, 노숙자들을 돌보는 일은 이미 시작했는지 물어보려던 것을 깜박 잊었다는 사실을 깨달았다. 하지만 그것은 다음번 전화할 때 물어보면 된다. 오늘은 무슨 일이 있어도 텔레비전 사회자의 전화번호를 확인하는 작업에 다시 몰두해야 한다. 수상한 두 번호를 좀더 자세히 알아보고 싶었기 때문이다. 그러기 위해서는 텔레콤과 여러 관청에서 일하는

'친구들'에게 연락해 반(半)합법적인 방법으로 개인 정보를 캐내야 할 뿐 아니라, 예전부터 알고 지내온 사창가의 사람들도 만나봐야 했다.

한년 년심부 회의는 늘 그렇듯이 지루하기 짝이 없었다. 각 관힐 국장들은 내키지 않는다는 듯이 자신들에 익숙한 언생만 벌일 뿐이었다. 광고가 다시 줄어서 할당할 편집상의 쪽수가 많지 않기 때문이었다. 사실 진짜 문제는 자산 유지였다. 사람들은 어느 분야가 가장 적게 잘리느냐를 가지고 싸움을 벌였다.

알텐바흐는 이런 소란을 냉담하게 방관했다. 편집장이 그를 보고 곧 기사가 나오는지 궁금한 표정을 짓자 그는 지루한 얼굴로 고개를 끄덕였다.

"아마 다음 주쯤이면 멋진 스캔들 제목이 뜰 겁니다. 섹스, 범죄, 마약 그리고 로큰롤. 그야말로 없는 게 없지요."

"미리 맛이라도 보게 해줄 수 없나?"

편집장은 호기심에 가득 차서 물었다.

알텐바흐는 고개를 흔들었다.

"전 핵심을 알기 전에는 정보를 누설하지 않는다는 걸 모릅니까?"

회의가 끝난 후 알텐바흐는 뜨거운 커피 한 잔을 들고 자신의 사무실로 돌아가 작업에 다시 착수했다. 그런데 어찌된 까닭인지 어제의 일이 자꾸만 머릿속에 떠올랐다.

누가 그 세 여자를 보냈을까? 그들은 함부르크 변두리의 어느 여자 깡패 조직에 속한 걸까? 아니다. 그들은 세련된 차림새였다. 그리고 그를 붙잡아두기 위해서라면 그런 수고까지 들일 필요는 없었다. 더 간단한 방법으로도 충분히 가능한 일이었다. 문츠부르크 타워 아파트에는 모두 500세대가 살고 있었다. 단지 현금이나 은수저를 훔치기 위해서라면 왜 하필 그의 집일까? 그는 현금도 은수저도 없었다.

아니다. 그들은 무언가 특정한 것을 찾고 있었다. 그것은 어쩌면 그 일기였을지 모른다. 일기의 존재를 알고 관심을 둘 만한 사람이 누구일까?

찰리. 그는 찰리에게 전화를 걸기로 했다. 알텐바흐가 《아스파라거스》 편집부 전화번호를 누르자 비서와 연결되었다.

"단젤로 양 부탁하오."

그는 바로 이탈리아 억양을 흉내 내며 말했다.

"단젤로 씨는 지금 미팅 중이신데요. 무슨 일로 찾으세요?"

"이봐 아가씨, 단젤로 씨 미팅은 곧 끝나."

알텐바흐는 차갑게 응답했다. 그는 여자 비서와 말장난 할 기분이 아니었다. 그의 말에는 가시가 돋쳐 있었다.

"나와 얘기하려 할 거요! 볼프가 전화했다고만 전하시오. 얼른!"

잔뜩 주눅이 든 비서는 아무 대꾸도 하지 못하고 대기 버튼을 눌렀다. 몇 초 동안 음악이 흘러나온 뒤 딸각거리는 소리와 함께 찰리의 목소리가 수화기 저편에서 들렸다.

"볼프강 알텐바흐! 우리 직원들에게 횡포 부리지 말아요!"

찰리가 소리 질렀다.

"그럼 직원들을 시켜 나에게 횡포 부리지 말아, 찰리!"

알텐바흐도 소리쳤다.

"바로 그 때문에 전화하는 거라고."

"내가 직원들을 시켜 당신에게 횡포를 부린다고요?"

찰리는 믿을 수 없다는 듯이 웃었다.

"도대체 제가 어떻게 그런다는 거죠?"

"순진한 척하지 마! 자네가 칼 마르크스의 일기를 갖기 위해 무슨 짓이라도 할 수 있다는 걸 알아."

"이봐요, 당신. 첫째, 난 당신이 일기를 갖고 있지 않다고 생각했어요. 그리고 둘째, 난 무슨 짓이라도 할 수 있는 사람이 아니에요. 셋째, 난 그런 더러운 부랑자의 노트에 전혀 관심이 없어요."

수화기를 통해 들리는 찰리의 목소리는 지독한 악의로 차 있었다. 정말 정 떨어지는 여자다. 그를 당신이라고 부른 것만으로도 그랬다. 알텐바흐는 잠시 몸을 떨었지만 곧 흔들리지 않기로 결심했다.

"불과 그제까지만 해도 그 더러운 부랑자의 노트를 돈으로 산다고 했잖아."

"당신이 거절한 돈이죠. 우리한테는 다행이고 당신한테는 불행이었지만…… 그런 큰 돈은 아마 그런 쓰레기의 값으로 평생

만져볼 수 없을걸요!"

찰리는 다시 호의적인 독설을 퍼부었다.

"그렇다면 자네의 제안은 이제 무효인가?"

"바로 그래요."

찰리의 목소리는 차가웠다. 전화선이 얼어붙는 느낌이었다.

"무엇 때문에 심경이 급변했는지 말해줄 수 있나?"

"심경의 급변은 적절한 표현이 아닙니다. 수석 기자님! 저는 비록 여자지만 기분에 따라 결정을 내리지 않아요. 제 나름의 생각에 따라요. 그리고 실제적인 근거에 따라 전문적인 결정을 내려요."

찰리의 기분은 최상인 것 같았다. 하지만 알텐바흐는 아직 포기하지 않았다.

"정말 멋진 말이지만 유감스럽게도 내 질문에 대한 대답은 아니군."

그는 굽히지 않고 다시 한 번 말했다.

"왜 일기에 대한 관심이 줄었지?"

"준 게 아니라 없어진 거라고요! 옛날에는 좀더 정확한 표현 능력이 있는 줄 알았는데요!"

찰리는 지지 않았다. 옹졸한 것은 예전에도 그녀의 약점이었다. 그것은 유감스럽게도 그녀의 장점으로 잘못 해석되곤 했다.

"그럼 원하는 대답을 해드리지요. 그 일기는 잘못됐어요. 쓸 모없는 거라고요. 어설픈 가짜예요."

"위조일 가능성은 거의 없어. 어느 누구도 히틀러의 일기가 실패한 지금 그런 똑같은 수고는 하지 않아. 왜냐하면 아주 까다로운 심사가 있다는 걸 알기 때문이지."

알텐바흐는 이틀 전 이 이론을 제기한 사람이 찰리였음을 상기했다. 그러나 찰리가 무엇을 더 알고 있는지, 왜 관심이 없어진 것인지 알고 싶은 사람은 이제 알텐바흐 그 자신이었다.

"그렇다면 자신이 칼 마르크스라고 생각하는 어느 미친 사람이 썼겠죠."

찰리가 대답했다.

"그 출판업자가……."

"됐어요, 볼프. 알아요. 하지만 그 일기는 가짜예요."

찰리는 알텐바흐의 말을 사정없이 막아버렸다.

"그리고 이젠 그 바보 같은 일로 절 괴롭히지 말아주세요!"

찰리는 평소대로 말이 끝나기가 무섭게 인사도 하지 않고 전화를 끊어버렸다. 당황한 알텐바흐는 수화기를 멍하니 쳐다보았다.

무슨 일이었을까? 악몽? 48시간 전 일기에 대한 대가로 50만 유로를 제안받았었다. 그리고 만약 일기가 진짜로 판명되면 300만 유로를 더 받을 수 있었다. 그런데 지금은 마치 숙제를 제대로 안 한 어린애마냥 꾸지람만 들었다.

찰리는 왜 관심을 버렸을까? 정말 일기를 읽은 것일까? 정말 컴퓨터의 사본을 가진 것일까?

그것은 충분히 가능한 일이었다. 어쩌면 빈의 출판업자는 찰리가 알텐바흐에게 했던 제안만큼의 액수를 받고 사본을 넘겨주었을지도 모른다. 간편하고 빠르게. 좋다. 여기까지는 가능하다.

그러고 나서 찰리는 전문가들로 이루어진 팀을 구성해 일기를 검토하게 했다. 이들은 짧은 시간 안에 일기의 오류를 찾아냈다. 이것도 가능한 일이다. 그런데 과연 무엇이 잘못인가? 찰리는 왜 그것이 원본을 베낄 때 생긴 실수일지도 모른다고 생각하지 않을까? 만약 그렇다면 찰리는 원본을 필요로 했다. 그리고 그것은 래디가 가지고 있다.

두 번째 궁금한 것은 시간이었다. 찰리는 언제부터 관심이 없어진 걸까? 어제부터? 그렇다면 그 세 아가씨는 제삼자의 사주를 받은 것일까? 아니면 찰리의 사주를 받기는 했으나 실패했고, 오늘 아침 일기가 가짜라고 판단한 찰리는 이제 모든 것이 상관없다고 생각하는 걸까?

세 번째로 궁금한 것은 알텐바흐가 가장 고민하는 문제였다. 찰리는 정말로 관심이 없는 걸까? 아니면 단지 그를 불안하게 하기 위해 그런 척하는 걸까? 이 또한 기자들이 고집 센 상대방에게서 정보를 캐내기 위해 즐겨 쓰는 잔꾀 중 하나였다. 관심도 버리고 질문도 하지 않는다. 아니면 상대방에게 아무것도 모르면서 기만한다는 책임을 덮어씌운다. 그러면 대부분의 사람은 마치 마술에 걸린 듯 단지 자신도 무슨 할 말이 있다는 걸 증명하기 위해 입을 열기 시작한다.

만약 사실이 그렇다면 찰리는 명백한 판정승을 거두었다. 어쨌든 이제 알텐바흐는 처음 통화 때보다 일기에 대한 더 많은 관심뿐 아니라 어쩌면 그 일기를 가지고 있을지도 모른다는 확신을 찰리에게 준 꼴이 되었기 때문이다. 지난번에 그는 이 사실을 강하게 부인했었다. 반면 찰리는 어떤 정보도 흘린 것이 없었다.

알텐바흐는 자신이 전화를 건 사실에 대해 화가 났다. 그는 이제 이 재수 없는 일기에서 손을 떼고 자신의 원래 일에 다시 전념할 것이다. 어차피 그렇게 마음먹고 있었다. 빌어먹을 마르크스!

구내식당에서 점심을 먹던 알텐바흐 옆에 갑자기 출판사 책임자인 바인 박사가 와서 앉았다. 알텐바흐는 가자미와 구운 감자를 먹다가 놀라서 그를 올려다보았다.

"식사하는 데 방해했다면 미안하네. 자네와 얘기하고 싶은 것이 있어서……."

바인 박사는 용건을 말하기 시작했다. 알텐바흐는 출판사 책임자가 그를 자신의 방으로 부르거나 그의 방으로 찾아오지 않은 사실이 이상하게 여겨졌다.

"잡지의 내용은 내가 간섭할 일이 아니지. 내가 할 일은 자네가 없앨 돈을 벌어들이는 거지."

바인 박사는 케케묵은 우스갯소리를 하며 낄낄거렸다. 알텐바흐는 예의상 미소를 지어주었다.

"그래서 난 절대 참견하지 않겠어. 우리 잡지에 유익하다면 자네가 원하는 것은 무엇이든 써도 돼."

하르트무트 바인 박사는 기사 선정에 관한 한 자신의 의견을 절제하지 않는 것은 물론이려니와 평소 비굴한 편도 아니었다. 간혹 그의 입김으로 광고주의 비위를 맞추기 위해 커버스토리를 시시껄렁한 이야기로 바꿔버린 일도 있었다. 외부에는 당연히 사실과 다르게 알려졌다. 그럴 때 어느 편집장의 입에서 내부 사정이 새어나온다면 아마 죽음을 면치 못했을지도 모른다.

때문에 알텐바흐는 바인 박사가 이제 무슨 말을 할지 몰라 두 배로 긴장하고 있었다. 그는 냅킨으로 입가를 닦고 난 뒤 디저트를 먹기 시작했다. 그다지 특별할 것 없는 귤 요구르트 크림은 구내식당 디저트 중에서는 그래도 괜찮은 편에 속했다.

"솔직히 말씀해 보세요. 어떻게 도와드릴까요? 할 수만 있다면 기꺼이 해드리죠."

알텐바흐는 최대한 친절하게 말했다. 사실 그는 바인 박사가 어떤 기사를 원하는지 별 관심이 없었다.

바인 박사는 입을 비죽거리며 적당한 표현을 생각해내려 고민했다.

"내가 생각하기에 우리는 현재 전후 가장 어려운 경제난을 겪고 있어. 그래서 독일 주요 언론 중 하나인 우리가 국민의 사기를 북돋고 침체된 사회 분위기를 전환시키는 데 한몫을 해야 한다고 보네."

알텐바흐는 디저트를 한 숟가락씩 떠먹을 때마다 바인 박사의 현 국가 상황에 대한 연설에 귀를 기울이며 마음속으로는 과연 어떤 광고주에 관한 것일까 자신과 내기를 걸었다. 바인 박사는 무언가 특별하고 (그리고 물론!) 긍정적인 기사를 실어 광고주가 더 큰 광고 시리즈를 의뢰하기를 바랄 것이다. 알텐바흐가 바닥에 남은 귤 요구르트 크림을 긁고 있을 때 마침내 바인 박사는 본론에 들어갔다.

"보도 쉐퍼를 아시오?"

"그 경제……."

알텐바흐는 자칫 잘못해 경제에 미친놈이라고 말할 뻔했다. 그러나 재빨리 완곡한 표현을 생각해냈다.

"흠…… 그 재정 컨설턴트 말입니까? 얘기는 많이 들었습니다."

바인 박사는 의자에 가만히 앉아 있지 못하고 이리저리 몸을 흔들었다. 흥분한 그는 알텐바흐가 식사를 마친 것을 알아챘다.

"아, 커피 한잔 하겠나? 잠깐 기다리게. 내가 가져오지. 설탕? 프림?"

"블랙으로요. 그리고 설탕은 여기 있습니다."

알텐바흐가 대답했다.

몇 분 뒤 바인 박사는 커피 두 잔과 케이크 한 접시를 들고 와 식탁 위에 올려놓았다.

"식당 카드가 없어서 하마터면 오백 유로짜리 지폐로 계산할 뻔했네. 근데 계산대 아가씨가 나를 알아보고 외상을 걸어줬지."

바인 박사는 자신의 모험담을 들려주었다.

"큰일 날 뻔했네. 오백 유로짜리 지폐는 절대 쓰면 안 되거든."

"지갑 속에 있는데 쓰면 안 된다니요?"

"그렇다네. 이건 보도 쉐퍼의 조언인데 내가 벌써 몇 년째 따르고 있어. 그러니까 옛날에는 천 마르크짜리 지폐였고 지금은 오백 유로짜리지."

"그러면 뭐가 굴러온답니까?"

알텐바흐가 물었다.

"중요한 건 부자란 느낌을 갖는 거야. 지갑 속 오백 유로면 무엇이든 살 수 있어. 하지만 실제로는 아무것도 사지 않아."

"아무것도 살 수 없으면서 부자라고 느낀다고요?"

알텐바흐는 그 논리를 이해할 수 없었다. 그것은 행복감이라기보다는 고문처럼 들렸다. 마치 담배를 주머니 안에 갖고 있으면서도 피우지 못하는 것과 같았다. 흡사 탄탈로스의 고통처럼. 가득 채워진 냉장고 앞에서 굶는 것과 같았다. 시원한 맥주 한 박스를 앞에 두고 목말라 죽는 것과 같았다.

"맞아. 그렇게 해서 물건보다 돈을 사랑하는 방법을 훈련하는 거야. 소비보다 부를 더 소중히 여기는 거지."

바인 박사는 열광했다.

"이게 바로 보도 쉐퍼에게 배운 거야."

"아, 예."

알텐바흐는 실수로 평소보다 많은 설탕을 커피에 쏟고 말았다. 그러고 나서 단지 아무 말도 하지 않기 위해 들척지근한 커피를 억지로 마셔댔다.

"아무튼 보도 쉐퍼에게 고마운 것이 한두 가지가 아니야. 그 사람이 내 인생을 완전히 뒤바꿔놓았어. 돈에 대한 내 가치관은 완전히 변했어. 옛날에는 돈을 버는 것이 두려웠지만 이젠 부자가 될 수 있다는 자신감이 생겼어!"

알텐바흐는 머리가 혼란스러워 바인 박사의 말을 이해하기가 어려웠다.

"사람은 자신의 인생을 주도할 수 있도록 준비해야 해. 부자가 되는 준비가 필요해. 행복을 바라야 해. 그러면 원하는 것을 얻을 수 있어."

알텐바흐는 기침 발작이 일어나는 것을 겨우 억눌렀다.

그리고 마침내 다시 진정하자 바인 박사는 그를 웃으며 바라보았다.

"그래. 그걸 믿기란 쉽지 않을 거야. 하지만 나는 직접 경험했어. 난 평범한 집안에서 자랐거든. 자식들을 모두 학교에 보내기 위해 어머니는 청소부일을 하셨지. 나는 가난했고 언제까지나 그럴 거라고 생각했어. 하지만 지금은 더 이상 일할 필요가 없을 만큼 부자야. 비록 주식 폭락을 당한 적도 있지만 ……."

바인 박사는 꿈을 꾸는 듯이 식당 창 밖을 내다보았다.

"……앞으로 몇 년 만 더 있으면 해낼 수 있어."

"다시는 일을 하지 않는다고요?"

알텐바흐는 일하지 않는 인생을 상상할 수 없었다.

"난 아프리카의 고릴라를 위해 일할 거야. 고릴라가 멸종 위기에 처해 있다는 사실을 알고 있나?"

알텐바흐는 고개를 흔들었다. 그러고 나서 일부러 시계를 쳐다보았다. 사실 그는 박사가 자신에게 도대체 무엇을 원하는지 아직도 알아차리지 못하고 있었다. 그런 그의 제스처는 효과가 있었다.

"아, 미안하네. 붙잡고 있으려 했던 건 아니었네. 그냥 보도 쉐퍼를 일주일 동안 《슈투름》 칼럼을 위해 잡을 수 있지 않을까 해서…… 아주 괜찮을 거 같아. 분명 우리 경제에도 좋고 우리 잡지에도 그렇고."

알텐바흐는 이해했다. 보통 출판사 책임자는 내용 선정에 영향력을 행사할 수 없어서 가벼운 대화를 통해 자신의 의견에 대한 동조를 모았다. 그래야 편집회의에서 어느 관할국장이 의견을 내어놓으면 충분한 찬성표를 얻을 수 있기 때문이었다. 그다지 좋은 방법은 아니지만 정당했다.

"쉐퍼가 광고를 내는 건 아니겠죠?"

"유감스럽게도 아니야. 그의 출판사도 그런 데 쓸 돈은 항상 없다고 하지. 그렇지만 그 테마는 중요하고……."

바인 박사는 하던 말을 중단했다.

"그렇다면 그 훌륭한 사람이 쓴 게 뭔지 한번 알아보죠. 어쩌면 내 인생까지 바꾸어놓을지 모르니까."

알텐바흐는 약속했다.

"하지만 지금은 다시 제 책상 앞에 앉아야겠습니다. 돈을 벌려면 아직은 일해야 하니까. 실례하겠습니다!"

알텐바흐는 미소를 지으며 일어나 바인 박사에게 다시 한 번 상냥하게 고개를 끄덕인 뒤 식당을 나갔다. 미쳤군! 그렇게 할 일이 없나. 그러나 문 앞에 다다른 알텐바흐에게 갑자기 떠오르는 생각이 있었다. 그는 다시 바인 박사 쪽으로 걸어갔다. 박사는 마침 식기를 반납하는 곳에 서 있었다.

"저, 폴크만은 어떻게 됐죠?"

"토마스 폴크만?"

바인 박사는 놀라며 말했다. 그러나 곧 며칠 전 알텐바흐 사무실에서 있던 상황을 기억해 낸 듯했다.

"뭐, 텔레비전 프로그램 부록 쪽으로 강등시켜버렸어. 아마 녀석도 눈치 챘을 거야."

바인 박사는 쟁반을 반송대 위에 내려놓고 사용한 냅킨은 쓰레기통 안에 던졌다.

"그런데 어제 여길 그만뒀다는 보고를 받았네. 가톨릭 통신사에서 오라는 제의를 받았는데 수습 기한을 채우지 않아도 바로 편집자로 일할 수 있다고 했다던데."

바인 박사는 눈썹을 실룩거렸다.

"참, 말릴 수도 없고…… 이 나라에선 누구든지 사표를 낼 수 있으니까. 여기서 회사 비밀 엄수 저기서 회사 비밀 엄수…… 그 사람 바티칸 티브이인가 뭐 그런 거 하고 있을 걸세. 자세한 말은 안 하더군."

"바티칸 티브이라. 정말 재미있군요!"

알텐바흐는 새로운 정보에 대한 논평을 말한 뒤 다시 한 번 확인했다.

"그럼 지금은 이곳에 없겠군요."

"그렇지. 뮌헨에 있는 걸로 알고 있네만…… 아니면 로마인가? 사실 잘 몰라. 자네가 그걸 꼭 알아야 하나?"

"아, 아니요."

알텐바흐는 손을 내저었다.

"그냥 물어본 것뿐이에요."

✳

저녁이 되었을 때 알텐바흐는 결국 래디에게 갔다. 사실은 일기를 가지러 간 것이었지만 그 외에도 일기와 이날 일어난 이상한 일에 대해 몰래 이야기할 사람이 필요했다. 찰리와의 통화에 대해 래디는 알텐바흐와 같은 생각이었다.

"그녀는 널 속인 거야. 이제 네가 무릎 꿇고 일기를 바치기만 바랄걸. '제발 오십 만 유로라도 줘. 나머지 삼백 만은 바라지도 않아.' 뭐, 이런 식이겠지. 너는 절대로 그래선 안 돼. 알겠지?"

알텐바흐는 고개를 끄덕였다. 그렇다. 그는 절대 그러지 않을 것이다. 그는 부자가 되기 위한 용기가 없다. 그냥 원하기만 했어도 그는 너무도 쉽게 부자가 될 수 있었다. 부랑자의 거지 같은 노트 값이 50만 유로. 게다가 경우에 따라 300만 유로를 더 받을 수 있었다. 그러나 그는 "아니요"라고 말했다. 그는 정말로 훌륭한 재정 컨설턴트가 필요했다.

바인 박사가 한 말에 대해서 래디는 별로 말이 없었다.

"그 천 마르크 지폐 이야기는 보도 쉐퍼의 마케팅 술수에 지나지 않아. 나도 들어본 적 있어. 정말 교활해. 그걸 지갑 속에 넣고 다닐 능력이 있는 사람이나 그러고 싶은 사람은 모두 잘난 척하면서 보도 쉐퍼의 이름을 팔고 다니는 거지."

격분한 래디는 너무 흥분한 나머지 몸을 떨었다.

"이보다 좋은 선전이 또 어디 있겠어? 사람들이 모인 곳마다 온통 그 얘기잖아. 이런 방법으로 그는 스스로 유명해진 거야. 그냥 책만 팔았다면 별 볼일 없었을 테지. 그런데 만약 지갑을 열 때마다 보도 쉐퍼가 눈에 보인다면…… 윽, 재수 없어! 차라리 털보 칼 마르크스가 신분의 상징과 트레이드마크인 게 더 호감이 가겠어!"

"폴크만은 어떻게 생각해?"

알텐바흐는 정확히 겨냥하여 물었다.

"왜 하필 가톨릭 쪽으로 갔느냔 거지?"

래디는 그의 질문을 고쳤다. 알텐바흐는 고개를 끄덕거렸다.

"문제야 그가 지원서에 무엇을 첨부했느냐는 거지. 만약 그 안에 일기의 일부가 들어 있었다면 끝장이야."

래디는 종이 한 장을 공처럼 구겨서 3미터 떨어진 쓰레기통으로 던졌다. 종이는 높은 타원을 그리며 쓰레기통 위에 설치된 장난감 농구 골대를 통과해 쓰레기통 안으로 떨어졌다. 순간 보이지 않는 스피커에서 컴퓨터 시뮬레이션 환호 소리가 들려왔다. 당황한 래디는 히죽 웃었다.

"장난감이야. 상품으로 탔어."

"상품으로 탔다고?"

"응. 오늘 월마트에 갔었는데 주차장에서 동전을 빼려고 쇼핑카트를 모으는 노숙자들과 얘기를 나눴어. 그리고 이건 어느 커피 회사가 경품으로 준 거고."

갑자기 알텐바흐는 농구 골대에 대한 관심이 사라졌다. 이제 그는 슈퍼마켓 주차장에 대해서 더 알고 싶었다.

"노숙자들과 얘기했다고? 어떻게 그럴 생각을 했는지 묻지 않아도 되겠지?"

"물론이지. 내가 왜 그랬는지는 당연하잖아! 록펠러 이야기에서 영감이 떠올랐어. 하지만 주차장에 있던 녀석은 한때 마약 상습자였던 놈이야. 지금은 헤어나오려고 노력 중이지. 석유업계의 실세는 아니었어!"

"그리고? 또 알아낸 것은 없어?"

"아직은. 단지 록펠러에 관한 부분이 이 일기에서 가장 흥미롭다는 것만 빼면."

"오케이. 오케이. 알겠어."

알텐바흐는 두 손을 들어올리고 장난스럽게 항복했다.

"네가 읽어줘. 네 말이 맞아. 나는 일기에서 무슨 일이 일어났는지 더 이상 몰라. 자, 시작해!"

록펠러의 숫자놀이

악몽이다. 인생은 한갓 숫자놀음이다. 한갓 수학에 불과하다. 빌어먹을 계산 문제다. 사람들은 모든 것을 환산한다. 모든 인생을 숫자로 바꾸어버린다. 계산되지 않는 것은 아무것도 없다. 돈으로 환산되지 않는 것은 아무것도 없다. 투자될 수 없는 것은 아무것도 없다. 투기될 수 없는 것은 아무것도 없다. 세금이 부과되지 않는 것은 아무것도 없다.

금전적 가치가 있는 이익에도 세금은 부과된다. 금전적 가치가 있는 이익이란 무엇인가? 누군가 다른 사람에게 미소를 보내는 것이 금전적 가치가 있는 이익인가? 미소는 어떤 화폐보다 가치가 있다. 미소에 대한 세금은 어떻게 내는가? 인생의 값은 얼마인가? 자식 한 명의 값은 집 한 채의 값에 맞먹는다. 성장한 자녀가 셋이면 집 세 채를 가진 것과 같다. 단지 이자가 높을 뿐이다. 물론 자녀가 부모의 노후를 책임진다면 말이다. 집은 그럴 수 없다. 하지만 집은 팔 수 있다. 그리고 간병인을 살 수 있다. 하지만 비싸다. 연금 생활자는 자식을 키우는 만큼 돈이 든다. 어쩌면 더 들지도 모른다. 병든 연금 생활자는 자식보다 비싸다. 병에 걸리는 일은 어른이 되는 일보다 비싸다. 양로원은 공장만큼 돈이 든다. 단지 연 수익률이 나쁠 뿐이다.

사는 것은 죽는 것만큼이나 비싸다. 사느냐 죽느냐의 문제는 이미 오래전에 끝났다. 문제는 숫자다. 셈하지 않는 사람은 쓸모가 없다. 셈할 수 없는 사람은 돈벌이를 못한다. 돈을 치르지 못하는 사람은 값어치가 없다. 셈하지 않는 사람은 영영 돈을 내지 못한다. 봉급날. 예금 지급일. 얼굴 아니면 숫자. 동전은 던져졌다. 이것을 깨닫지 못할 뿐이다.

슬기로운 사람이면 이것으로 이득을 취할 수 있다. 자본은 취하는 것이다. 자본은 어루만지거나 입 맞추는 것이 아니다. 자본은 잡는 것이다. 이것이 자본의 속성이다. 이득은 이득이 나올 만한 곳에서 힘으로 얻어진다.

뒤통수를 살짝 치면 자본이 늘어난다.

록펠러는 패배한 부류에 속한다. 그는 뒤통수가 깨진 일이 없었다. 비록 돈을 버는 법은 정확히 알았지만 돈 말고는 얻은 것이 아무것도 없었다. 그리고 바보같이 그 돈을 어떻게 써야 할지 몰랐다. 자기 돈으로 무엇을 해야 할지 몰랐다! 그는 돈으로 더 많은 돈을 버는 일밖에 몰랐다. 그래서 더 많은 돈을 벌었다. 그는 인류 역사상 가장 큰 부자였다. 예나 지금이나 미국에는 록펠러 같은 부자가 없다. 그렇다면 그는 정녕 행복했을까?

아니다. 돈이 행복의 전부는 아니기 때문이다. 3,000만 달러를 가진 사람은 3,100만 달러를 가진 사람만큼 행복할 수 있다. 그런데 록펠러는 9억 달러를 가지고 있었다. 이 정도라면 충분히 행복할 수 있다. 9,000만 달러를 가진 것만큼 말이다. 하지만 록펠러는 9,000만이 아니라 9억 달러가 있었다. 현재의 가치로 따진다면 대략 1,900억 달러다. 상상해 보라! 1,900억이다.

그 정도면 1,900억 개의 쇼핑카트 칩을 사서 1,900억 개의 쇼핑카트를 타고 슈퍼마켓을 누빌 수 있다. 아니면 1,900억 일 동안 매일 한 개의 쇼핑카트를 빌려 쓰고 되돌려줄 필요가 없다.

단, 10억 일 동안 쇼핑카트를 쓰다가 혹 죽기라도 하면 나머지 1,890억 개의 쇼핑카트를 상속자에게 물려주어야 한다. 그건 정말 재수 없는 일이다.

이 밖에도 1년 동안 매일 알래스카의 주민 한 사람씩을 슈퍼마켓에 보내 쇼핑카트를 태워주거나 주차장에 있는 노숙자에게 쇼핑한 물건을 차에 싣도록 하고 이 친절한 사람에게 그 수고의 대가로 쇼핑 칩을 포함한 쇼핑카트를 넘겨줄 수도 있다. 그렇다면 알래스카에 사는 1,900억 명의 노숙자에게 각각 1달러씩 기부한 셈이 된다.

하지만 이는 어리석은 일이다. 알래스카에는 그렇게 많은 노숙자가 없기 때문이다. 알래스카의 주민은 고작 5,000명에 불과하다.

사실 세상의 모든 노숙자를 합해도 1,900억 명이 되는지도 알 수 없다. 아마 안 될 것이다. 세계 인구는 단지 60억 명 정도이기 때문이다. 만약 모든 사람이 한 개의 쇼핑카트를 가진다고 해도 여전히 1,840억 개가 남는다.

1,900억 달러. 록펠러는 자신의 재산을 모든 사람에게 공평하게 나누어줄 수 있었다. 한 사람이 31달러씩 받아도 그는 40억 달러가 남는다. 그에게는 용돈 정도의 돈이다. 언제든지 원하는 것을 무엇이든 살 수 있다. 그리고 여전히 매일매일 슈퍼마켓에 가서 맘껏 쇼핑카트를 가질 수 있다.

그런데 그 바보는 지금 무엇을 하나?

그는 발슈타트에 있는 월마트 주차장에 서 있다. 발슈타트는 만하임과 가깝고, 만하임은 프랑크푸르트와 가깝다. 또 프랑크푸르트는 파리와 가까운 대도시다. 유럽의 수도며 세계의 중심이라고 말할 수 있다. 단, 록펠러 주니어가 뉴욕에 록펠러 센터를 짓지 않았다면 말이다. 그래서 오늘날 많은 사람들이 뉴욕을 세계의 수도라고 생각하지 않는다면 말이다. 왜냐하면 세계에서 가장 돈 많은 부자의 아들이 그곳에 도시 속의 자기 도시를 세웠기 때문이다.

록펠러 센터에는 모두 21개의 고층 빌딩이 밀집해 있다. 각 빌딩에는 사무실 외에 수많은 상점이 들어서 있다. 그곳에 많은 쇼핑카트가 있다는 사실은 물어보나마나다. 록펠러 센터는 매우 인기 있는 쇼핑센터다. 그곳에는 사무실, 레스토랑, 상점 외에 아주 멋진

'낮은 정원(Sunken Garden)' 이란 광장이 있다. 록펠러 센터에서 일하는 20만 명의 사람들은 이곳에서 한여름의 햇볕을 즐긴다. 겨울에는 스케이트장이 만들어지고 크리스마스에는 20미터 높이의 성탄절 트리가 세워진다. 하지만 노숙자는 아마 별로 없을 것이다.

때문에 록펠러는 발슈타트에 살고 있다. 그는 매일 아침 월마트가 문을 여는 때에 맞추어 일어난다. 비록 정직원은 아니지만 가장 먼저 주차장에 서서 손님을 기다린다.

그는 의욕이 넘친다. 항상 즐겁다. 매일 기분이 좋다. 늘 긍정적으로 사고한다. 자신이 하는 만큼 좋은 하루가 된다는 사실을 안다. 오늘은 좋은 하루가 될 거다. 그는 생각한다. 오늘은 다른 어느 날보다 좋은 하루가 될 거다. 그는 생각한다. 오늘을 좋은 날로 만들 거다. 그는 자신과 약속한다. 오늘을 다른 어느 날보다 좋은 날로 만들 거다. 그는 예언한다.

첫 고객이 가득 채워진 쇼핑카트를 몰고 슈퍼마켓을 나오면 그는 자신 있는 눈빛과 미소를 지으며 그에게 다가가 친절하게 그러나 단호하게 도움을 주어도 되는지 묻는다. 그의 외모는 말끔하다. 머리는 짧게 깎았고 콧수염은 잘 정돈해 빗질했다. 그는 깨끗한 면바지와 하늘색 셔츠를 입는다. 그는 자신이 원하기만 하면 언제 어디서든 일할 수 있는 사람처럼 보인다. 그는 게으른 사람처럼 보이지 않는다. 그는 믿을 만하게 생겼다.

사람들은 그에게 기꺼이 도움을 청한다. 그렇게 해서 그를 돕고 싶다는 생각이 드는 것도 이유 중의 하나다. 사람들은 일이 그를 기쁘게 만든다고 믿는다. 일은 그를 자유롭게 한다. 일은 그에게 새로운 정체성을 준다. 사람들은 그에게 흔쾌히 쇼핑카트를 내준다. 그리고 록펠러는 자신의 외모만큼 그들의 기대에 보답한다. 아스팔트 위에서 규정에 따라 카트를 운전한다. 울퉁불퉁한 길에서도 맥주 박스는 흔들리지 않는다. 돌멩이 때문에 잼 병이 서로 부딪히는 일은 절대 없다. 작은 먼지도 요구르트 병위에 내려앉지 않는다.

고객의 차에 이르면 그는 날렵하게 카트의 물건과 음료수 박스를 트렁크 안에 싣는다. 종이 박스는 능숙한 솜씨로 구석으로 밀어넣고 쇼핑백은 선견지명을 가지고 차가 달릴 때 움직이거나 흔들리지 않도록 잘 정리한다. 고객은 무척 감동한다.

"여기서 일하세요?"

사람들은 이렇게 곧잘 묻는다.

록펠러는 조용히 고개만 흔든다. 그는 이 일로 사람들의 시선을 끌지 않는다. 그는 모든 것을 아낀다. 말도 아낀다. 그리고 그 침묵의 깊은 곳에서 가장 어리석은 자도 그의 몰락한 영혼을 발견한다. 이 부지런한 남자는 땡전 한 푼이라도 더 벌기 위해 갖은 노력을 한다. 그는 아무것도 가진 게 없다. 일도, 집도, 돈도 없다. 그가 가진 것이라곤 하나밖에 없다. 바로 규율이다. 생존을 위한 규율.

"쇼핑카트는 갖다놓으시고 그 안의 일 유로는 가지셔도 돼요." 깊이 감동한 고객은 그를 이렇게 위로했다. 비록 마음속으로는 더 큰 돈을 주고 싶지만 이 부지런한 남자에게 상처를 주고 싶지 않다.

너무 큰 기부금을 주어 그의 마음이 상처 입는 것을 바라지 않는다.

저녁이 되어 슈퍼마켓 문이 닫히면 록펠러도 그곳을 떠난다. 그는 영업 지역의 무(無)로 사라진다. 주머니 안에는 동전이 가득하다. 어떤 때는 40유로, 어떤 때는 50유로다. 이것이 그의 일당이다.

한때 그는 돈이 더 없던 적도 있다.

그는 아주 가난한 집안의 여섯 자녀 중 하나로 태어났다. 시골을 전전하던 그의 아버지는 아내에게 손찌검을 가하는 폭군이었고 여러 첩을 두기도 했다. 그는 돌팔이 의사와 잡상인으로 돈을 벌었다. 행상을 하다가 간혹 의사 행세를 하며 알 수 없는 음식 찌꺼기를 값비싼 약이라고 속여 팔았다. 어린 존 록펠러는 웃음을 모르고 자랐다. 농부였던 그의 어머니는 자식들을 독실한 신앙으로 키워냈다. 아이들의 뒤통수를 무수히 때리면서 말이다.

존은 이미 어릴 때 이웃집에서 돈을 벌었다. 자기 힘으로 번 돈이었다. 존은 이 돈을 저축했다. 12살에 50달러를 모았다. 이것은 우리가 생각하는 것보다 큰 돈이다. 오늘의 어린이라면 만 달러를 모아야 한다.

그런데 그는 이 돈으로 무엇을 했나? 맞다. 더 많은 돈을 벌었다.

그는 자신이 가진 돈을 이웃의 농부에게 빌려주었다. 연이율 7퍼센트. 1년 뒤 그가 원금과 이자를 함께 돌려받았을 때 그는 이미 중독돼 있었다. 더 이상 돌이킬 수 없었다. 이제는 더 많은 돈밖에 없다. 그리고 점점 더 많은……

그는 12세에 경리가 되었고 모든 사람이 경멸하는 일을 했다. 소매에 토시를 끼고 책상에 앉아 숫자를 적었다. 그의 삶은 오로지 숫자놀이였다. 끊임없는 수학뿐이었다. 빌어먹을 산수 문제의 연속이었다. 록펠러는 모든 것을 환산했다. 자신의 삶을 하나의 숫자로 변화시켰다. 계산되지 않는 것은 아무것도 없었다. 모는 것을 돈의 가치로 바꾸었다. 투자될 수 없는 것은 아무것도 없다. 이익을 남기지 못할 것은 아무것도 없다. 투기될 수 없는 것은 아무것도 없다.

이것이 바로 돈 바이러스였다. 록펠러는 이것의 가장 큰 희생자였다.

얼마 지나지 않아 그는 매달 25달러를 벌었다. 그리고 곧 천 달러를 모았다. 이것은 당시 어마어마한 액수였다. 20세의 록펠러는 세상에서 숫자 말고는 본 것이 없었다. 그러나 그는 부자였다. 그리고 그는 더 큰 부자가 되고 싶었다. 숫자는 그의 세상이었다. 그는 이 세상을 알고 싶었다. 크고 넓은 세상을. 큰 숫자의 넓은 세상을.

그는 돈을 쓰지 않고 투자를 했다. 장사 말고는 아무것도 하고 싶지 않았다. 그래서 장사를 했다. 무슨 장사든 상관하지 않았다. 그는 회사를 세워 물건을 사고팔았다. 무엇이든 상관없었다. 콩, 밀, 소금. 그리고 언젠가는 석유를 팔았다.

26세의 록펠러는 친구 넷과 정유 공장의 주인이 되었다. 친구들은 모두 만족했다. 그들은 인생을 즐기고 싶었다. 반면 록펠러는 인생을 즐기고 싶지 않았다. 그는 사업을 확장하고 싶었다. 더 많은 돈을 벌고 싶었다. 더 많은 돈을 원했다. 그는 친구들과 곧 다툼을 벌였다.

록펠러와 클라크. 두 사람은 어린 시절부터 친구였다. 이들은 함께 사업의 첫 모험을 감행했고, 사업의 첫 성공을 거두었다. 하지만 이들은 함께 맥주를 마신 적이 단 한 번도 없었다. 그 이유는 록펠러가 맥주를 마시지 않았기 때문이다. 이제 두 사람은 서로 원수지간이 되었다. 1865년 2월의 어느 날 밖에는 매서운 겨울 바람이 불고 있었다. 멀리서 미국의 독립을 위해 싸우는 수많은 군인들의 총소리가 들렸다. 용병(傭兵)들. 이들은 돈을 위해 죽어갔다.

두 사업가는 돈을 위해 살았다. 돈을 위해서라면 어떠한 대가도 치렀다. 이들의 적은 오직 하나였다. 그것은 서로의 가장 친한 친구였다. 이들은 정유 공장을 두고 싸움을 벌였다. 더 많은 돈을 내는 사람이 공장을 차지기로 합의했다.

모리스 클라크. 창의성이 풍부한 그는 파티를 즐기고 예쁜 여자와 시내를 돌아다니기도 했다. 그의 성격은 까다로운 편이 아니었다. 그는 몇 만 달러를 내놓았다.

록펠러. 자린고비인 그는 자신에게 인색하며 종이 한 장도 그냥 버리는 법이 없었다. 반드시 양면을 모두 사용했다. 그는 클라크보다 더 높은 값을 불렀다.

그러자 클라크는 액수를 올리고 록펠러는 또다시 액수를 올렸다.

클라크는 록펠러가 돈이 충분하지 않다는 사실을 알고 있었다. 록펠러가 자신과 경쟁하기 위해서 빚을 져야 한다는 사실을 알고 있었다. 클라크는 다시 한 번 값을 올렸다. 그러자 록펠러도 값을 올렸다.

클라크는 값을 올렸다. 록펠러도 값을 올렸다.

결국 록펠러는 총 7만 2,500달러를 지불했다. 지금의 가치로 환산하면 대략 1,500만 달러다. 이렇게 큰 돈을 록펠러는 가지고 있지 않았다. 그는 돈을 빌려야 했다. 돈 없이도 할 수 있는 유일한 것은 빚을 지는 일이다.

"저 놈보다 빚을 많이 진 사람은 없을 거야."

클라크는 욕을 퍼부으며 포기하고 말았다. 그는 빚을 지지 않았다. 그럴 만한 용기가 없었다. 록펠러는 용기가 있었다. 그리고 빚이 있었다. 하지만 장차 그 고장의 가장 큰 정유 공장도 가지게 되었다.

하지만 록펠러는 석유 장사만 하지 않았다. 그는 석유를 팔기 위해 필요한 모든 것을 팔았다. 석유통, 나무, 물, 기선…… 그리고 철도 회사와 거래했다. 그는 미친 듯이 장사를 했다. 그는 점점 더 많은 것을 원했다. 그는 점점 더 크고 싶었다. 그는 자신이 가지고 있는 바로 그것이 되고 싶었다. 그는 부자가 되고 싶었다.

석유가 더 이상 열차가 아닌 파이프로 수송되자 그는 자신이 파이프라인을 놓기 위해서뿐 아니라 다른 경쟁자가 파이프라인을 놓지 못하도록 하기 위해서도 많은 땅을 사들였다.

그는 이미 30대 초반에 동업자들과 스탠더드 오일 컴퍼니를 세웠다.

그리고 그가 40대 초반이었을 때 스탠더드 오일은 자매 회사들과 함께 미국 석유 시장의 약 90퍼센트를 차지했다.

하지만 그는 더 많은 것을 원했다. 많이 벌면 벌수록 더 많은 돈을 저축할 수 있었다. 그는 매상이 점점 증가할 수는 없지만 점점 많은 이익이 남는다는 사실을 깨달았다. 그는 카르텔과 독점에 대해 알고 있었다. 자본의 축적에 대해 알고 있었다. 한 명의 자본주의자가 다른 많은 사람을 죽인다는 걸 알고 있었다. 그래서 그는 승리자가 되고 싶었다. 끝까지 살아남는 자본주의자가 되고 싶었다. 돈의 태엽을 끝까지 감고 싶었다. 자본의 항아리가 깨질 때까지 우물가로 들고 가고 싶었다.

왜냐하면 그는 천국의 존재를 믿었기 때문이다. 신의 자비를 믿었기 때문이다. 그는 신이 자비를 돈의 액수로 나타내는 수학자라고 믿었기 때문이다. 신이 선택한 사람은 출세한다. 왜냐하면 신의 영광을 위해 수고한 사람은 그 대가를 보상받기 때문이다. 자신이 천국에 갈 수 있는지 알고 싶은 사람은 일을 통해 신을 시험해 보면 된다. 성공한 사람은 신의 은혜를 받은 것이 확실하다. 찢어지게 가난한 사람은 신이 저주한 사람이다.

이런 칼뱅의 교리는 록펠러의 어머니가 아들에게 뒤통수를 톡톡 치며 주입시킨 것이었다. 그리고 착한 존은 이런 가르침을 배웠다. 자본주의의 성령을 마음속에 새겼다. 그는 성자가 되고 싶었다. 천국에 가고 싶었다. 신이 내리는 돈을 소망했다.

50대 초반에 그는 미국에서 가장 큰 부자가 되었다. 모든 사람은 그를 시기했다. 대부분은 그의 적이었다. 그가 가는 길에는 부자의 시체들이 즐비했다. 지금은 그가 유일한 부자였다. 하지만 그는 아직 천국에 온 것이 아니었다. 신의 자녀는 세상에 더 오래 산다.

그는 70대 초반에 모든 사업에서 물러난 뒤 회사의 경영권을 자식들에게 넘겨주었다. 그러고 나서 지상의 천국을 만들려고 노력했다. 그는 돈을 썼다. 그러나 조금만 썼다. 돈을 아꼈다. 기부금도 아꼈다.

자신이 가졌던 1,900억 달러 중에서 60억만 기부했다. 그는 이로써 세계에서 가장 큰 부자일뿐 아니라 가장 큰 기부자이기도 했다. 그것은 절대적인 액수였다. 상대적으로 평가하면 그는 자신의 자산 중 3.15퍼센트를 기부한 셈이었다. 이것은 오늘날 노동자가 노동조합에 내는 퍼센트에도 못 미친다. 오늘날 독일의 기독교인들은 이보다 많은 종교세를 국가에 낸다.

그러나 록펠러는 더 이상 내놓을 수 없었다. 그는 돈이 필요했다. 자신을 위해서, 자신의 돈으로서 존재하기 위해서 그는 돈을 쓰지 않았다. 그 어떤 것을 위해서도 쓰지 않았다. 그는 담배를 피우지 않았다. 술을 마시지 않았다. 파티에도 가지 않았고 극장에도 가지 않았다. 그는 인간의 탈을 쓴 다고베르트 덕(도널드 덕 만화영화에 나오는 할아버지 오리로 자린고비의 상징-옮긴이)이었다. 그는 돈더미에서 헤엄을 쳤지만 그냥 돈을 주는 법은 없었다.

그래서 그냥 돈을 주지 않았다. 그는 줄지어 재단을 건립했다. 당연히 그냥 돈을 주는 재단이 아니다. 연구, 교육, 개발에 투자하는 재단이다. 더 많은 것을 얻기 위한 투자다. 더 많은 돈을. 더 많은 신의 돈을. 더 많은 천국을.

록펠러는 80대 후반에 땅속으로 물러났다. 그리고 천국으로 출발했다. 아무 돈도 없이. 주머니에 돈 한 푼 없이 올림포스 위원회 앞에 섰다. 그리고 난생처음으로 추락을 맛보았다.

드디어 천사가 된다고 생각했을 때 그는 자신이 착각했음을 깨달아야 했다. 신은 수학자가 아니었다. 신은 도박꾼이었다. 많은 도박꾼 중 하나에 불과했다. 확률의 법칙으로 행운을 잡으려는 도박꾼이었다. 그리고 가끔은 몰래 사기도 치는 도박꾼이었다. 록펠러는 자신이 전능한 신의 은혜가 아닌 단지 도박꾼의 속임수 덕에 돈을 벌었다는 사실을 깨달았다.

록펠러는 비틀거리며 스페인 계단을 내려와 영원한 생명에 이르렀다. 이는 그가 결코 꿈꾸지 못한 것이었다. 그의 명성은 거의 능가될 수 없다.

록펠러는 내가 항상 경고한 그런 자본주의자였다. 세계는 미국의 반(反) 트러스트 법을 나 아닌 그의 공로로 돌린다. 왜냐하면 그가 나의 예언을 실현했기 때문이다. 내가 옳았음을 그가 증명했기 때문이다. 자본주의의 적은 다름 아닌 자본주의임을 증명했기 때문이다. 자본주의는 언젠가 스스로를 파괴시키는 물질적 수단을 만든다는 사실을 증명했기 때문이다.

더 많은 것을 향한 끝없는 갈망의 결과는 성장이다. 성장에는 한계가 있다. 더 많은 것을 향한 열망의 결과는 끝없는 생산성 향상이다. 생산성 향상에는 한계가 있다.

그 다음에는 절약밖에 없다. 항상시키고 절약한다. 항상시키고 절약한다. 자본주의가 스스로의 목을 죌 때까지. 점점 더 적은 노동자가 점점 더 많은 가치를 창출하기까지. 그리고 점점 더 많은 노동자의 가치가 점점 더 떨어질 때까지. 거대한 산업 예비군. 실업자 군대. 노숙자 부대. 이들은 언젠가 반격에 나설 것이다. 언젠가 다른 사람들도 가진 자신의 몫을 되찾을 것이다. 언젠가 부득불 저항할 수밖에 없을 것이다. 자신을 몰아낸 폭력을 몰아낼 것이다.

록펠러와 마르크스. 우리 둘은 동전의 양면이다. 내가 쓰고 그가 실현했다. 공용징수는 자본주의적 생산에 내재한 게임의 법칙과 자본의 집중화에 의해 완성된다. 언젠가 자본주의의 사적 소유가 끝장나는 순간이 올 때까지. 생산 수단은 프롤레타리아의 손에 넘어간다.

하지만 그 이유는 신이 수학자가 아니기 때문이 아니라, 신이 아무것도 아니기 때문이 아니라, 모든 것이 단지 게임에 중독된 신의 놀이터이기 때문이다. 자비로운 신의 은혜를 받지 못했기 때문이 아니라 수학적 독재의 우연한 지배이기 때문이다. 우리 모두가 빌어먹을 올림포스 게임의 꼭두각시이기 때문이다. 세상은 예측 가능한 확률의 예측 불가능한 자의(恣意)이기 때문이다. 그렇기 때문에 우리는 여전히 낙원에서 살지 못하는 것이다. 그렇기 때문에 우리는 여전히 공산주의에서 살지 못하는 것이다. 그렇기 때문에 우리는 여전히 천국에서 살지 못하는 것이다.

인생은 숫자놀음에 불과하다. 단지 수학일 뿐이다. 빌어먹을 계산 문제다. 악몽이다. 실현될 확률이 있는……

아니면 말고.

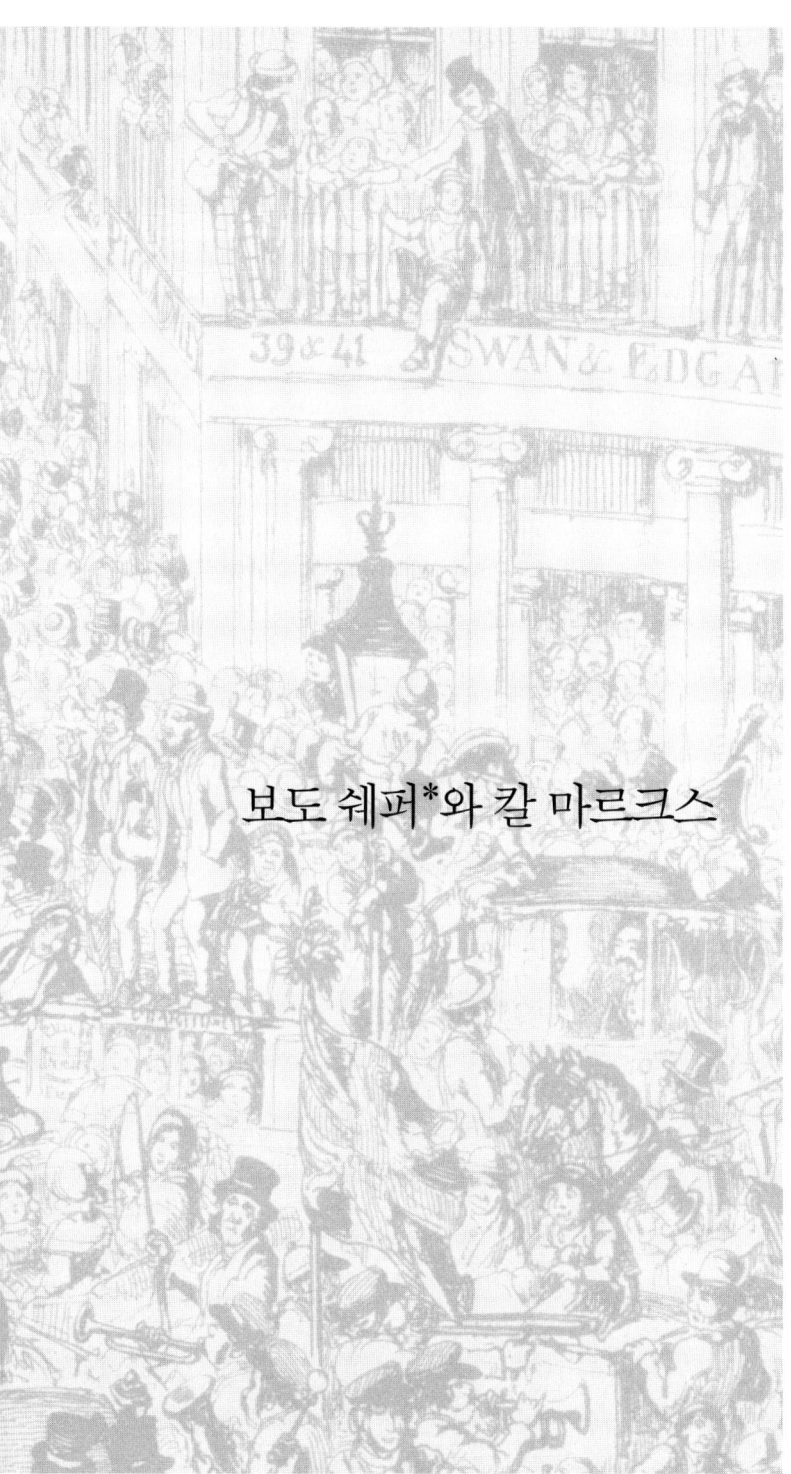

보도 쉐퍼*와 칼 마르크스

생존 전략의 진화는 앞으로도 이어진다. 그리고 비록 나는 이미 120년 전에 죽은 사람이지만, 앞으로 계속 고민하여 반드시 선구적 업적을 이룰 것이다. 역사는 아직 끝나지 않았다.

그 후 2주는 비교적 조용히 지나갔다. 알텐바흐는 사생활이 문란한 텔레비전 사회자에 대한 조사를 성공리에 마쳤다. 그리고 실제로 섹스 폰팅보다 더 놀라운 사실의 단서를 쉽게 찾아냈다. 이 사회자는 섹스 핫라인을 즐긴 것 외에도 함부르크 변

---

* 유럽에서 펀드와 주식으로 큰 성공을 거두어 '머니 코치'로 이름이 높으며, 30세부터 이자 수입만으로 살기 시작했다. 성공적인 작가, 강연가, 기업가, TV 특강자로도 명성을 날리고 있다. 지은 책으로 『경제적 자유에 이르는 길』, 『스트레스 없는 성공』, 『열두 살에 부자가 된 키라』 등이 있다.

두리에 있는 불법 사창가를 규칙적으로 방문해 왔다.

알텐바흐는 운이 좋게도 그곳의 창녀를 설득해 귀하신 사회 자님께서 마약까지 복용하셨다는 진술을 녹음할 수 있었다. 그러나 가장 충격적인 스캔들은 국민의 도덕 투사인 그가 자신이 일하는 방송사에서 싸구려 저질 포르노 비디오 수백 개를 몰래 복사했다는 사실이었다. 물론 비용은 방송사에게 지웠고 세금은 최대한 포탈했다. 그의 화류계 친구들은 이 불법 비디오테이프를 인터넷상에서 돈을 받고 유포했다. 알텐바흐는 그 인터넷 주소뿐 아니라 그의 사무실에서 발견된 거래 영수증도 공개할 수 있었다.

사회자의 스캔들이 이토록 빨리 밝혀질 수 있었던 원인은 알텐바흐가 전화 내역을 꼼꼼하게 살펴보았기 때문이다. 그가 수상하게 여긴 마지막 네 개의 전화번호가 결정적인 단서를 제공했다. 알텐바흐의 관찰력과 인터뷰 기술만으로 정보들은 마치 도미노 팻말처럼 쏟아졌다.

편집부는 열광했다. 바인 박사는 스캔들이 풍성한 커버스토리를 매우 반겼다. 한동안 모든 언론은 《슈투름》을 인용할 것이다. 알텐바흐는 저널리즘에서도 고요한 물이 깊다는 사실을 다시 한 번 증명해 냈다.

"한없이 깊은."

그가 자주 쓰는 말처럼. 당분간 그는 편하게 지낼 수 있게 되었다. 앞으로 몇 주는 다른 소재를 찾아볼 수 있었다. 어쩌면 그는 재무경영자의 세계를 탐구하거나 재무 트레이너, 아니면 보도 쉐퍼를 바로 만날지도 모른다. 보도 쉐퍼에 관한 많은 소문은 재미 삼아 한번 탐색할 가치가 있었다.

이런 여유 속에서 알텐바흐는 마르크스의 일기를 다시 기억해 냈다. 물론 그는 틈틈이 일기로 인해 발생한 여러 일들을 생각하곤 했었다. 그러나 더 이상 어떤 차도 그를 쫓지 않았고 이해할 수 없는 접촉 사고나 주거 침입도 발생하지 않았기 때문에 그는 이 모든 일이 특종을 잡으려는 찰리의 소행이란 결론을 내렸다. 그리고 그녀가 일기를 갖기 위한 노력을 그만두자 알텐바흐도 일기에 대한 매력을 잃어버렸다. 어쨌든 일기는 이제 급하지 않았다.

알텐바흐는 찰리가 발견했다고 주장한 일기의 오류에만 관심이 있었다. 그래서 그는 지난 며칠 밤 동안 시립도서관에서 빌려온 책들을 다시 한 번 읽으며 마르크스에 대해 집중적으로 탐구했다.

그는 책을 읽던 중 이상하게 여겨온 부분이 사실임을 확인했다. 마르크스는 평생 많은 돈을 가졌다. 일부는 상속받고 일부는 동냥한 돈이었다.

마르크스는 말뿐인 공산주의자였다. 그의 주장은 탁상공론에 그쳤다.

알텐바흐는 자신이 얻은 새로운 지식을 이렇게 결론지었다.

실제 그는 가난한 사람들을 돌보지 않았다. 그 반대였다. 마르크스는 그들을 '쌍놈'이라고 비웃었다. 이는 그다지 신사적인 방법이 아니었다.

아무튼 알텐바흐는 마르크스에 대해 알면 알수록 점점 호감을 잃어갔다. 그는 이기적인 허풍선이였음이 분명하다. 사실은 아무것도 이루지 못했으면서 자신이 최고라고 생각하는 그런 사람이었다. 그는 종이호랑이에 불과했다. 그는 탐욕스러웠다. 마르크스는 엥겔스에게 돈을 달라고 자주 졸라댔다. 엥겔스는 언젠가 마르크스에게 매달 고정적인 생활비를 주기로 약속했다. 그것은 오늘의 가치로 보면 수천 유로에 달하는 액수였다. 하지만 마르크스는 만족하지 못하고 더 많은 돈을 요구했다.

이쯤 되면 아무리 돈 많은 엥겔스라도 더 이상 참을 수 없었다. 그는 마르크스에게 쓴 편지에서 한 번만 더 돈을 주겠지만 다시는 괴롭히지 말아줄 것을 경고했다. 그러자 마르크스는 비겁하게 마누라 치맛자락 뒤에 숨어 제니가 계산을 잘못하는 바람에 원래 계획보다 많은 돈이 필요하다고 변명을 늘어놓았다. 재수 없다. 그는 만족할 줄 모르는 사람은 제니가 아니라 바로 자신이라고 말할 용기도 없었다.

어쨌든 그는 용기와는 별로 상관이 없는 사람처럼 보였다. 사실 마르크스는 겉으로는 시민 계급에 저항하는 투사처럼 행동하며 글을 썼지만 속으로는 상류 계급의 인정을 받기 위해 노력했다. 그는 프로이센과 완전하게 단절했다고 늘 큰소리쳤지만, 프로이센 정치가인 그의 매형에게 체류 허가를 부탁했다. 이것이 전부가 아니었다.

알텐바흐는 공산주의자 마르크스의 거짓과 음모를 낱낱이 추적했다. 심지어 마르크스는 노동당 동지인 바쿠닌이 좌파 내에서 위험한 인물로 몰리자 그를 소외시키려고 애썼다. 여기서 위험한 인물이란 사람들이 좋아하는 착한 바쿠닌에게 냉소적이고 오만한 마르크스보다 더 많은 추종자가 따랐다는 것을 의미한다.

엥겔스는 마르크스가 음모를 꾸미며 바쿠닌을 고립시키고 공산주의자들을 다시 지배할 때까지 도움을 주었다.

'저질 권력 싸움은 오늘과 다를 게 없었군.'

알텐바흐는 최근 SPD(독일사회민주당-옮긴이)의 내분을 떠올리며 점차 마르크스주의의 정치론과 씨름하고 싶은 기분이 싹 사라졌다.

마르크스의 사생활에서는 오히려 그의 단점이 두드러졌다. 정치인생에서도 역시 그의 용기나 굳은 지조는 눈에 띄지 않았다. 그는 어쩌면 재주 있는 경제학자였는지 모른다. 어쨌든 오늘의 경영학도들도 마르크스주의의 자본 이론을 기본적으로 공부하기 때문이다. 그래서 알텐바흐는 일반적인 경제 이론에 열중하고 싶은 마음은 별로 없지만 최소한 마르크스의 기초적인 경제 이론만이라도 읽어보기로 결심했다.

'잉여가치론을 알아서 손해 볼 건 없지.'

알텐바흐는 스스로에게 동기를 부여했다.

'어쨌든 지금 나는 무엇을 사든지 16퍼센트의 부가가치세를 내고 있으니까…… 만약 이것이 마르크스와 어떤 연관이 있다면 알 만한 가치가 충분한 셈이지.'

알텐바흐는 마르크스에 대해 연구하면서부터 지금까지와는 다른 눈으로 세상을 바라보기 시작했다. "존재가 인식을 결정한다" "소외된 노동" "점점 더 많은 것을 욕망하는 자본의 지속적인 축적" 같은 말은 그의 마음을 사로잡았을 뿐 아니라 오늘날에도 적용된다고 그는 생각했다. 오늘의 현실은 점점 더 예측하기 힘든 콘체른들의 거대 합병, 세계화, 심각해지는 미국화의 이면, 점점 더 악화되는 저임금 직업의 작업 환경, 그리고 감정이 소외된 콜센터의 노동이 특징짓는다.

누구나 자기 행복의 개척자가 될 수 있고, 갑자기 모든 사람이 의미 있는 일을 하며 커다란 부를 가질 수 있다는 신경제의 꿈은 물거품처럼 사라져버렸다. 남은 것은 막대한 빚을 진 이상주의자들이었다. 이들은 신경제의 원칙대로 행동했고 이제는 탐욕적인 금융 광대들이 뿌린 씨를 거둬야만 했다. 이 밖에 남은 것은 포스트 신경제의 냉혹한 사업 조건이었다. 내용이나 혁신적인 아이디어는 더 이상 중요하지 않았다. 오로지 이윤만이 중요했다. 수익률을 내지 못하는 것은 더 이상 가치가 없었다. 누구도 더 이상 거저 줄 것이 없었다. 그리고 누구도 더 이상 투자하려고 하지 않았다. 리스크란 말은 경제에서 사라졌다. 아니, 사람들은 리스크를 의식적으로 무릅쓰지 않았다. 대신 피할 뿐이었다. 자본주의는 속박되었고 인류는 이윤에 대한 방향을 찾지 못해 질식할 위기에 처했다.

이와 동시에 미래에 대한 걱정과 구동독 발행 채무는 갑작스럽게 사람들을 긴장 속에 몰아넣었다. 사람들은 불과 몇 년 전만 해도 실존적 불안이란 말을 텔레비전에서조차 들어본 적이 없었다.

그렇다. 알텐바흐는 세상에 대해 생각하면 할수록 경제 이론을 새롭게 걱정할 때가 되었다는 확신이 굳어졌다. 사람들은 마르크스를 다시 읽어야만 한다.

알텐바흐는 한번 일을 시작하면 대강 하는 법이 없었다. 그는 마르크스뿐 아니라 다른 유명한 경제학자들에 대해서도 읽기로 했다. 케인즈, 애덤 스미스, 데이비드 리카르도를 비롯한 다른 많은 사람들이 쓴 경제 입문서를 힘들여 읽었다. 알텐바흐는 그중 주식 투자의 구루인 코스톨라니가 가장 마음에 들었다. 코스톨라니의 책은 읽기 쉽고 재미있었다. 알텐바흐는 그 밖에도 '머니코치' 보도 쉐퍼가 간단하고 우직하게 쓴 책을 읽었다. 비록 쉐퍼는 그의 인생에 변화를 주지는 못했지만 현재의 조사에 대한 그의 시각을 바꾸어놓았다.

이는 보도 쉐퍼가 유일하게 살아 있는 사람으로서 '신경제 이후의 경제'에 관한 한 그를 도와줄 수 있기 때문이었다. 이것이 바로 알텐바흐가 떠올린 생각이었다.

그는 칼럼니스트와 공산주의자를 대조시킬 것이다.

"보도 쉐퍼와 칼 마르크스가 만나다."

이건 굉장한 센세이션을 불러일으킬 것이다!

이를 위해서 빈의 출판업자 칼 마르크스를 구경제의 대리인으로 설정할 필요가 있다고 알텐바흐는 생각했다. 그러고 난 뒤 쉐퍼와 마르크스가 "세상을 지배한 돈"에 대해 이야기하도록 한다. 그러면 출판업자 마르크스는 일기 속의 칼 마르크스를 대변할 것이다. 일기에는 말할 거리가 얼마든지 있다.

알텐바흐의 기억대로라면 마르크스는 일기의 한 장을 몽땅 할애해 돈을 버는 방법에 대해 고민한다. 현대의 재정 트레이너가 꼭 짚고 넘어가야 할 문제다.

알텐바흐는 래디에게 전화를 걸었지만, 늘 그렇듯이 그의 자동응답기 소리만 들렸다. 알텐바흐는 일기 가운데 돈에 대한 부분을 래디에게 읽어달라고 부탁하려던 것이었다. 그 내용은 다음과 같았다.

돈을 버는 가장 좋은 방법

여느 사업을 시작하는 일과 마찬가지로 죽지 않는 인간으로 살기 시작한 처음 2년 동안은 무척 힘들고 고달프다. 아는 것은 아무것도 없다. 정말로 아무것도 모른다. 무슨 일이 벌어질지 알 수 없다. 위험도 기회도 보이지 않는다. 무방비로 운명 속에 내동댕이쳐진다.

맨 밑바닥까지 떨어진 다음에는 한 가지 질문만 남는다. 어떻게 하면 죽지 않는 인간으로 돈을 벌 수 있을까? 이 질문은 한 푼도 없이 허기진 배를 움켜쥔 채 어느 이탈리아 식당 앞에 서 있는 순간부터 중요한 문제로 떠오른다. 대부분은 먹다 남은 음식을 구걸하는 것으로 시작한다. 하지만 동냥은 너무 힘이 드는 일이라 어느 누구도 오랫동안 버티지 못한다.

우리는 돈을 벌기 위한 좀더 지혜로운 방법을 강구한다. 생각할 시간은 얼마든지 있다. 그리고 우리는 그냥 그런 인간이 아니다. 우리는 특별하다. 보통은 천재다. 조금 위대하거나 가장 위대한 사상가다. 이런 우리가 경제적 자유를 누리는 방법 하나쯤은 알아야 하는 게 마땅하다.

어쩌면 우리는 자기 나름의 이론을 가지고 있는지도 모른다. 그러나 정답을 아는 사람은 나밖에 없을 것이다. 이번에 나는 정답을 알고 있다. 나는 나의 영원한 말년을 자립해서 살 것이다. 지금까지 누려보지 못한 영원한 부를 누릴 것이다. 단, 이번에는 그 방법을 누설하지 않을 것이다. 아무에게도 말하지 않을 것이다. 그렇지 않으면 또다시 레닌이나 트로츠키, 마오나 폴 포트 같은 멍청이들이 내 이름을 빌려 말도 안 되는 독재를 펼지도 모르기 때문이다.

그러나 내 생각은 어리석지 않다. 내 생각은 훌륭하다. 정말 훌륭하다. 천재적이다. 그것은 부에 이르는 길이다. 부유로 편안히 가는 티켓이다. 경제적 자유로 향한 길이다. 이 아이디어는 나만 알고 있을 것이다. 아무도 알아서는 안 된다.

비록 모두가 알고 싶어 안달을 떨지만 나는 어느 누구에게도 발설하지 않을 것이다. 이번에는 세상을 구원하지 않을 것이다. 이번에는 나 자신만 생각할 것이다. 인류를 위해 내 인생을 희생하지 않을 것이다.

인간이 하루하루 살아가기 위해 사투를 벌이든 말든 나는 상관하지 않는다. 내일을 걱정하며 진부한 생존 싸움을 하든 말든 내 알 바가 아니다. 나는 더 크게 생각한다. 더 빨리, 더 높이, 더 멀리. 나는 올림픽의 메달을 딸 것이다. 내가 빠진 똥을 금으로 바꿀 것이다. 마지막 종목에서 모두를 물리칠 것이다.

물론 다른 사람들도 자기가 좋아하는 종목이 있다. 자기가 잘하는 기술도 있고 자기 나름의 생각도 있다. 혹 다른 사람이 생계 기반 구축에서 우승을 거머쥘지도 모른다. 나는 그럴 가능성을 배제하지 않는다. 하지만 상관없다. 나는 오직 나만 생각할 것이다. 이것이 역사의 흐름이다. 증가하는 소외다. 증가하는 이기주의다. 증가하는 공격성이다.

인생은 단지 액션 영화다. 터미네이터는 죽이고 죽고 그리고 언제든지 다시 살아날 수 있다. 이것은 죽지 않는 난격(亂擊)꾼이다. 영원한 삶의 이야기 역시 화끈한 싸움의 이야기다.

보통의 인간처럼 죽지 않는 인간 역시 환경의 조건에 맞추어 생존 전략을 세워야 한다. 그러나 그런 변화 가운데서도 생존의 진화는 일어난다.

옛날 그리스 사람들은 신들의 정신 세계에 안주했다. 그들은 얽매이지 않았다. 스스로를 운명에 내맡겼다. 인생은 어떻게든 순조로울 거라고 냉정하게 믿었다. 고대에서 온 죽지 않는 인간들은 지금도 이 기본 사상을 가지고 있다. 이들은 불멸성과 영생의 비열한 추종자들이다.

옛날 통 속에서 살았던 시노페의 디오게네스는 아직도 문화를 경멸한다. 이미 옛날 인간일 때 거지의 삶을 선택했던 그는 끝없는 떠돌이의 생활에 익숙하다. 마치 개처럼 아무 움막에서도 누울 곳을 찾아낸다. 어느 곳에도 속하지 않으니 어느 곳이든 그의 집이다. 아무것도 소유하지 않으니 온 세상이 그의 것이었다. 그는 지난 몇 년 동안 아테네의 구시가지 플라카(Plaka) 어느 공사장 폐허에서 살고 있다. 이곳은 주민과 지나가는 사람들이 버린 쓰레기로 그득하다. 누군가 버리는 고물이 그에게는 고마운 선물이다. 그에게는 모든 것이 똑같이 값지다. 모든 것이 똑같다.

그는 자신이 한 번도 차지하지 않은, 그러나 다만 사용할 뿐인 이 왕국을 '재활용 공원'이라고 부른다. 이곳 입구에는 다음과 같은 푯말이 걸려 있다.

"많은 사람들은 자신이 싫어하는 사람 앞에서 잘난 척하기 위해 자신에게 없는 돈으로 자신이 필요로 하지 않는 물건을 산다."

디오게네스는 모든 사람을 싫어한다. 아무에게도 뽐내고 싶어하지 않는다. 아무것도 필요로 하지 않는다. 아무것도 가진 것이 없다. 이 모든 아무것도 아닌 것이 그를 무한하게 자유롭게 한다.

"욕심이 없는 자는 잃을 것이 없다."

디오게네스는 말한다. 그는 무한히 행복하다.

소크라테스 역시 보통의 인간들 속에서 공룡처럼 살고 있다. 그러나 감각 없는 화석이기보다는 별난 도마뱀붙이다. 입심 좋은 그는 지금도 자신의 대화 상대를 곡해한다. 그리고 거의 이런 방식으로 돈을 번다. 그는 거지가 아니다. 그는 돈에 대한 동기를 부여해주는 사람이다.

"이봐!"

그는 청중을 향해 이렇게 외친다.

"뭘 위해 돈을 갖고 있나? 돈이 너희를 행복하게 해야 되지 않겠나? 가난에서 벗어나야 하지 않겠어?"

그는 길거리에 나앉은 것도, 하수 도랑에 누운 것도, 남의 집 앞에 쭈그린 것도 아니다. 소크라테스는 당당하게 도심 한복판에 서서 사람들에게 다가간다. 그리고 이들을 노골적으로 비웃는다.

"돈과 행복을 맞바꿀 수 있는 방법을 알고 싶나?"

소크라테스는 사람들이 잘 보도록 모자를 흔들어대거나 돈 상자를 가리키며 구걸한다. 그리고 눈 한번 깜빡이지 않으며 자신이 하는 일의 옳고 그름을 조금도 의심하지 않고 외친다.

"마음이 얼마나 홀가분해질 수 있는지 느껴봐! 아주 쉽다고! 놓아버려! 너희 자신을 믿어! 그냥 내버려! 동전 몇 닢이면 돼! 조금만 손을 움직여봐! 마음이 훨씬 가벼워진다고!"

소크라테스는 유혹의 대가(大家)다. 그는 이성으로 통제되는 갈망에 대해 질문함으로써 그 갈망을 자유롭게 한다. 그는 욕구의 가능한 충족에 대해 말함으로써 그 욕구를 깨어나게 한다.

"존재의 한계를 경험하고 싶지 않나? 모든 것을 내어주었다는 경험을 말이야. 그냥 모든 것을, 아니면 아주 조금이라도?"

그는 오랫동안 인류의 시민 교육에 의해 억눌려왔던 물질적 욕망을 건드린다. 성취된 삶에 대한 꿈을 불러일으킨다. 그 삶은 스스로가 해방되는 길이 오로지 돈뿐이라고 생각한다. 소크라테스는 자본주의로 인해 왜곡된 자본주의자들의 생각을 왜곡한다. 그는 돈에 대한 욕망의 비밀을 벗겼다. 물질적인 욕망의 금기를 해체했다. 끝없는 욕심의 금지를 금지했다. 돈에 관한 요구의 거절을 거절했다. 대신 그는 재물에 대한 욕구를 찬양했고 욕심의 가치를 정상화했으며 물질적인 무절제를 허용하고 돈 잔치를 벌였다. 그는 완전한 자본주의를 살았다. 솔직하고 직선적으로, 어떠한 이의도 없이.

"돈은 정말 근사한 것이야!"

이것이 그의 메시지다.

"그러니까 돈을 꺼내 나한테 주라고!"

그러면 사람들은 웃고 즐거워하며 그에게 돈을 준다. 왜냐하면 그는 그들의 비밀스런 교주이기 때문이다. 그를 따르는 신도는 많지 않다. 그러나 소크라테스의 진짜 재능은 아이러니를 훌륭하게 적용하는 데 있다. 이는 그가 정말로 원하는 것을 지속적으로 발견함으로써 가능하다. 자신의 갈망과 욕구를 스스로 채움으로써 가능하다. 말하면 안 되는 것, 예를 들어 돈에 대한 욕심, 삶에 대한 욕망, 모든 이상을 배반하는 기쁨을 말함으로써 가능하다. 무엇보다 그는 이 모든 것이 자신에게 의미가 없다고 알린다. 고작 생각일 뿐이라고 말한다. 사실은 그런 뜻이 아니었다고 한다. 왜냐하면 그런 의견은 가져서도 안 되고 말해서도 안 되며 생각해서도 안 되기 때문이다. 소크라테스는 이런 소크라테스적 아이러니로써 중상주의적 도덕에 깊숙이 뿌리박힌 금지, 그러니까 돈은 말하는 것이 아니라 소유하는 것임을 증명한다.

또한 소크라테스는 침묵의 계율을 어기지 않으면서 말해선 안되는 것을 말하기 때문에 대화의 상대와 청중을 웃게 만든다. 이들은 가벼워진 마음으로 낄낄거리며 웃는다.

영원히 죽지 않는 소크라테스는 풍자에 능한 자본주의의 광대로서 살아남는다. 그는 구걸의 미학을 담은 우스꽝스러운 카바레를 공연한다. 떠돌이들의 풍자적인 노래를 부르고 거리의 화려한 캉캉 춤을 춘다. 싸구려 선술집의 인기 있는 사회자다. 그렇게 그는 잘 살고 있다.

더 나중 시대에서 부활한 죽지 않는 인간들은 분명 다른 생존 전술을 펼친다. 냉정한 헬레니즘시대를 잇는 것은 강탈, 살인, 방화 약탈로 점철된 혼돈스런 중세다. 이 암흑의 시대에서 온 죽지 않는 인간들은 오늘도 무시무시한 기사가 되어 시골 마을을 배회한다.

이들 가운데 단지 소수만이 선량한 삶이나 금욕적인 삶, 은둔자의 삶을 살아간다. 예를 들어 프란츠 폰 아시시나 빙엔의 힐데가르트*는 부랑자가 되어 광활한 러시아의 남쪽 지방에서 살고 있다. 버섯이나 산딸기, 숲 속의 열매들은 이들의 평범한 밥상 위에 오르고, 지렁이나 애벌레, 다른 작은 동물들은 이들의 특별한 잔칫상에 오르는 음식이다. 이들은 군화에 야구 방망이를 든 극우파의 빡빡

---

* 성 힐데카르트로 '라인 강의 여자 예언자'로도 불렸다. 대수녀원장이자 신비주의자로서 그녀는 수많은 환상 체험과 관찰을 글로 남겼으며 독일의 일부 지역에서 성인으로 추대되었다.

머리 애송이들에게 뺨을 맞아도 다른 뺨을 내밀 사람들이다. 그들은 마치 제단에 끌려가는 순한 양처럼 초연하게 자신의 운명을 받아들인다.

"신에게 온 것은 신에게 돌아간다. 음매."

인문주의 르네상스는 계몽주의에 이르러 비로소 생겼다. 죽지 않는 인간들이 펼치는 생존 전략의 진화는 고전주의와 낭만주의 시대에 죽은 천재들에 의해 발전되었다.

예를 들어 숭고한 음악 정신의 소유자인 베토벤은 술집을 돌아다니며 귀머거리 코스를 처음으로 개발해 냈다. 이것은 어느새 구걸예술의 고전으로 불린다. 베토벤은 40대 초반에 병을 얻고 말았다. 비올라와 쳄발로 연주자였던 그는 귀가 점점 어두워져 결국 아무것도 들을 수 없게 되었다. 어느 순간 자신의 음악을 더 이상 들을 수 없게 된 이 작곡가는 귀머거리들을 위한 신종 생업 원칙을 개발했다. 듣지도 말하지도 못하는 베토벤은 현대의 시끄러운 지옥에 들어가 귀가 밝은 하루살이들과 짜증나는 감미로운 멜로디도 아랑곳하지 않고 처음 듣는 음악에 잘 어울리는 촌스럽고 값싼 자기나 플라스틱 물건들을 각 테이블 위에 올려놓는다.

그 물건 옆에 베토벤은 다음의 문구가 적힌 작은 쪽지 한 장을 내려놓는다.

"저는 귀도 멀고 말도 못 하는 실직자입니다. 방세를 낼 수 없으니 제발 한 푼만 도와주십시오."

이제 사람들은 그의 퉁명함을 용서한다. 귀머거리는 일이 없고 방세를 낼 수 없다. 벙어리는 미각도 느낌도 돈도 없다. 이 가운데 마지막 것은 사람들이 기꺼이 내어준다.

반면 회화의 천재인 카스파 다비드 프리드리히*는 자연스럽고 정직한 생존 방식을 창조해 냈다. 역사화의 미적인 응축과 풍경화의 투박한 모사(模寫)적 성격을 반대한 이 풍경 화가는 진실을 으뜸으로 여겼고 지금도 진실로 돈을 벌고 있다.

그는 그림붓과 종이를 들고 미디어 세계의 보행자 전용 구역에서 모든 현대 영상 기술에 도전하며 인간들의 솔직한 모습을 그려준다. 그가 그리는 유명인이나 보행자들의 풍자화는 사람들의 시선을 한곳으로 모은다. 아첨꾼이나 돈을 받고 박수를 치는 사람은 이곳에 없다. 마침내 사람들은 이곳에서 자신의 진실을 알게 된다. 거짓 없이, 단도직입으로, 자유롭게. 사람들이 원하는 것은 바로 이것이다. 아무리 많은 사진이 앨범 속에 있더라도, 아무리 완벽한 사진이 은 액자 속에 있더라도 이제 사람들은 꾸밈없는 진실을 원한다. 아니, 사실은 그 이상을 원한다. 사람들은 자신 안에 숨겨진, 자신에게 들러붙은, 자신의 밖으로 표출되는 추한 모습을 과장해서 그려주기 바란다.

풍경 화가 카스파 다비드 프리드리히는 고객의 캐리커처를 그려서 살아간다. 백악기의 암석 대신 매부리코를, 바닷가의 수도사 대신 사람들의 황당한 이야기를, 아침의 시골 풍경 대신 근심 찬 도

---

* 독일의 화가로 독일 낭만파 풍경화가의 대표다. 〈산 속의 십자가와 성당〉 등의 작품을 남겼다.

시 사람들의 얼굴을 그린다.

음악의 천재 세르게이 라흐마니노프는 죽지 않는 부랑자들을 위해 고전적인 생계 방식을 개발해 낸 세 번째 인물이다. 이 피아노 건반의 대가는 여전히 음악으로 사람들에게 행복을 선사한다. 오래전부터 그는 쇼핑센터를 누비며 큰 몸짓과 뜨거운 열정으로 뮤직박스의 손잡이를 돌린다.

〈카프리의 어부〉든 〈바이에른 행진곡〉이든 〈아베 마리아〉든 청중은 그의 음악에 감동한다. 조야한 라디오 음악에 익숙한 요즘 사람들은 지난 세기의 섬세한 음악을 이해하지 못한다. 나무로 된 오랜 기계가 주는 소리의 불완전함은 낭만적인 아름다움으로 다가가 사람들을 노스탤지어의 우울함에 푹 빠지도록 만든다. 때문에 뮤직박스 위에 놓인 작은 인피(靭皮) 바구니는 눈물로만 채워지는 것이 아니라 감동의 동전들로도 채워진다. 특히 비가 내리는 쓸쓸한 날에는 더욱 그렇다.

햇빛이 비추는 날이면 라흐마니노프는 뮤직박스를 바꾸어 흥겨운 민요를 연주한다. 〈하이데비츠카 선장〉〈샴페인 질주〉〈딩동댕 아이어만〉은 짭짤한 수입을 보장한다. 여름 방학이 되어 젊은이들이 모두 바캉스를 떠나고 나면 혼자 산책하는 양로원의 외로운 어르신들을 위한 특별곡을 마련한다. 〈열일곱 살엔 꿈이 있었지〉〈새로운 사랑〉〈록 어라운드 더 클락(Rock around the Clock)〉 등이다.

물론 이 곡들은 이미 오래전에 더 좋은 음반으로 나온 것들이다. 당연히 라흐마니노프는 보행자 전용 구역에 카세트라디오를 들고 나와 더욱 멋지고 수준 높은 음악을 들려줄 수도 있었다. 하지만 사람들은 그런 음악을 위해 돈을 주지 않는다. 그들은 음악이 아니라 오로지 흘러간 시절의 소리를 위해서, 역사의 사운드를 위해서, 덧없음의 아픔을 위해서 돈을 준다. 아무도 라흐마니노프가 영원히 죽지 않을 거란 사실을 모르기 때문이다.

그 밖에 라흐마니노프는 CD 산업에 대한 일종의 증오심을 가지고 있다. 그 이유는 그와 세상이 사랑한 그의 〈피아노 협주곡 3번〉 대신 베토벤의 〈9번 교향곡〉이 음반 기술의 평가 기준곡으로 선정되었기 때문이다. 비록 각각의 시대에서 비슷한 성공을 거두었을지라도 라흐마니노프의 곡이 베토벤의 곡보다 우월하다고 볼 수 있다. 두 곡 모두 지휘자의 해석에 따라 차이가 있을 수 있지만 대략 75분 정도의 연주 시간을 갖는다.

그러나 1979년 유럽과 일본에서 신종 CD 시스템의 표준을 정할 때 당시 일본 소니 사의 사장 노리오 오가는 지루한 논쟁 끝에 자신의 주장을 관철시키는 데 성공했다. 라흐마니노프의 입장에서는 오가에게 지옥에나 떨어지라고 저주해도 마땅하다. 왜냐하면 이 문외한은 한 장의 CD에 베토벤의 〈9번 교향곡〉이 꼭 맞아야 한다고 고집했기 때문이다. 그것도 반드시 헤르베르트 폰 카라얀이 지휘한 곡이어야 한다고 했다. 이 녹음은 72분 걸렸다. 그래서 CD의 표준은 지름 12센티미터로 확정되었고 그 이후로 한 장의 CD는 78분 녹음까지만 가능하다. 베토벤의 〈9번 교향곡〉 더하기 6분.

만약 그가 음악에 대한 식견이 있었더라면 아마 라흐마니노프의

〈피아노 협주곡 3번〉을 표준으로 삼았을 것이다. 예를 들어 안드레 프레빈의 전설적인 녹음은 정확히 76.19분 걸렸다. 이것도 지름 12 센티미터 CD 한 장에 들어갈 수 있는 길이다. 라흐마니노프의 〈피아노 협주곡 3번〉 더하기 1.41분.

그러나 세상사란 마음대로 되는 것이 아니고 어차피 CD 산업도 사양길에 접어들었기 때문에 라흐마니노프는 뮤직박스를 들고 세상을 돌아다닌다. 그는 소니 사장 노리오 오가에게 뮤직박스의 고전곡인 〈타임 투 세이 굿바이(Time to say Goodbye)〉를 바친다.

그러나 생존 전략의 진화가 끝나려면 아직 한참 멀었다. 죽지 않는 인간의 역사는 앞으로도 변함없이 돈과의 투쟁 역사다. 그리고 이 싸움은 점점 더 잔혹해질 것이다. 영원히 죽지 않는 부랑자의 수는 점차 증가하고 그 결과로 이들의 가난과 폭력성 역시 더욱 심각해질 것이 분명하기 때문이다.

죽지 않는 인간들 가운데 젊은 에르네스토 체 게바라는 혁명투쟁에 뛰어들었다. 그는 거리에서 벗어나 도시 게릴라의 원칙을 완성시키고 있다. 죽지 않는 인간들 중 많은 늙은이들은 이 녀석이 또 귀에 문제가 생긴 건지, 아니면 자신을 죽지 않는 인간이 아닌 단지 반항아라고만 여기고 있는지 궁금해한다. 생전에 그는 남의 말을 잘 귀담아 듣지 않았다는 이유만으로 성공했다고 한다. 피델 카스트로가 물었을 때였다.

"너희 중에 에코노미스타(economista, 경제학자)가 있나?"

이때 게바라는 손을 번쩍 들었다고 한다. 그는 이를 '코무니스타

(comunista, 공산주의자)'로 잘못 이해한 것이었다. 그의 귀에는 농부가 공산주의자로 들렸다. 의사이자 혁명가였던 게바라는 나중에 쿠바의 재무부장관과 국립은행 총재가 되었다.

그러나 옛날이나 지금이나 그의 논 버는 방법이 성공적이란 데 이의를 제기할 사람은 아무도 없다.

한때 대지주의 불공정한 처사에 맞서 싸우기 위해 농부들을 싸움터로 이끌었던 이 인류의 몽상가는 오늘날 교장의 부당한 처사에 항의하기 위해 학생들을 논쟁으로 인도한다. 더 높은 학점과 더 큰 자유를 얻기 위해 어린 학생들은 가슴에 게바라의 얼굴이 그려진 옷을 입고 바리케이드를 향해 질주한다. 학생들은 "사랑과 평화"란 구호를 외치며 국기 대신 배꼽에 달린 피어싱을 흔들어댄다. 형제애를 노래하는 대신 시스터 S.의 랩을 부르고 화염병 대신 히로뽕을 던져넣는다.

게바라는 대량으로 유포된 자신의 얼굴에서 얻는 것이 없다. 그는 저작권도 이용보호권도 없다. 하지만 그는 이미지가 있다. 전설적인 명성이 있다. 그는 신화다. 그는 이상적인 인간형이다.

그래서 그는 자신 말고 다른 것이 될 필요가 없다. 납작한 모자와 입에 문 시가, 모자에 달린 별. 그는 이렇게 옷을 차려입고 가장 가까운 은행 안으로 들어가 탁자 위에 칼라슈니코프 소총을 내려놓으며 말한다.

"현실을 직시하시오. 불가능을 시도해 보시오!"

그가 이렇게 외치고 나면 언제나 똑같은 광경이 일어난다. 은행의 직원들은 영원히 서른 살인 이 남자가 어느 텔레비전 프로그램의 숨겨진 카메라를 가지고 장난을 치거나 회사 측의 의욕 강화 프로그램을 실시하는 새로 온 트레이너라고 여긴다. 그들은 얼굴에 웃음을 띠면서 모든 긴급 사태에도 침착하게 대처하는 친절한 은행원의 역할을 훌륭하게 해낸다.

그러면 게바라는 모든 여성의 마음을 녹이는 미소를 지으며 시가를 탁자 모서리에 내려놓은 다음 자신의 메시지를 알린다.

"지금 당장 줄 수 있는 모든 지폐를 내놓으시오."

그의 얼굴은 계속 미소를 머금고 있다.

"혁명 만세!"

게바라는 일을 성공적으로 마친다. 대부분의 경우 은행원들은 두꺼운 돈다발을 그에게 내밀며 어딘가 숨어 있는 몰래카메라를 향하여 미소를 날리고 곧 오르게 될 봉급을 생각하며 기대에 부푼다. 그사이 게바라는 돈과 칼라슈니코프와 시가를 챙겨들고 모자를 다시 바로 쓴다. 그리고 상냥하게 고개를 끄덕인 뒤 불끈 쥔 주먹을 허공에다 휘두르며 유유히 은행을 빠져나간다. 은행 안 직원들은 몇 분을 기다리다가 불안한 웃음을 웃으며 이제는 기둥 뒤에 숨어 있던 은행장이 제발 "브라보"를 외치며 어서 빨리 나타나주기만을 바란다. 그러나 멀지 않아 두려운 기다림의 시간이 지나고 이곳에서 실제 불가능이 시도되었고 일어났음을 깨닫게 된다. 이것은 다름 아닌 진짜 은행 습격이었다.

진짜 자본 범죄다. 말 그대로 자본 범죄다. 다른 어느 것도 아닌 바로 돈을 훔치는 범죄였다. 게바라를 자꾸 부자로 만드는 범죄다. 그에게 풍요의 뿔을 열어주는 범죄다. 쉴 새 없이 금화가 쏟아지는 판도라의 상자다. 어떤 돈이든, 어느 곳이든, 어느 시대든 게바라는 부자다. 과거에 부자였고 앞으로도 영원히 부자일 것이다.

그는 아무것도 포기할 필요가 없다. 그는 이미 생전에 자신이 원하는 것을 모두 가졌다. 여자, 시가, 술. 그는 골프도 치고 기타도 쳤다. 산도 타고 자전거도 탔다. 그리고 요트를 타고 여행도 했다. 비록 그가 해낸 일은 아무것도 없었지만 사람들은 그를 칭찬하고 칭송했다.

그리고 지금도 천재적인 은행털이 수법 덕분에 아무것도 포기할 필요가 없다. 단지 게바라처럼 생겼다는 이유 때문이다. 멋진 외모에 무적의 힘을 지니고 있기 때문이다. 살아 있는 기관총처럼 생겼기 때문이다. 쟁취하는 꿈의 상징처럼 생겼기 때문이다. 자유를 위한 투쟁의 초상화처럼 생겼기 때문이다.

그래서 그는 어떤 유행도 따라할 수 있다. 아침에는 라떼 마키아또를, 오후에는 레드불(일종의 강장 음료—옮긴이)을, 저녁에는 카이피리냐(일종의 칵테일—옮긴이)를 마실 수 있다. 아침에는 피오리나를, 오후에는 베아테를, 저녁에는 프란치스칼 침대 위에서 뻗게 할 수 있다. 그는 온종일 굵은 하바나를 피울 수 있고 뚱뚱한 운전기사가 모는 거대한 리무진을 타고 시내를 돌아다닐 수 있다. 그가 체 게바라처럼 생긴 한 그에게는 아무 일도 일어날 수 없다.

이 부랑자 게릴라처럼 자신의 외모로 득을 보는 자는 아마 없을 것이다. 우리 죽지 않는 인간들은 거의 모두 예전의 모습을 간직하고 있다. 나 역시 마찬가지다. 사실 나는 조금도 달라진 것이 없다. 얼굴의 때가 더 두꺼워졌다는 사실을 빼면 말이다. 옛날에는 결벽증이 심한 어머니가 편지로 독촉하는 바람에 적어도 일주일에 한 번은 목욕을 했다. 그러나 지금은 한 달에 한 번이라도 몸에 낀 거리의 때를 벗겨낼 수 있다면 행복하다.

오늘의 부랑자들은 더욱 독특한 청결과 아름다움의 극치를 보여준다. 마를레네 디트리히*는 왕년의 꽃다운 아름다움을 여전히 간직하고 있다. 단지 사람들이 그녀의 옛 모습을 기억하지 못할 뿐이다. 사람들은 연기를 위해 분장한 그녀의 얼굴만 기억한다. 사람들에게 오로지 예쁜 모습만 보이기 위해 철저하게 노력했던 그녀는 지금 시각적인 타불라 라사(tabula rasa)**다. 인간의 시각적 기억 속에 든 빈 자리다. 그 공백은 오직 그녀의 영화를 투사함으로써만 채워진다. 그렇기 때문에 그녀를 알아보는 사람은 오늘날 아무도 없다.

여러 해 전 나는 그녀를 베를린 카데베 백화점 앞에서 만난 적이 있었다. 그녀는 그곳에서 불법 복제한 CD를 팔고 있었다. 그녀가 나에게 말을 걸어왔다.

"마르크스 씨. 정말 하나도 안 변하셨군요!"

---

* 독일의 영화배우로 이지적이면서도 관능적인 매력을 지녀 영화사상 가장 매혹적인 여배우 중 한 명으로 꼽힌다. 〈푸른 천사〉에 출연했다.
** 아무것도 씌어 있지 않은 흰 종이라는 뜻으로, 일체의 경험 이전의 인간의 정신 상태를 이르는 말. 라이프니츠가 로크의 경험론을 비판하면서 사용한 말이다.

그녀를 알아보지 못한 나는 궁금한 표정으로 그녀를 쳐다보았다.

"죄송합니다만 성함이⋯⋯? 아마도 20세기에 살던 분 같은데⋯⋯ 아시다시피 유명한 선조는 기억해도 자손들을 보는 안목은 없는 법이지요."

"저 디트리히예요."

그녀는 우물거렸다. 그녀의 목소리에는 불쾌한 기분이 역력했다.

"아, 그래요! 물론이지!"

나는 얼른 대답했다.

즐거운 기분이었던 나는 정말로 그녀를 기억했기 때문에 이야기를 꾸며대기 시작했다. 그녀가 내뿜는 매혹에 빠지지 않기 위해서, 그리고 힘겹게 동냥한 재산을 영화관 주인의 배를 두둑하게 하는데 쓰지 않기 위해서 나를 베를린 쿠담 거리의 가로등 기둥에 묶도록 친구들에게 부탁했다고 말했다. 당시 디트리히는 '푸른 천사'가 되어 사람들을 극장으로 유혹했다.

나는 이 말이 진짜임을 증명해 보이기 위해 덧붙여 말했다. "1930년에 19세기 말의 어느 속물 고교 교사가 사랑에 빠지는 싸구려 술집 여가수를 연기했었죠?"

디트리히는 미소를 지으며 고개를 끄덕였다. 그러고 나서 수줍은 얼굴로 여러 장의 복제 CD를 그의 앞에 펼쳐보였다. 그것은 마를레네 디트리히가 녹음한 음반들이었다. 그녀는 이미 사망한 사람이기 때문에 더 이상 생계비를 보장받지 못했다. 이 불법 복제 CD만이 현재 옛날의 성공에서 이득을 취할 수 있는 유일한 길이었다.

잠시 나는 어쩌면 불법 복사한 『자본론』도 암시장에서 팔 수 있을지 모른다고 생각했다. 하지만 곧바로 그러기에는 너무 오랫동안 복사 가게에 서 있어야 한다는 사실을 깨달았다. 예상되는 이득을 계산해 보니 시간당 임금은 소모되는 노동에 전혀 걸맞지 않았다. 디트리히한테는 매력적인 일일지 모르나 나한테는 아니다. 나는 너무도 물질주의적이기 때문이다.

그렇지만 생존 전략의 진화는 앞으로도 이어진다. 그리고 비록 나는 이미 120년 전에 죽은 사람이지만, 앞으로 계속 고민하여 반드시 선구적 업적을 이룰 것이다. 역사는 아직 끝나지 않았다. 나는 결국 역사를 완성할 것이다. 나는 역사 발전의 정점(頂點)이다. 나는 멋진 피날레다. 나 말고는 아무도 될 수 없다.

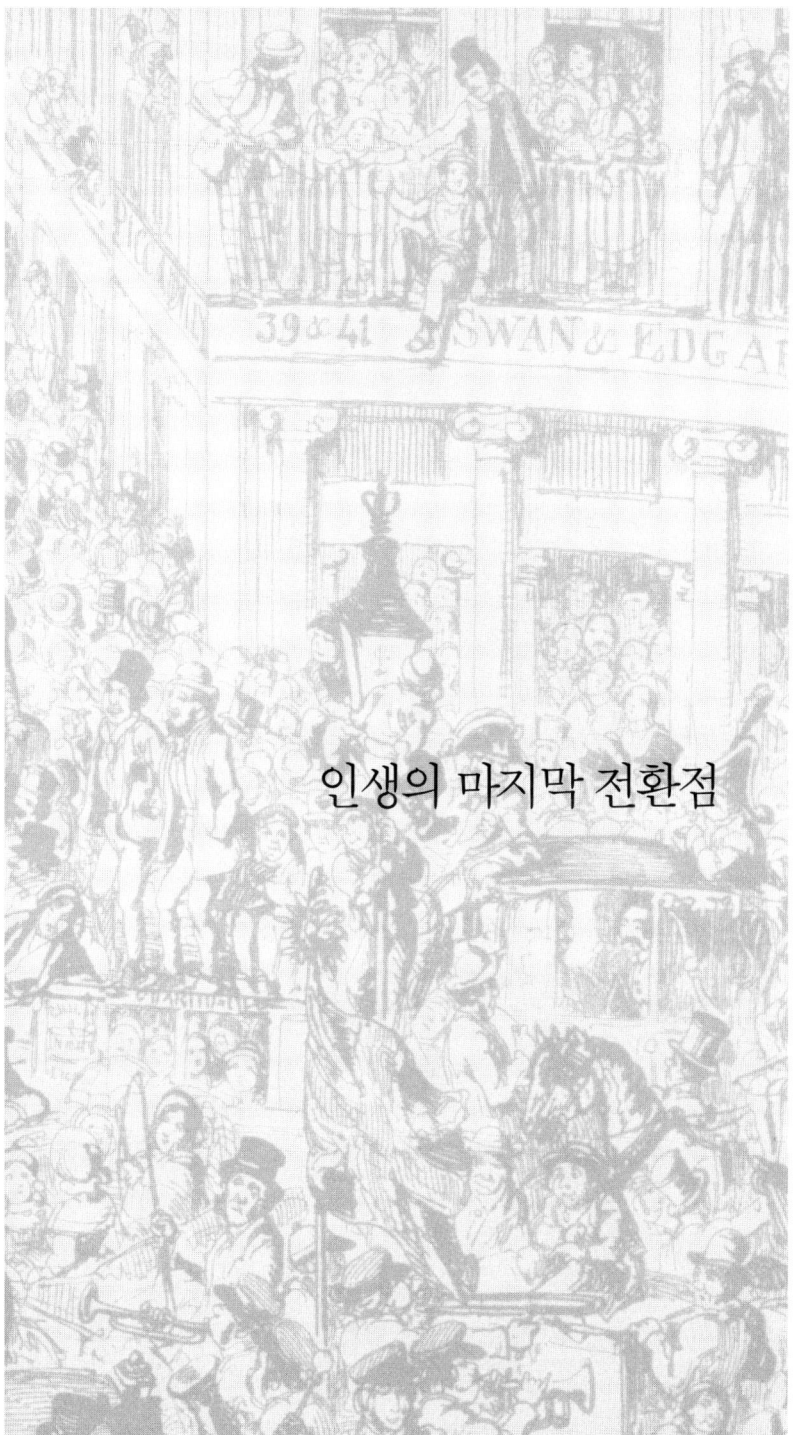

인생의 마지막 전환점

나는 실제 존재한다.

설령 나는 전설에 지나지 않는다고 주장하는 책이 있더라도,

나는 아무것도 아니라고, 존재하지 않는다고, 아니면 혼자라고 주장하는 책이 있더라도,

나 혼자 잘못했다고, 나에게 책임이 있다고, 아니면 나는 죽었다고 하는 책이 있더라도,

나는 죽었고, 잊혀졌고, 완전히 죽었다고 주장하는 책이 있더라도,

나는 죽지 않았다.

알텐바흐는 마르크스의 일기와 현 재계 거물들에 대한 특집 기사가 아주 기발한 아이디어라고 생각했다. 이미 그는 기사의 제목도 생각해두었다.

"돈에 대한 생각—과거부터 현재까지. 옛날의 경제 거물은 오늘날 어떻게 무에서 성장을 이루어낼까."

그리고 경제의 역사에서 유명한 여러 인물들을 오늘날의 현실에 비추어 재조명한다. 물론《슈투름》의 분위기에 걸맞게 사회 비판적 요소가 아주 없어서는 안 된다. 알텐바흐의 생각들은 서로 맞물려 경제사와 부랑자의 세계 속으로 함께 빠져들었다.

마르코 폴로. 모험을 좋아하는 13세기의 상인 마르코 폴로는 지금도 세상을 돌아다닌다. 교활한 그는 전설적인 모자놀이를 이용해 돈을 번다. 수년간의 떠돌이 생활로 쌓인 경험은 그에게 많은 도움을 준다.

코시모 메디치*. 이탈리아 피렌체 출신의 이 세력가는 지금도 여전히 막후 조종자로서 영향력을 행사하며 이탈리아의 관광 도시와 아드리아 해변에서 나무로 만든 춤추는 꼭두각시 인형을 조종한다. 그는 관광 버스를 타고 여행하는 노인들 앞에서 〈로미오와 줄리엣〉을 무대에 올리길 좋아한다. 그리고 어느 누구도 이 우쭐거리는 영주의 공연 도중에 끼어들어서는 절대 안 된다!

알프레트 크루프**. 오늘날 그는 자신이 살던 언덕 위 빌라의 정원에 더 이상 들어갈 수 없다. 하지만 꽃으로 큰 사업을 벌이곤 했던 그는 지금도 꽃으로 돈을 벌고 있다. 크루프는 밤마다 베를린 크로이츠베르크 지역 술집을 돌아다니며 장미꽃을 판다. 이렇게 버는 돈은 비록 크루프 철강이 올리는 수익만큼은 아니어도 결코 얕잡아보면 안 된다. 매일 밤 그가 거두는

---

* 이탈리아 메디치 가의 주인으로 1434년 이래 피렌체를 독재적 권력으로 지배하면서 문인과 예술가를 보호하여 피렌체를 르네상스의 중심지로 만들었다.
** 독일의 제강업자로 도가니 강법(鋼法)을 개발하여 크루프 포(砲)를 제작하고 크루프 사(社)를 창립했다.

수입은 10유로까지 가능하다!

아리스토텔레스 오나시스. 어마어마한 부자인 이 선주는 여전히 모나코의 고급 요트 항구에서 인생을 살고 있다. 그는 요트를 타는 사람들이 배를 육지에 대고 밧줄로 매는 일을 노와준다. 이 밖에 화장실을 치우고 찢어진 돛을 꿰매주기도 한다. 오나시스는 그 대가로 쥐어지는 동전 몇 닢을 감사하게 받는다. 그리고 이 돈은 모나코에서 흔히 그렇듯 세금이 완전히 면제된다!

윌리엄 란돌프 허스트*. 한때 《코스모폴리탄》과 패션 월간지 《하퍼스 바자르》로 수백만 달러를 벌어들였던 이 미국의 신문왕은 지금도 언론으로 돈을 벌고 있다. 그는 노숙자 신문을 매 도시 매 간행시마다 20부까지 발행한다. 이로써 그는 다시 한 번 자기 분야 최고의 소득자다.

편안한 마음으로 일에 열중하고 있던 알텐바흐는 갑자기 울리는 전화벨 소리에 깜짝 놀랐다. 그는 자신의 사무실에서 오후 들어 첫 번째 코냑을 마시고 네 번째 여송연을 피우며 느긋

---

* 미국의 신문 경영자로 전국 13개 도시에 허스트 체인을 만들어 옐토 저널리즘이라 불리는 20여 종의 대중용 오락지를 개발했다.

하게 신문을 읽고 있던 참이었다.

"여보세요?"

누군가 자신의 이름도 대지 않고 물었다.

"예. 말씀하세요. 누구시죠?"

알텐바흐는 조급하게 되물었다.

"아, 여기는 경찰입니다."

마침내 수화기 저편에서 중얼거리는 소리가 들렸다.

"카페스 경찰관입니다. 혹시 랄프 담프 딘제만을 아십니까?"

"예, 압니다. 왜 그러시죠? 무슨 일 있습니까? 아니면 그가 무슨 사고라도 쳤나요?"

알텐바흐는 깜짝 놀라 의자에서 벌떡 일어났다.

"흠. 그게…… 저도 잘…… 저희는 단지 알텐바흐 씨의 번호가 전화기에 저장되어 있어서……. 딘제만 씨가 최근에 전화를 사용한 것은 날씨 문의와 자동 알람 기능 빼고는 당신하고 통화한 것밖에 없는 것 같아서요."

경찰관은 말을 빙빙 돌려대기만 했다.

"빨리 말씀하세요! 그에게 무슨 일이 일어났습니까?"

초조한 알텐바흐는 재촉했다.

"딘제만 씨와는 어떤 사이셨습니까?"

어떤 사이였냐고? 이 경찰관은 왜 과거형을 말하고 있는가? 신경이 곤두선 알텐바흐는 아랫입술을 깨물었다.

"그를 잘 압니다. 제일 친한 친구라고요! 이제 좀 말씀해 주시죠!"

"예, 그렇다면…… 유감입니다만……."

경찰관은 조심스럽게 말을 이었다.

"딘제만 씨가 사망하셨습니다."

알텐바흐는 도무지 이해할 수 없었다.

"죽었다고요? 아니, 어떻게……?"

"아마도 스스로 목숨을 끊은 것 같습니다. 어쨌든 모든 정황이 자살임을 암시합니다. 하지만 저희는 이 사건을 조사하고 최종 판단을 내리기 전까지 어떤 가능성도 배제하지 않을 생각입니다."

알텐바흐는 침묵하며 경찰관의 냉정한 설명에 귀를 기울였다. 경찰관의 말은 그의 귓속에 이상한 여운을 남겼다. 죽었다. 그의 가장 친한 친구 래디가 죽었다. 자살. 그런데 그는 아무것도 눈치 채지 못했다. 래디가 힘들어 한 것을 조금도 알아차리지 못했다. 알텐바흐의 머릿속은 복잡했다. 그와 마지막으로 통화했을 때 래디는 무슨 말을 했었나?

"조금 혼란스러웠어."

래디는 이런 말을 했던 것 같다. 그러고 나서 알텐바흐를 매우 민감하다며 칭찬해 주었다. 어이가 없다. 민감하기는 무슨! 래디는 죽었다. 스스로 목숨을 끊었다. 그런데 알텐바흐는 아무것도 몰랐다.

"경찰서에 오셔서 몇 가지 질문에 대답해 주셨으면 합니다.

어쩌면 사건을 해결하는 데 도움을 주실 수도 있으니까요. 가능하십니까?"

알텐바흐는 경찰관이 자신을 볼 수 없다는 사실을 잊은 채 말없이고개를 끄덕였다.

"여보세요? 아직 끊지 않으셨죠?"

경찰관은 수화기에 대고 소리쳤다.

"아, 예. 물론입니다."

알텐바흐는 완전히 넋이 나간 듯이 말을 더듬었다.

"죄송합니다. 너무 갑작스런 일이라서……."

"이해합니다."

경찰관은 그를 위로했다.

"이런 경우는 진정하는 데 시간이 필요하지요. 저희한테는 언제쯤 오실 수 있습니까?"

"원하신다면 오늘이라도 가겠습니다."

점차 정신을 차린 알텐바흐가 대답했다.

"저도 가능한 한 빨리 더 자세히 알고 싶습니다."

"그러시다면 오늘 오후에 경찰서로 나와주십시오."

경찰관은 알텐바흐에게 제안하며 경찰서의 위치를 설명해주었다. 그런데 갑자기 다른 생각이 떠오른 듯했다.

"아니면 담프 딘제만 씨 집으로 바로 오실 수 있습니까?"

알텐바흐는 침을 꿀꺽 삼켰다.

"걱정하지 마십시오. 친구 분은 그곳에 없습니다. 시신은 이미 병리과에 보내졌고 살인의 흔적도 전혀 찾아볼 수 없습니다."

살인. 얼마나 끔찍한 말인가! 알텐바흐는 구토가 났다. 래디는 동맥을 끊은 것일까? 아니면 면도칼로 복을 자른 섯일까? 정말 끔찍한 상상이다!

그러나 알텐바흐는 그리로 가겠다고 말했다. 그렇다. 그는 래디의 집에 가고 싶었다. 혹시 수상한 것은 없는지 확인하고 싶은 이유에서라도 가고 싶었다. 이것은 알텐바흐에게 래디의 집으로 오라고 말한 경찰관의 의도이기도 했다. 경찰관은 끝으로 다시 한 번 물었다.

"마지막으로 딘제만 씨의 집에 오신 게 언제였습니까?"

"약 2주 전입니다."

"그렇다면 집에 어떤 변화가 생겼는지 확인해 주실 수 있겠군요."

그는 말을 조금 더듬었다.

"집 안이 너무 이상해요. 완전히 엉망입니다. 딘제만 씨는 예술가였지요?"

"예. 맞습니다. 하지만 대체로 정리를 잘하는 편이었는데요. 제가 가서 한번 보도록 하죠."

알텐바흐는 용감하게 약속했다.

래디의 집에 도착하기 전까지 시간은 마치 슬로우 모션처럼 느리게 움직였다. 하지만 그사이 알텐바흐의 머릿속은 매우 복잡했다. 그는 래디와 마지막으로 나누었던 대화를 기억해 내기 위해 노력했다. 그가 기억해야 할 중요한 단서가 있었는지 모르기 때문이었다. 래디가 자신의 삶에 어떤 특별한 전환이 왔다고 말했음에도 불구하고 알텐바흐는 지난 2주 동안 그에게 연락을 하지 않았다. 알텐바흐는 스스로를 질책했다.

그러나 순간 알텐바흐는 자신이 래디의 자동응답기에 마지막 음성 메시지를 남긴 것이 불과 어제였다는 사실을 떠올렸다. 오, 맙소사! 그렇다면 그때 래디는 이미 죽어 있었다는 말인가!

절대 그래서는 안 되지만 알텐바흐는 코냑에 취한 채 래디의 집까지 차를 운전해서 왔다. 어떤 낯선 남자가 그에게 문을 열어주며 자신을 베커 경감이라고 소개했다.

"놀라지 마십시오! 부엌 뒤쪽에 있는 벽을 벗겨냈습니다. 차마 보여드릴 수가 없어서……."

그는 잠시 쉬었다가 계속 말했다.

"친구 분께서 발터 권총을 입에 물고 방아쇠를 당겼습니다. 아주 순간적인 죽음이죠. 물론 그 뒤처리를 하는 사람한테는 그다지 즐거운 일이 아니지만……."

알텐바흐는 래디의 집에 오겠다고 한 자신의 결정을 후회했다. 불과 2주 전에 래디와 함께 웃으며 마주앉았던 집은 상상보다 끔찍한 상태였다. 실제 이곳은 어느 미친 사람에 의해 마구 어지럽혀져 있었다. 분명히 구분되던 거실과 작업실의 경계도 없어지고 사방에 종이가 날아다녔다. 찻잔과 그릇들은 깨진 채 바닥에 흩어져 있었다. 거의 모든 캔버스는 칼에 찢겨지고 붓 통과 물감 통은 모두 쏟아져 있었다. 그야말로 지옥이었다. 그리고 부엌의 싱크대는 하얀 천으로 덮여 있었다. 저 뒤에서…….

알텐바흐는 무릎에 힘이 빠져 비틀거렸다. 경감은 그를 부축한 뒤 의자 위에 앉혔다.

"술 드셨습니까?"

그는 알텐바흐의 입에서 술 냄새를 맡고는 물었다.

"네, 코냑 한 잔 마셨습니다."

알텐바흐는 솔직하게 말했다.

"너무 놀라서……."

"당연히 그러시겠지요."

경감은 그를 안심시켰다.

"이젠 정신을 좀 차리셔야 합니다."

두 사람은 잠시 동안 아무 말 없이 식탁 옆에 앉아 있었다. 알텐바흐는 떨리는 손으로 여송연에 불을 붙였다. 하지만 그는 금방 여송연을 재떨이 위에 내려놓고 고개를 숙여 식탁 모서리에 갖다댔다. 알텐바흐는 현기증을 느꼈다.

"그냥 집에 돌아가시겠습니까?"

경감은 그를 이해한다는 듯이 물었다.

"너무 무리하시는 것이 아닌지 모르겠습니다."

"아니, 아닙니다."

알텐바흐는 신음했다.

"그냥 말해 주십시오. 무슨 일이 일어났는지 그냥 말해 주세요."

그는 고개를 들고 경감의 눈을 똑바로 응시하며 애원하다시피 반복했다.

"제발 말해 주세요!"

베커 경감은 자신 앞에 앉은 상대를 의심스러운 듯이 쳐다보았다. 하지만 그는 결국 이야기를 꺼냈다.

"오늘 아침 친구 분의 이웃이 전화를 걸어 여기서 총소리가 들렸다고 알려주었습니다. 그리고는 직접 확인해 볼 용기가 없어 바로 경찰서에 전화를 걸었던 것이죠. 몇 분 뒤 순찰차가 왔고 딘제만 씨는 문을 열어주지 않았습니다. 신고한 이웃은 그가 항상 집에만 있기 때문에 없을 리가 없다고 말했어요. 그래서 경찰이 열쇠공을 불러 문을 열어보았죠. 그리고 이 끔찍한 광경을 발견한 것입니다."

경감은 알텐바흐의 반응을 살피기 위해 잠시 말을 멈추었다. 그러나 알텐바흐는 아무 말도 하지 않고 식탁만을 뚫어져라 쳐다보았다. 때때로 여송연을 빨았다가 연기를 힘없이 다시 내뱉었다.

"친구 분에게 힘든 문제가 많았던 것 같습니다."

경감은 추측했다.

"그리고 친구도 많지 않고요."

마지막 말은 알텐바흐의 가슴에 와서 꽂혔다.

"래디는 은둔하고 살았어요."

그는 작은 소리로 말했다.

"어쩌면 제가 그의 유일한 친구였을지도 모릅니다. 저는 실패한 겁니다. 저는……."

그의 목소리는 작아졌다.

"친구 분이 최근에 부랑자들과 어울렸던 사실을 아십니까?" 경감이 물었다.

"맥주를 엄청 마시고 이런저런 이상한 말을 했다고 하던데요……."

"그는 전직 사회복지사였어요."

알텐바흐는 설명하기 시작했다.

"아마도 자신의 뿌리로 되돌아가려고 했던 것 같습니다."

"딘제만 씨가 그린 그림을 보면 이미 오래전 우울증에 빠졌던 것 같군요. 온통 검은색이에요. 하나도 빠짐없이. 너무 음울하다고 생각하지 않으십니까?"

경감은 어지러운 집 안을 두고 하는 말이었다.

"이곳을 보면 그의 성격이 무척 공격적으로 변한 것 같군요. 아니면 캔버스를 찢는 것도 그의 예술의 속하나요?"

알텐바흐는 어깨를 으쓱거렸다. 찢어진 캔버스가 예술 작품이 될 수 있는지 그는 알 수 없었다. 어쩌면 가능한 일이었다.

하지만 그것이 정말 래디의 의도였을까?

베커 경감이 계속 말했다.

"최근 그는 영생(永生)에 대해 이상한 주장을 펴며 인류의 위대한 사상가에 대해 거의 광신적으로 말하고 다닌 것 같습니다. 아무튼 이웃 사람들이 그렇게 얘기해주더군요."

알텐바흐는 머리를 두 손으로 받쳤다. 그는 이 모든 것이 악몽처럼 여겨졌다. 이상한 비현실 같았다. 경감의 목소리는 마치 다른 세상의 소리처럼 그의 귓속을 울렸다.

"그가 진짜 유서는 남기지 않았지만 저희는 열 쪽 가량의 편지를 발견했습니다. 아마 그가 직접 쓴 것 같은데요. 그의 필체를 알아보시겠습니까?"

경감은 물으며 알텐바흐에게 빼곡히 적힌 종이 뭉치를 건네주었다.

"예. 그가 쓴 것이 맞습니다."

알텐바흐는 탈진한 목소리로 확인해 주었다.

"한번 봐도 될까요?"

경감은 고개를 끄덕였다. 알텐바흐는 래디의 편지를 읽기 시작했다. 그리고 곧 이것이 래디가 쓴 것이 아니라 마르크스 일기의 일부임을 깨달았다.

정말 재수 없다. 나는 역사상 가장 똑똑한 사람 가운데 하나다. 나는 매우 영리하고 언사에 뛰어난 재주가 있으며 세계를 모두 포용할 수 있는 능력을 가지고 있다. 나는 라틴어와 고대 그리스어 원문을 읽을 수 있고 독일어, 영어, 프랑스어에 능할 뿐 아니라 러시아어까지 배운 적이 있다. 나는 글로벌 인간이다.

나는 자부심이 강하다. 멋진 외모에 정력도 세다. 나는 독일 매춘부를 통해 사랑을 알게 되었고 프랑스 사창가에서 그 진정한 맛을 보았으며 영국 창녀와 함께 신에게 절박한 기도를 올렸다. 나는 스물다섯에 순결한 남작 집안의 규수와 결혼했고 그녀에게 사랑과 정열을 바쳤다. 비록 뭇 여인들의 가슴을 뛰게 했지만 나는 죽는 순간까지 최선을 다해 한 여인만을 사랑했다.

나는 더 이상 젊지는 않지만 경험은 풍부하다. 나는 쉼 없이 새로운 지식을 배우고 끊임없이 모험을 했다. 힘이 요구될 때는 주저 없이 달려들었고 주먹이 필요할 때는 주먹을 휘둘렀다. 하고 싶은 말은 거침없이 하고 하찮은 것을 멸시하지 않으며 더러운 것도 피하지 않았다. 나는 매우 인간적이다.

나는 대장부다.

흠, 만약 이 세상이 나를 대장부로 내버려둔다면 말이다. 하지만 나는 겁쟁이다.

나는 지금 여기 앉아서 동전을 하나씩 뒤집어보고 있다. 동전 몇 푼을 벌기 위해 월요일부터 금요일까지 바보짓으로 시간을 때운다. 지루함을 견디기 위해 주말을 허비한다. 그리고 지난 100년 이상의 세월 동안 섹스를 한 적이 한 번도 없다.

나는 매일 부딪히는 이 머저리들에게 종속돼 있다. 이들을 위해 나는 억지로 상냥한 미소를 짓고 친절한 말을 해야만 한다. 이는 하루가 끝나고 또 그 다음 하루를 살기 위해 필요한 돈을 얻기 위해서다. 가끔은 몇 유로를 저축하기도 한다. 그러면 나는 며칠 동안 이 우둔한 밥벌이에서 잠시 쉴 수 있는 짬을 낼 수 있다. 자유롭고 홀가분한 기분이다. 아무런 의미도 분별도 없이 짐승처럼 살아가는 주변의 공허한 인간들로부터 떠날 수 있다.

그래도 나는 이들이 전혀 그립지 않을 것이다. 그렇다. 이 지긋지긋한 존재들, 토요일이면 바우하우스(DIY 자재를 파는 가게-옮긴이)에서 터프한 척하는 사내들이나 핑크색 스판 헬스복 차림새를 뽐내는 여자들은 제발 좀 잠자코 있으면 좋겠다. 매달 이체되는 월급을 자신의 '공로'라고 여기는 우매하고 편협한 명청이들이나 피부 보호를 위해 중성 세제를 쓰고 지독히 깔끔한 부엌에서 모든 생명체를 근절시키는 상류층의 계집들은 잠자코 있어야 한다.

그렇다. 이들은 가만히 있어야 한다. 반드시 방해가 되는 것은 아니지만. 아무튼 항상 그렇지는 않다. 어떤 경우에는 정말로 쓸모 있고 중요할 때도 있다.

그들은 세상을 메우는 대중이다. 이들이 없으면 도시는 초라할 것이다. 이들이 없으면 술집도 슈퍼마켓도 황량하고 쓸쓸할 것이다. 이들이 없으면 기차역도 공항도 보행자 전용 구역도 죽은 듯이 황폐할 것이다. 만약 나 혼자만 기차를 탄다면 열차는 재정 적자로 운행이 힘들어질 것이다. 만약 한 사람만 비행기를 탄다면 대형 제트기는 발명되지 않았을 것이다. 그리고 만약 수천 명의 여행객이 물에 빠져죽지 않았다면 타이타닉의 침몰은 그렇게까지 전설적이지 않았을 것이다.

점점 더 많은 책장을 점점 더 많은 책으로 채우는 대중이 없다면 인쇄 기술은 발명되지 않았을 것이다. 점점 더 많은 거실을 점점 더 많은 책장으로 메우는 대중이 없다면 이케아 같은 대형 가구점은 탄생하지 않았을 것이다.

우리는 대중을 필요로 한다.

어쨌든 누군가는 내가 공원 벤치에 앉아 수풀 속으로 던지는 맥주캔을 치워야 하지 않겠는가.

맥주캔을 던져버리는 것은 내가 게으르거나 부주의해서가 아니다. 그렇다. 맥주캔을 던지는 일은, 그러니까 공원 벤치에 앉아 수풀 속으로 던져버리는 일은 인간화를 위한 의식적인 행위다. 주체가 사회화하는 과정이다. 나는 쫙 벌린 입속으로 캔 속에 남은 맥주 방울을 털어 넣고 엄지와 중지로 맥주캔의 마지막 숨을 쥐어짜낸 뒤 구겨진 금속판 덩이를 왼쪽 어깨 너머 수풀로 가볍게 던져버림으로써 사회화를 이룩한다.

그렇지만 미학적, 존재론적으로 주목할 만한 이 과정은 그 다음날 아침 맥주캔이 사라진 뒤에나 완성된다. 이를 통해 나는 주체가 객체의 나타남과 사라짐을 통해 자신의 존재뿐 아니라 타인의 존재를 확인한다는 사실을 안다. 다른 사람들의 존재를 감지하고 경험하게 된다.

나는 안도의 한숨을 쉴 수 있다. 편안한 마음으로 벤치에 앉아 맥주캔을 딸 수 있다. 나는 혼자가 아니다. 쓰레기를 치우는 누군가가 존재한다.

설령 내 앞을 끊임없이 지나가는 대중이 나의 상상 속에서 나온 환영일지라도 한 가지는 확실하다. 맥주캔은 있었다가 사라졌다. 누군가 그것을 치웠다. 나는 치우지 않았다. 나는 혼자가 아니다.

이것은 중요한 깨달음이다. 이에 대해 이미 많은 책들이 씌어졌다!

그 안에는 많은 내용이 있다. 다 읽기란 불가능하다. 또 다 읽을 필요도 없다.

그 내용이 옳은지 틀린지도 알 수 없지 않은가. 어쩌면 그것은 자신이 혼자가 아니란 사실을 확인하려는 누군가의 망상에 지나지 않을 수 있다. 하는 일 없이 종일 공원 벤치에 앉아 쫙 벌린 입속에 몇 마디의 말을 털어 넣고 엄지와 중지로 공허한 문장들의 마지막 숨을 쥐어짜낸 뒤 마구 구겨진 낱말 뭉치를 왼쪽 어깨 너머 수풀로 가볍게 던져버리는 누군가의 공상에 지나지 않을 수 있다. 그리고 다음날 아침 어떤 사람이 그 버려진 것을 문학의 집게로 집어들고 출판의 휴지통에 넣는다. 그러고 나면 그것은 언어의 쓰레기로서 언젠가 재활용되어 상품 세계에서 사용할 수 있도록 돌아올지도 모른다.

만약 책이 말할 수 있다면 그것은 아마 "나는 맥주캔이었다"라고 말할 것이다. 그러나 책은 말할 수 없다. 그래서 번번이 아무 말도 할 수 없다. 아무 말도 못 하고 기만적인 과대 포장에 싸여 있다. 그렇지만 힘 빠지게 만드는 요란한 마케팅의 날카로운 외침을 제외하면 침묵밖에는 할 수 있는 말이 아무것도 없다. 상을 탄 대중문학의 앵무새들은 사치스런 문학관의 연단의 그네에 앉아서 아무런 할 말이 없다.

하지만 그들은 혼자가 아니다. 어쨌든 이 사실을 글의 쓰레기를 통해 알게 되었다. 그들의 사명을 채워주는 대중이 있다. 그리고 책을 사는 대중이 있다. 머리 나쁜 삼류 작가들은 이런 책을 통해 자신이 혼자가 아니란 사실을 확인한다.

뭐, 좋다. 그들은 혼자가 아니다. 그렇지만 그들은 지나간 시절의 환영에 지나지 않는다. 아직은 작가가 존재했던 시절의 환영 말이다. 작가, 문학가, 문예가, 오늘날 이런 것들은 더 이상 존재하지 않는다.

존재할 필요가 있을까?

그들이 자신의 책을 직접 썼는지 아니면 대필을 시켰는지 알 수 없다. 컴퓨터가 작업의 태반을 해결했거나 인터넷을 이용해 텍스트를 짜깁기했는지도 모를 일이다. 작가는 스스로 창조해야 한다. 스스로 일해야 한다. 스스로 생각하고 스스로 존재해야 한다.

오늘날 과연 누가 자기 자신인가? 만약 누군가 (간단히 말해서) 어떤 예술적인 행위를 할 때 (예를 들어 표절 없이 작곡을 한다거나 인용 없이 시를 짓는다거나 아니면 캔버스에 자신 있게 물감을 칠한다면) 남아 있는 자아와 만나게 되면, 그는 너무나 놀란 나머지 그가 경험하는 것을 신으로 간주한다.

어느 멍청한 팝 가수라도 신이 내린 영감에 감사한다. 그 영감은 신이 인간의 머리 위에 뿌려준 작은 멜로디의 빗방울이었다. 이 물방울 중 하나가 한 인간을 넘치도록 채웠다. 존재의 거반은 넘칠 수밖에 없었다. 그것은 적이 되었고 시민성을 피해 도망갔다. 아주 짧은 순간 소외에서 벗어났다. 그리고 드디어 자아의 그림자를 가지고 세상 밖으로 나왔다. 처음으로 경험한 자신에게 눈이 부신 주체는 자신의 예술적 객체의 거울 앞에 서 있다. 놀란다. 두려워한다. 그리고 무엇보다 자신이 혼자라고 믿는다.

공원 벤치에 앉아 빈 맥주캔으로 다른 사람들의 존재를 확인하기까지는 어느 정도의 시간이 걸린다.

그러나 만약 이를 충분히 오랫동안 하고 있으면(나는 벌써 꽤 오랫동안 여러 공원 벤치에 앉아 맥주를 마시고 있다) 시간이 흐를수록 똑똑해지게 된다. 맥주를 마실수록 천부의 재능과 미친 짓의 차이를 배운다. 주체와 객체, 예술과 무대의 배경, 나와 대중 사이의 다른 점을 깨닫게 된다.

나는 실제 존재한다.

설령 나는 전설에 지나지 않는다고 주장하는 책이 있더라도, 나는 아무것도 아니라고, 존재하지 않는다고, 아니면 혼자라고 주장하는 책이 있더라도, 나 혼자 잘못했다고, 나에게 책임이 있다고, 아니면 나는 죽었다고 하는 책이 있더라도, 나는 죽었고, 잊혀졌고, 완전히 죽었다고 주장하는 책이 있더라도, 나는 죽지 않았다.

나는 유령이다. 나는 유럽을 배회한다. 나는 공산주의의 유령이다. 그리고 설사 옛 유럽의 모든 세력이 결탁해 나에 대해 성스러운 박해를 가할지라도 두 가지 사실은 확실하다. 나는 술을 마신다. 고로 나는 존재한다. 나는 쓰레기를 만든다. 고로 나는 혼자가 아니다.

다 마신 맥주캔을 수풀로 던질 때마다 나는 내가 살아 있음을 증명한다. 나 스스로에게 상기시킨다. 다른 사람들에게 내 쓰레기를 치우도록 강요한다.

나는 존재한다. 나는 혼자가 아니다.

잊혀진 것은 되돌아오지 않는다

그 이후의 일에 대해서 나는 아직도 확신이 서지 않는다.

알텐바흐는 빈에 왔을 때 래디가 남긴 일기의 일부를 읽고 그가 스스로 목숨을 끊지 않았을 거란 믿음을 문득 가졌다고 말했을 뿐이다. 알텐바흐는 삶에 대한 의욕을 잃은 사람이 그런 글을 베끼지는 않는다고 생각했다. 왜냐하면 그 내용은 자신감과 생명력으로 차 있었기 때문이다.

당시 나는 일기를 가지고 있지 않았기 때문에 그에 대한 어떠한 판단도 내릴 처지가 아니었다. 이제 나는 그 글을 여러 번 읽어보았다. 비록 지금도 그것이 아주 우울한 글이라고 생각하지만 알텐바흐의 주장을 조금은 이해할 수 있다. 이 뛰어난 언어로 표현된 우울에는 큰 힘이 숨겨져 있다.

어쨌든 알텐바흐는 래디가 누군가에 의해 살해당했다고 믿었다. 그는 경감에게 자신의 생각을 말할까 잠시 고민했지만 곧 무의미한 행동이라고 판단했다. 아무도 마르크스의 일기와 이와 관련되었던 일들을 믿지 않을 것이 분명했기 때문이다. 그래서 알텐바흐는 일기에 대해 아무런 언급을 하지 않고 다만 경감에게 래디가 가져간 자신의 노트를 찾아봐도 되는지 물어보았다.

경감이 친절하게 승낙하자 알텐바흐는 일기를 찾기 시작했다. 래디가 통화 중 장난으로 일기를 숨긴 장소를 귀띔해주었기 때문에 알텐바흐는 일기를 쉽게 발견할 수 있었다.

"이미 제자리에 갖다놓았지. 아틀리에의 가장 깊은 어둠 속, 천재적 색의 카리스마 뒤에 숨어 있지. 아무도 찾아내지 못할걸!"

래디는 이렇게 말했었다.

그때 알텐바흐는 혹 일기를 캔버스 속에 넣어서 꿰맸는지 물었고 래디는 이에 대해 웃음만 지었을 뿐이었다.

알텐바흐는 모든 그림을 뒤집어보았다. 그리고 마침내 가장 큰 캔버스 뒷면에서 일기를 발견했다. 일기는 덮개 같은 것 속에 들어 있었다. 안심한 알텐바흐는 일기를 대충 넘겨본 다음 재빨리 주머니 안에 넣었다.

일기를 찾은 알텐바흐는 경감과 함께 래디의 집을 나왔다. 그리고 나서 병가를 내기 위해 잠시 편집부에 들렀다가 시내 중심가의 한 작은 호텔에서 방을 빌렸다. 집으로는 갈 수 없었다. 자신의 생명도 안전하지 않았기 때문이다. 알텐바흐는 핸드폰의 전원도 꺼버렸다. 자신의 위치가 핸드폰으로 추적될 수 있다고 순간 판단했기 때문이다. 그는 자신의 MG를 호텔 주차장에 세워놓고 대중 교통 수단만을 이용했다. 그는 버스나 지하철을 일부러 여러 번 갈아탔고 목적지의 방향도 자주 바꾸었다. 그리고 마지막으로 은행에 들러 거액의 현금을 인출해 두었다. 이는 신용카드를 자주 사용하지 않기 위해서였다.

모든 준비를 마친 뒤 알텐바흐는 나에게 전화를 걸었고 빈과 로마행 비행기표를 예약했다. 그는 비행기에 오르기 얼마 전 고민 끝에 생각해 낸 은밀한 곳에 일기를 숨긴 뒤 찾아가는 방법을 쪽지에 암호화했다. 그리고 그로부터 열 시간 뒤 알텐바흐는 죽었다.

그는 죽기 전 대략 다음과 같은 생각을 하고 있었을 것이다.

가능성 하나

누군가가(찰리든 바티칸이든 KGB든 쿠바나 프놈펜이든) 그 일기에 대단한 관심이 있었다. 그것을 손에 넣기 위해 비방도 절도도 살인도 꺼리지 않았다. 그날 밤 래디와 통화할 때 들리던 딸깍거리는 소리는 배터리가 약해져서가 아니라 도청당하고 있었기 때문이다.

알려지지 않은 배후자들은 도청을 통해 래디가 일기를 갖고 있다는 사실을 안 뒤 래디의 집에 잠복해 있다가 일기가 숨겨진 장소를 알아내려 그를 협박했다. 그들은 래디의 작업실을 온통 쑥대밭으로 만들고 그의 그림을 모두 찢었지만 결국은 일기를 찾지 못하고 포기했다. 래디는 자신이 약속했던 대로 끝까지 입을 열지 않았다.

"일기에 관한 건 걱정하지 않아도 돼. 일기를 빼앗으려는 놈은 내가 절대로 가만두지 않을 테니까!"

그들은 자신의 정체를 숨기기 위해서 그리고 알텐바흐에게 경고를 할 목적으로 이 고집 센 예술가를 총으로 살해한 뒤 자살인 것처럼 위장했다. 일기를 베껴 쓴 것은 알텐바흐에게 주는 경고일 뿐 아니라 일부러 탁자 위에 놓아둠으로써 잘못된 단서를 남기기 위한 속임수였다. 그리고 일기의 나머지 사본은(알텐바흐는 래디가 일기를 전부 베꼈을 거라고 확신했다) 가져갔거나 곧바로 파기했다. 그들이 원하는 것은 사본이 아니라 원본이었다.

가능성 둘

차 사고와 절도는 실제 찰리가 꾸민 짓이었다. 하지만 그녀는 어떤 이유에서든 일기에 대한 관심을 잃어버렸다.

그런데 래디는 마르크스 일기의 열렬한 팬이 되어, 그러니까 신종 마르크스 추종자가 되어 자신의 죽지 않는 스승을 만나기 위해 거리의 부랑자들을 찾아나섰다. 래디는 대체로 눈에 띄지 않게(분위기에 어울리도록 캔맥주를 마시면서) 부랑자들과의 대화를 시도했고 그들 중 과연 누가 세계사의 위대한 사상가였는지 알아내려고 했다. 이때 어떤 죽지 않는 인간이 그를 주목했다.

이제부터는 억측 같지만 있을 법한 설명이다.

죽지 않는 인간은 보통의 인간에게 자신의 신분을 절대로 알려서는 안 된다. 때문에 부주의로 이 금기를 깬 진짜 칼 마르크스는 당연히 위험에 처하게 되었다. 어쩌면 그는 일기를 쓰지 말았어야 했다. 뿐만 아니라 일기를 잃어버리지 않고 호기심 많은 출판업자의 손에 들어가지 않도록 했어야 하는 것은 두말할 것도 없다!

비밀을 지켜야 할 규정을 어긴 경우 어떤 징계를 받는지는 알 수 없다. 그러나 차라리 살인을 하는 편이 나을 정도로 끔찍한 징계인 것만은 확실하다. 그래서 죽지 않는 인간들은 래디의 집을 침입해 그를 잔인하게 살해하고 작업실을 뒤졌지만 결국 일기를 발견하지 못했다.

가능성 셋

그럴싸하게 꾸며댄 접촉 사고는 어느 단순한 여자 사기꾼이 겁 많은 속물의 돈을 뺏으려 꾸민 사기극이었고 주거 침입은 여성 2인조 사기꾼이 우연히 같은 시각에 만든 작품이었다. 이들은 아파트 입구에 붙은 아무 이름을 대고 경비원을 속여 몰래 잠입한 뒤 집 안을 마음껏 뒤졌다.

그리고 살인은 살인이 아니라 여러 해 동안 그림을 팔지 못한 어느 우울한 예술가의 단순한 자살일 뿐이었다. 그는 최저 생계비로 어렵게 살며 삶의 의미를 상실한 중년의 위기를 겪고 있었다.

세 번째 가능성은 경찰의 해석이다. 하지만 알텐바흐에게는 가장 가능성이 희박한 해석이다. 이러한 우연의 연속은 일기에 대해 아무것도 모르는 사람만 상상할 수 있다. 그러나 일기를 읽어본 사람이라면 그 내용이 아주 특별하다는 점과 그 일기를 갖기 위해 독일 최대 시사 잡지의 여자 편집부장이 350만 유로를 제안했다는 사실을 이해할 것이다. 물론 일기의 진짜 여부를 증명할 수만 있다면 말이지만.

그렇다면 알텐바흐에게는 첫 번째와 두 번째 가능성만 남는다. 그리고 두 가지 의문도 아직 해결되지 않았다. 일기의 존재를 아는 사람은 죽지 않는 인간들에 의해 직접 살해되는 것일까? 아니면 알려지지 않은 어떤 조직에 의해서? 만약 후자의 경우라면 일기를 빼앗으려는 목적이 도대체 무엇일까? 그것은 일기를 없애기 위해서일까 아니면 세상에 알려 돈을 벌 속셈일까?

알텐바흐에게는 무엇이라도 상관없었다. 그는 자신의 생명을 위협받고 있었다. 어떤 경우든지 일기를 갖는 것은 목숨을 거는 일이었다. 왜냐하면 설사 래디가 일기를 내주었어도 그는 총으로 살해당했을 것이 분명하기 때문이다. 세상에 어느 누가 달갑지 않은 증인을 살려두겠는가?!

알텐바흐는 일기를 감추고 그 숨겨진 곳을 찾아내는 방법을 암호화해 두기로 결심했다. 그는 그 암호를 나한테 보내려고 했었다. 그러면 나는 어떠한 고문을 받거나 아무리 마약에 취한 상태라 해도 거짓말하지 않으며 일기가 있는 곳을 모른다고 주장할 수 있다. 그리고 경우에 따라서는 그 비밀의 장소도 발견할 수 있다. 뿐만 아니라 나는 그 일기를 결코 쉽게 찾아내지는 못할 것이다. 그래서 알텐바흐가 자신의 조사를 충분히 지속하는 동안 나는 절대로 일기를 없앨 수 없다.

알텐바흐의 생각은 옳았다. 나는 여러 달 동안 필사적으로
고민했고 비밀의 열쇠를 거의 다 풀었다고 생각했지만 결국에
는 성공하지 못했기 때문이다.

나는 언젠가 암호의 1차적 의미를 풀어냈다.

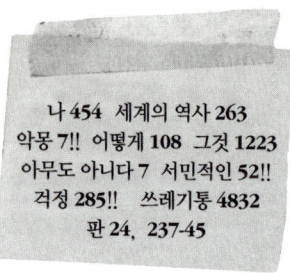

나 454 세계의 역사 263
악몽 7!! 어떻게 108 그것 1223
아무도 아니다 7 서민적인 52!!
걱정 285!! 쓰레기통 4832
판 24, 237-45

나는 '나' '세계의 역사' 등이 일기의 각 장의 첫 번째 단어
나 적어도 첫 번째 핵심어란 사실을 알게 되었다. 그리고 각 숫
자가 단어를 가리킨다는 사실도 알았다. 그러니까 '나' 뒤에 있
는 454는 "나는 아들을 갖고 싶었다"로 시작하는 일기에서 454
번째 단어를 가리켰다. 바로 '아편'이었다.

이런 식으로 느낌표까지 썼을 때 다음과 같은 문장이 나왔다.

"아편은 생명을 가졌다!! 거기서 쉬지 말고 찾아라!! 찾아
내라!!"

나는 같은 식으로 쓰레기에 대한 일기에서 4,832번째 단어를
찾았다. 그러나…… 이 장의 단어 수는 모두 3,618개밖에 되지
않았다. 판 만들기에 대한 일기에서 24번째 단어는 '~와' 였

다. 이건 말이 되지 않는다. 앞의 문장들도 이해하기 힘들지만 '~와'로 시작해서 끝나버리는 것은 더욱 이상했다.

그뿐 아니라 두 개의 사선이 그어진 이유는 정말로 궁금했다.

나는 4,832란 숫자가 4,832번째 단어가 아니라 4,832번째 알파벳을 가리키는 것일지 모른다는 생각이 들었다. 그것은 바로 'X'였다. 만약 이런 방법이 아니라면 어떻게 단어와 알파벳을 구분하겠는가? 나는 알텐바흐의 의도가 금방 이해되었다. 그리고 어쩌면 앞의 단어들도 알파벳일 거라는 생각이 들었다. 나는 오랜 생각 끝에 문득 깨달았다. "아편은 생명을 가졌다!! 거기서 쉬지 말고 찾아라!! 찾아내라!!"의 각 단어 첫 알파벳을 잇자 '올스도르프'란 단어가 나왔다. 올스도르프는 함부르크에 있는 크고 유명한 공동묘지의 이름이었다.

나는 또다시 생각에 빠졌다. 그리고 올스도르프 공동묘지의 체계적인 기록 덕택으로 묘지 안의 비석들이 특정한 도식에 따라 세워졌음을 발견했다. 그리고 그곳에는 실제 X24, 237-45번의 무덤이 있었다.

알텐바흐는 분명 그곳 어딘가에 일기를 감추었을 것이다. 알텐바흐의 암호는 마르크스 일기의 실재를 알고 일기의 컴퓨터 사본을 가지고 있는 사람만이 풀 수 있었다. 그가 풀어야 할 암호는 바로 '올스도르프 X24, 237-45'였다.

나는 준비가 되는 대로 곧장 빈을 떠났다. 그리고 함부르크에 도착하자마자 올스도르프 공동묘지를 찾아갔다. 그곳은 빈 중앙 묘지만큼 사람이 많지는 않지만 역시 아름다운 곳이었다.

나는 무덤 X24, 237-45번을 어렵지 않게 발견했다. 스톨리 가족 무덤 위에는 장엄한 대리석 비석이 세워져 있었다. 비석은 바위 위에 우뚝 솟은 커다란 십자가였다. 그리고 그 앞에 수도복 같은 옷을 입은 여인이 무릎을 꿇고서 십자가를 올려다보고 있었다. 그녀는 오른손으로 가로로 된 장식에 씌어진 글씨를 가리켰다. 나는 이 여인이 오페라 〈탄호이저〉에 나오는 십자가 곁의 엘리자베스란 사실을 알게 되었다.

어쨌든 나는 무덤 주변을 샅샅이 살펴보았지만 무언가를 숨길 만한 구멍은 찾아낼 수 없었다. 그렇다고 무덤 속을 파내는 일은 하고 싶지 않았다. 만약 그랬다가 실패하면 낭패였기 때문이다. 어쩌면 머리가 좋은 알텐바흐는 가난한 책장수인 나보다 똑똑해서 엘리자베스와 〈탄호이저〉를 빗대어 보물이 숨겨진 보다 놀라운 곳을 말하고 있는지도 몰랐다. 아니면 바위에 새겨진 말은 다만 내가 이해하지 못하는 또 다른 암시일 수 있었다. 바위에는 다음처럼 씌어 있었다.

"잊혀진 것은 되돌아오지 않는다. 그러나 빛을 내며 떨어지면 오래도록 남아 빛을 발한다."

일기가 숨겨진 장소가 너무 완벽하든지 아니면 내가 지금까지 풀 수 없을 정도로 이 수수께끼가 너무나 완벽하든지 둘 중 하나다. 하지만 이 책을 읽고 있는 여러분 중 누군가는 이 비밀을 풀어 일기를 찾아낼 수 있을지도 모른다.

어쨌든 알텐바흐는 조사를 끝내기 위해 여러 달을 보냈을 것이다. 그러나 그사이 어느 누구도 일기를 발견하지 못했다.

그런데 알텐바흐는 무엇을 더 찾고 싶었을까? 무엇을 더 알고 싶었을까? 무엇을 더 의심한 것일까?

그것이 아무리 진짜 마르크스의 일기라 해도 알텐바흐에게는 여전히 충분한 증거가 없었다.

실제로 그는 전설적인 주식 투자가 앙드레 코스톨라니가 사망한 지 꼭 천 일이 되는 2002년 6월 10일 로마의 스페인 계단에서 확실한 증거를 잡으려고 했다. 알텐바흐는 무슨 일이 있어도 카메라를 가지고 죽지 않는 인간의 모습을 찍으려고 했다. 만약 코스톨라니가 인터뷰에 응하지 않는다고 해도 그 사진은 충분한 증거가 될 수 있었다. 아무리 매스컴 앞에 나서기 좋아했던 코스톨라니였지만 인터뷰는 할 수 없을 것이다.

2002년 6월 10일에는 아무 일도 일어나지 않았다. 하지만 언제 또다시 저 세상의 죽지 않는 인간이 이 세상의 부랑자가 되어 내려올지 알 수 없다. 내 생각에 다음번의 확실한 기회는 2005년 11월 3일이다. 그날 우리는 증명할 것이다. 그렇게 된다면 래디와 알텐바흐의 죽음도 헛되지 않을 것이다.

어쨌든 나는 2003년 2월 7일로부터 정확히 천 일이 되는 그날 스페인 계단 앞에 서 있을 것이다. 만약 그날 정오에 양 한 마리가 스페인 계단을 껑충껑충 뛰어 내려온다면…… 그것은 복제양 돌리다. 그리고 마르크스의 일기는 진짜다!

마르크스 죽이기 Sneering Marx

초 판 1쇄 인쇄 | 2009년 4월 15일
초 판 1쇄 발행 | 2009년 4월 20일

지 은 이   칼 마르크스
옮 긴 이   이승은
펴 낸 이   박광성
펴 낸 곳   생각의나무

관   리   조지혜 강윤정
편   집   김도언 박연주 남은영 김지환 신동민
          민기범 강지혜 성혜연 구태은
디 자 인   한은영 남금란 전계숙 이지혜
기획마케팅 이한주 한충희 심규완 조문정

주   소   서울 마포구 연남동 566-11
전   화   3141-1616
팩   스   3141-1502(편집), 3141-9079(영업)
등   록   1997년 11월 19일 제 16-1552호
홈페이지   www.itreebook.com

용지·상지P&P   인쇄·전광인쇄   제본·대흥제책

ISBN 978-89-8498-947-4 03850

* 이 책은 2004년 출간된 「자본론 범죄」를 새로운 편집과 디자인으로 구성하여 펴낸 책입니다.